D0848484

L'amour

AU TEMPS DE LA

guerre de Cent Ans

Catalogage avant publication de Bibliothèque et Archives nationales
du Québec et Bibliothèque et Archives Canada

Alain, Sonia, 1968-
L'amour au temps de la guerre de Cent Ans
Sommaire: t. 1. La tourmente.
ISBN 978-2-89585-229-2 (v. 1)
1. Guerre de Cent Ans, 1339-1453 - Romans, nouvelles, etc. 2. France -
Histoire - 1328-1589 (Valois) - Romans, nouvelles, etc.
I. Titre. II. Titre: La tourmente.
PS8601.L18A62 2012   C843'.6   C2012-941199-X
PS9601.L18A62 2012

Image de la couverture : Aberration, 123RF

Les Éditeurs réunis bénéficient du soutien financier de la SODEC
et du Programme de crédits d'impôt du gouvernement du Québec.

Nous remercions le Conseil des Arts du Canada
de l'aide accordée à notre programme de publication.

Nous reconnaissons l'aide financière du gouvernement du Canada
par l'entremise du Fonds du livre du Canada pour nos activités d'édition.

Édition :
LES ÉDITEURS RÉUNIS
www.lesediteursreunis.com

Distribution au Canada :
PROLOGUE
www.prologue.ca

Distribution en Europe :
DNM
www.librairieduquebec.fr

 Suivez Les Éditeurs réunis et les activités de Sonia Alain sur Facebook.

Pour communiquer avec l'auteure : soniaalain@videotron.ca

Imprimé au Canada

Dépôt légal : 2012
Bibliothèque et Archives nationales du Québec
Bibliothèque nationale du Canada
Bibliothèque nationale de France

SONIA ALAIN

L'amour
AU TEMPS DE LA
guerre de Cent Ans

★

La tourmente

LES ÉDITEURS RÉUNIS

Pour ma mère, qui est toujours présente et qui me comprend si bien.
Pour mon père, qui sait faire preuve de grande sagesse.
Vous êtes tous les deux très chers à mon cœur.
Merci pour tout !

Prologue

Nous étions en 1346 et la guerre entre la France et l'Angleterre faisait rage depuis neuf ans déjà. Le roi de France, Philippe IV le Bel, était décédé, ainsi que toute sa descendance directe. Depuis, Philippe VI de Valois et Édouard III s'affrontaient, désirant plus que tout au monde s'emparer de cette couronne tant convoitée. Tous deux légitimes dans leur requête, et tous deux prêts aux pires atrocités pour y parvenir...

Philippe VI de Valois était le neveu du défunt souverain, et Édouard III, son petit-fils. Normalement, la couronne aurait dû revenir de droit à Édouard III. Mais sa mère, Isabelle de France, n'était que la fille du roi. Ce qui signifiait que conformément à la loi française de cette époque elle ne pouvait hériter de la couronne et encore moins la céder à son fils. Ce qui n'était pas le cas en Angleterre où, selon la législation anglaise, Isabelle de France pouvait transmettre la couronne à son fils même si elle n'y avait aucun droit. Étant donné qu'elle ne désirait nullement un roi anglais comme souverain, la noblesse française mit de l'avant cette clause de non-reconnaissance à la passation de la couronne par une femme, et obtint gain de cause auprès du pape Benoît XII.

C'est ainsi que Philippe VI de Valois devint le successeur officiel. Se sentant trahis, Édouard III et sa mère n'acceptèrent jamais ce jugement. C'est à ce moment-là que prit naissance un conflit qui allait mettre l'Europe à feu et à sang durant un siècle : la guerre de Cent Ans. Certaines régions côtières de la France furent déchirées par cette lutte de pouvoir. Plusieurs seigneurs français y laissèrent d'ailleurs leur vie en les protégeant.

De leur côté, les Anglais étaient déterminés à conquérir les terres du nord de la France, et plus particulièrement celles de la Bretagne. Durant ces années sanglantes, moult villes portuaires décidèrent d'ouvrir les portes de leur hameau à l'ennemi, préférant se rendre plutôt que de résister. Les habitants y étaient terrorisés et démunis, alors que les troupes françaises n'arrivaient plus à contenir les Anglais. Au plus grand malheur de la France, plusieurs nobles périrent sous l'épée des Anglais, et d'autres furent capturés puis ramenés en Angleterre à la tour Blanche. On les relâchait par la suite en échange d'une rançon substantielle. L'endroit où se trouvaient les détenus était un bâtiment carré, surplombé de quatre tourelles. Un mur épais l'entourait, alors qu'un fossé profond sillonnait la terre à l'extérieur des remparts. Indifférente au sort des infortunés qui y séjournaient, la tour Blanche faisait face à la Tamise. Plus d'une fois, le sol de cette place forte se gorgea du sang des prisonniers décapités en son sein.

Mais quelque part en Chine, un fléau plus dévastateur encore que la guerre prenait forme, et faucha sur son passage une bonne partie de l'Europe. Il s'agissait de la peste noire. Près de la moitié de la population succomba quand cette calamité se répandit dans les hameaux. Les plus faibles furent les premiers à trépasser, et ceux qui étaient infectés avaient peu d'espoir d'en réchapper. La plupart décédèrent dans d'atroces souffrances en à peine quelques jours. Très peu survécurent. La rapidité avec laquelle cette maladie frappa fut foudroyante. Quelques bourgs furent miraculeusement épargnés, alors que d'autres furent décimés. Des conséquences économiques et sociales en découlèrent, entraînant souvent l'anarchie dans son sillage. Les paysans et les nobles ne parvinrent plus à subvenir à la tâche. Des villages furent abandonnés par leurs habitants, et il n'y resta que des cadavres et des pestiférés. Les terres délaissées retournèrent à l'état sauvage. La campagne et la forêt devinrent des endroits plus sûrs et plusieurs y trouvèrent refuge afin d'échapper à la mort. La famine s'installa et l'insalubrité offrit un foyer plus propice à la propagation. Malencontreusement, la médecine demeura impuissante face à une telle catastrophe et l'Église se retrouva bientôt dépassée par le nombre de victimes. La population fut donc laissée à elle-même. Les gens s'enfermèrent, coupant tout contact avec leur voisin ou même leur parenté. Il s'agissait d'un véritable cauchemar.

C'est dans ce climat d'anarchie que plusieurs seigneurs bretons avaient décidé de s'allier à Édouard III, avec pour unique but celui de décupler leurs richesses personnelles. Joffrey de Knox était l'un de ces traîtres à la solde de l'Angleterre et il s'avérait l'un des meilleurs atouts qu'Édouard III possédait en France. Car, tout comme son père avant lui, Joffrey de Knox était un homme vénal et dangereux, qui n'hésitait pas à tuer pour atteindre ses objectifs. Il détenait à lui seul une importante partie des terres situées au nord de la Bretagne. Il disposait d'une armée redoutable. Au demeurant, son château constituait une véritable place forte, presque impossible à prendre, et occupait une position stratégique pour l'issue du combat.

Cependant, ce n'était pas suffisant. Désireux d'accroître davantage son territoire, le seigneur avait poussé l'audace jusqu'à enlever une noble apparentée au roi de France : Anne de Vallière. À sa plus grande stupéfaction, cette jeune personne s'était révélée tout aussi déterminée que lui. Sous son apparence frêle se cachaient en fait un tempérament de feu et une volonté de fer. En l'espace de quelques mois, la pureté d'Anne était venue à bout de la noirceur qui obscurcissait l'âme de Joffrey.

En fait, contre toute attente, la jeune femme avait réussi à lire en lui. Elle avait trouvé une faille qui lui avait permis de l'atteindre et de le toucher comme aucun autre humain n'était parvenu à le faire auparavant. Ce grand seigneur avait été ébranlé jusque dans ses plus intimes convictions. Habitué à la cruauté et à la traîtrise, Joffrey n'avait eu aucune raison de se méfier de sa candeur et il s'était rapidement retrouvé démuni dans ce combat inégal.

Écartelé entre ses croyances profondes et les émotions qui se déchaînaient en lui, il s'était débattu âprement. À plusieurs reprises, il s'était maudit de s'être laissé ainsi envoûter par le charme de la jeune femme. Anne de Vallière le tenait à sa merci, il avait perdu la bataille. Plus d'une fois, il s'était montré prêt à se damner pour elle, et c'est ainsi qu'il alla jusqu'à renier son serment d'allégeance à Édouard III, non sans une grande appréhension.

Depuis, il se considérait comme le plus heureux des hommes. Il avait épousé cette femme remarquable, qu'il chérissait plus que tout au monde. Celle-ci lui avait donné un fils merveilleux, Charles-Édouard. Joffrey était dorénavant vassal du roi de France, et non plus un renégat. Son titre de comte de Knox lui avait été restitué, et il avait acquis celui de marquis peu après. Que pouvait-il demander de plus ? Il croyait avoir enfin accédé à la paix à laquelle il aspirait tant, mais c'était sans compter sur la fureur du roi d'Angleterre.

Les choix de Joffrey ne furent pas sans conséquence, car Édouard III lui vouait désormais une haine féroce. Le souverain devint même si obsédé par son désir de vengeance qu'il ne souhaita plus qu'une seule chose : détruire Joffrey, par n'importe quel moyen.

C'est aussi pendant cette période qu'Olivier IV de Clisson, un second traître à la solde de l'Angleterre, avait été attiré à Paris. Sous un faux prétexte, le roi de France avait exigé sa présence à la cour. Dès son arrivée, on l'avait déclaré coupable de félonie. Sans aucune autre forme de procès, il avait été décapité et sa tête, fichée sur une pique.

L'épouse du condamné, Jeanne de Belleville, ne pardonna jamais à Philippe VI de Valois cet acte barbare et fourbe. Ivre de douleur, elle parvint à gagner plusieurs seigneurs de Bretagne à sa cause et entama une vendetta à son encontre. Avec ses richesses, elle réussit à acquérir un navire et guerroya hardiment sur les mers. Elle essuya plusieurs défaites et, lorsque son bateau fit naufrage, elle se réfugia en Angleterre auprès d'Édouard III, qui l'avait si bien soutenue.

1
Sur le front

Une petite embarcation peinait à progresser sur la rivière qui serpentait la Loire. Un individu, aux iris d'un bleu acier, fixait les deux pêcheurs qui ramaient avec énergie. Immobile, Rémi attendait, ses cheveux blond cendré flottant librement sous la brise légère. Il y avait plusieurs jours déjà qu'il avait quitté l'Angleterre, et il pestait contre les mauvais tours que lui avait joués dame Nature en déchaînant les flots de la Manche lors de sa traversée. Il avait perdu un temps considérable et espérait ne pas arriver trop tard au château de Clisson, car il devait y délivrer un message de la plus haute importance de la part d'Édouard III. Celui-ci avait d'ailleurs spécifié que ce parchemin ne devait sous aucun prétexte se retrouver entre les mains de l'ennemi.

Rémi avait donc chevauché à bride abattue et s'était embarqué sur le premier navire en partance pour Douvres. Sitôt accosté en Bretagne, il s'était faufilé entre les mailles des filets des troupes françaises et avait regagné la Loire sans embûches. À Nantes, il s'était mêlé à un duo de pêcheurs afin d'atteindre Clisson, le fief de dame Jeanne de Belleville. C'est à elle qu'il devait remettre le pli. Mais pour l'heure, il lui fallait remonter la Sèvre nantaise.

Le jour déclinait quand il parvint enfin à destination. Rémi arbora un air satisfait en apercevant la forteresse érigée sur un éperon rocheux et qui dominait la Sèvre dans toute sa splendeur. Les tours cylindriques qui s'élevaient vers le ciel étaient parées de mille feux et inspiraient le respect. Avec aisance, il sauta sur la terre ferme lorsque l'embarcation s'approcha de la rive, la faisant tanguer dangereusement. Non sans un rictus dédaigneux, il lança aux deux pêcheurs quelques pièces de monnaie et se dirigea d'une démarche empressée vers le pont-levis qui surplombait le fossé peu profond. Les deux hommes le regardèrent s'éloigner avec un certain soulagement. La présence de cet individu sinistre à bord n'était pas pour les rassurer, car une noirceur inquiétante se dégageait de tout son être. Réprimant un frisson, ils se recroquevillèrent sur leur banc.

Avertie de l'arrivée d'un émissaire, dame Jeanne de Belleville délaissa ses appartements pour le rejoindre. Ce n'est qu'une fois parvenu à sa hauteur que Rémi sortit de son pourpoint cramoisi un parchemin roulé, qu'il lui tendit sans ambages. Jeanne saisit le message, cassa le sceau royal et le déroula d'une main tremblante. À la fin de sa lecture, elle étira ses lèvres rêches en un sourire cruel. Sans hésitation, elle s'avança vers l'âtre et jeta la missive dans les flammes rougeoyantes.

— Dites à Sa Majesté qu'il en sera fait selon son désir, lâcha-t-elle d'une voix suave. Je m'occuperai personnellement de dame de Knox…

Rémi s'inclina et tourna les talons. À peine prit-il le temps de se restaurer brièvement avant de regagner la rive où l'attendaient les pêcheurs dans leur barque. Il devait retourner sans plus tarder annoncer l'heureuse nouvelle à Édouard III.

꧁꧂

Le soleil commençait tout juste à réchauffer la terre, l'extirpant peu à peu de son long sommeil hivernal. Au château de Knox, Anne profitait de ces quelques instants de répit qui précédaient le réveil des habitants du donjon. S'étirant paresseusement, elle songea avec délices au bonheur qui était le sien.

Le fait que Joffrey fut désormais vassal du roi de France avait causé tout un émoi au sein du bourg. Fidèles à leur seigneur, les soldats à la solde de son époux n'avaient émis aucun commentaire, mais l'adaptation ne s'effectuait pas sans heurts. Seuls le chevalier de Dumain et la vieille Berthe affichaient une mine réjouie. De Dumain était un homme d'honneur, qui n'hésitait jamais à défier ouvertement Joffrey si la situation l'exigeait. Ce guerrier entre deux âges lui avait servi de mentor lors de son apprentissage des rudiments du combat. Sa sérénité et son attitude chevaleresque avaient été un gage de réconfort pour Anne à son arrivée au château. Tout comme la présence de Berthe. La vieille gouvernante avait pris soin de Joffrey dès sa naissance, l'entourant d'attentions et lui vouant un amour inconditionnel. Elle aussi s'était avérée une source précieuse de renseignements. Tous deux avaient ardemment souhaité qu'un changement radical se produise chez celui qu'ils considéraient comme un fils. Dès le début, ils avaient secondé Anne dans sa démarche auprès du seigneur des lieux, et cette alliance s'était révélée plus que judicieuse. Le résultat s'avérait au-delà de leurs espérances. Grâce à Anne, Joffrey avait trouvé en lui cette noblesse héritée de sa défunte mère, délaissant la violence inculquée par son père depuis sa plus tendre enfance.

Dès l'arrivée d'Anne, les habitants de la terre des Knox avaient appris à vivre paisiblement, comme cela ne s'était jamais produit auparavant. Il faut dire que, jusqu'à tout récemment, Joffrey avait été à l'image de son père, Merkios de Knox, un être brutal et assoiffé de pouvoir. Mais, à présent, le château avait un nouvel héritier, Charles-Édouard, qui faisait toute la fierté et le bonheur de ses parents. D'humeur joyeuse, ce petit gourmand illuminait les journées de Joffrey et lui permettait d'atteindre une plénitude qu'il avait cru inaccessible. D'ailleurs, il ne se lassait pas de promener son fils à l'aube, sur le chemin de ronde. Pour sa part, Anne était si heureuse qu'ils partagent ces moments précieux qu'elle n'avait de cesse de remercier le ciel de lui avoir accordé la force de changer les choses.

Étendant son bras, Anne constata avec déception que la place était de nouveau vide et froide à ses côtés. Ce qui était toujours le cas depuis que Joffrey avait reçu une missive de Philippe VI de Valois. Systématiquement, Joffrey désertait leur couche conjugale bien avant l'aurore afin de préparer ses hommes au combat. Elle était consciente qu'en tant que vassal du roi il se devait dorénavant de demeurer à la disposition de Philippe. Joffrey était marquis, et donc lié par son serment d'allégeance au roi de France. Elle savait son départ imminent pour Saint-Pol-de-Léon, et ne pouvait s'empêcher d'en éprouver une vive inquiétude.

Tout en poussant un soupir, elle se releva et s'accota à la tête du lit, les jambes repliées sur son ventre. « Mon Dieu, je ne pourrais pas supporter de le perdre maintenant », se dit-elle. Il y avait eu tellement de nuits froides, de larmes versées et de souffrance avant d'en arriver là que de songer à leur séparation lui écorchait le cœur. L'enfance de Joffrey avait été si triste, et ses premières années d'homme si sanglantes sous la poigne cruelle de son père, qu'Anne ne désirait qu'une seule chose : faire de leur demeure un havre de paix. Il méritait de vivre enfin heureux! Mais c'était sans compter sur cette maudite guerre qui déchirait la France.

— Tout ira bien, ma dame! murmura soudain une voix grave, en provenance du fond de la chambre. Je suis toujours en vie... et j'ai l'intention de le rester!

Scrutant la pièce, Anne aperçut alors Joffrey, confortablement assis au coin de l'âtre, le menton appuyé sur ses mains jointes. Le regard profond et inflexible qui l'enveloppa lui fit l'effet d'un coup de poignard en plein cœur. Il allait partir séance tenante. À sa façon, il venait lui dire au revoir. La gorge prise dans un étau, elle déglutit avec peine. C'était si subit... Malgré toute sa bonne volonté, quelques larmes traîtresses jaillirent de ses yeux limpides. En silence, Joffrey s'approcha et prit place sur le lit, droit et fier, et l'enserra étroitement contre sa poitrine. Avec tendresse, il caressa la crinière de feu de sa femme. Diantre! Il aimait tant sentir la douceur de ces mèches entre ses doigts. Comme elle lui manquerait pendant les jours à venir. Au cours de la dernière année, il avait appris à affectionner son tempérament vif et belliqueux, tout comme sa fragilité.

— Anne, je reviendrai sous peu! Soyez sans crainte! affirma-t-il d'un timbre énergique et ferme.

En remarquant la tenue de guerrier, Anne cilla. Qu'il était difficile de demeurer courageuse. Il aurait été si simple de laisser libre cours à son chagrin et de supplier Joffrey de rester à ses côtés au château. Mais par respect pour le fait qu'il s'apprêtait à mettre sa vie en danger dans l'unique but de défendre la Bretagne contre un souverain qu'il avait considéré jadis comme sien, elle ne le pouvait pas.

— Vous devez partir, n'est-ce pas? parvint-elle à murmurer d'une voix cassée.

— En effet! eut-il pour toute réponse, en secouant résolument la tête. Je n'ai pas le choix, ce sont les ordres du roi. Je dois mener mon contingent à Saint-Pol-de-Léon afin d'empêcher l'avancée de Dagworth. La Bretagne est déchirée plus que jamais! Il nous faut agir rapidement et réfréner ce massacre si nous voulons enfin vivre en paix. Mais soyez rassurée, Anne, je laisserai suffisamment d'hommes ici pour vous protéger. De plus, le chevalier de Dumain demeurera sur place pour vous seconder.

Il emprisonna le visage de son épouse entre ses mains robustes et calleuses. Après tant de mois à bafouer son orgueil et à le combattre âprement, voilà qu'elle tremblait de peur à la seule idée qu'il parte à la guerre. Qui l'aurait cru? La vie avait de ces détours parfois inattendus! De ses pouces, il essuya les larmes qu'elle ne parvenait plus à retenir.

— S'il devait vous arriver malheur, je ne le supporterais pas…, murmura-t-elle dans un souffle.

Joffrey sourit avec bonheur. Même après tout ce temps passé ensemble, elle n'arrivait toujours pas à s'adresser à lui en employant son prénom. Tout en frôlant le front d'Anne de ses lèvres, il la fixa avec intensité.

— Il n'est pas question de me laisser abattre si facilement! Avez-vous donc si peu confiance en mes talents de guerrier, ma dame? demanda-t-il avec une pointe d'humour.

Incapable de répondre tant son émotion était vive, Anne secoua la tête. Retrouvant son sérieux, Joffrey l'obligea de nouveau à croiser son regard en soulevant son menton.

— Anne, je serai absent pendant deux mois, tout au plus. Et surtout, je me trouverai seulement à trois journées de cheval. Pour ma part, je vous assure que je ferai tout ce qui est en mon pouvoir pour vous revenir vivant. En contrepartie, cependant, j'exige quelque chose de vous… Anne, il vous faudra demeurer constamment sur vos gardes, et sous aucune considération vous ne devrez vous aventurer seule hors des murs protecteurs de la forteresse. Vous devrez restreindre vos déplacements. La guerre est à nos portes et vous seriez une cible parfaite pour quiconque voudrait m'atteindre. Promettez-moi de vous montrer très prudente ! insista-t-il en la fixant gravement.

Anne le dévisagea et comprit à son expression tendue qu'il attendait une réponse ferme de sa part. Elle ne devait pas lui fournir le moindre prétexte d'inquiétude. Il devait s'en aller l'esprit clair et l'âme en paix.

— Dans ce cas, mon seigneur, je vous promets d'être vigilante et de veiller sur Charles-Édouard. À votre retour, vous retrouverez le donjon et ses habitants tels qu'ils étaient à votre départ !

Rassuré, Joffrey l'étreignit et l'embrassa avec fougue. Subjuguée par la ferveur de la passion, Anne fut happée par son désir pressant.

Leur rencontre fut déchaînée, et la jeune femme se retrouva fourbue et épuisée par la suite. Confortablement lovée contre le flanc de son époux, elle ne tarda pas à s'assoupir. Joffrey attendit qu'elle dorme profondément, puis il s'éclipsa. Il fit un bref arrêt dans la pouponnière et déposa un baiser léger sur la tête de son fils. La nourrice attachée au service du petit Charles-Édouard demeura à l'écart.

À son réveil, Anne sut d'instinct que Joffrey était parti. Se dirigeant avec lenteur vers la fenêtre, elle contempla l'horizon d'un regard douloureux. C'est dans cette posture que la trouva la vieille Berthe. En la voyant si perturbée, la gouvernante s'approcha.

— Ma dame ! Vous ne devez pas vous inquiéter de la sorte, c'est mauvais pour votre santé ! Soyez sans crainte, Joffrey reviendra, comme il l'a toujours fait !

Puis, d'un geste maternel, elle lui étreignit le bras en silence. Anne lui fut reconnaissante de sa sollicitude. Que serait-elle devenue sans cette femme remarquable, aux conseils si avisés ? Réconfortée par sa seule présence, elle lui adressa un sourire triste et l'embrassa avec affection sur la joue.

❦

Un mois et demi s'écoula. Six semaines à oublier l'absence de Joffrey en aérant les tapisseries qui recouvraient les murs du donjon, en nettoyant les parquets à grande eau, en changeant le jonc sur le sol. À l'extérieur, il avait fallu aider certaines bêtes à mettre bas, labourer les champs et planter les semences. Plusieurs des métayers avaient accompagné le seigneur de Knox à Saint-Pol-de-Léon, donc la charge de travail apparaissait monumentale pour les paysans qui avaient tous été mobilisés pour cette tâche colossale, et dont dépendait leur survie pour l'hiver. Malgré l'activité ambiante, tout semblait suspendu, comme dans l'attente d'un événement. Même les bergers n'avaient plus le cœur à jouer de la flûte.

De son côté, comme à son habitude, Anne se leva tôt. Elle opta ce jour-là pour une tunique simple et austère. D'une démarche assurée, elle rejoignit la cuisine afin de transmettre à la cuisinière son choix de menu pour la semaine à venir. À l'idée de la journée éreintante qui l'attendait, elle se secoua. Il lui faudrait de nouveau s'atteler au jardin dans la cour intérieure, un lieu abandonné depuis des années et où la nature avait fait des ravages considérables. Un mois auparavant, Anne avait elle-même sarclé la terre et planté les herbes médicinales qui lui permettraient de soigner les habitants du château. C'était une corvée qu'elle aurait tout aussi bien pu déléguer à l'une de ses suivantes, mais ce travail manuel avait le bénéfice de lui occuper l'esprit et de lui offrir l'occasion de se dépenser. Depuis le départ de Joffrey, la gestion de la forteresse lui demandait énormément de temps, ce qui lui laissait peu de liberté pour chevaucher. Cette activité physique constituait donc un bon exutoire.

Tout en s'essuyant le front, elle prit appui sur ses talons. Malgré l'heure matinale, une chaleur écrasante régnait déjà en ce jour de juin. Incapable de poursuivre sa tâche de désherbage sous peine de défaillir, Anne se releva et dut s'accrocher aux inégalités du muret pour ne pas vaciller. Légèrement nauséeuse, elle rejoignit à pas mesurés l'entrée du donjon. La fraîcheur de l'endroit la revigora, reléguant au second plan le malaise passager qui l'avait assaillie.

En époussetant sa tenue, elle gagna la pièce qui servait de bureau à Joffrey. Non sans un pincement, elle se dirigea vers la table de travail et frôla du revers de la main le dossier du fauteuil dans lequel s'assoyait habituellement son époux. Comme chaque fois, une douleur poignante la transperça. Si seulement il donnait de ses nouvelles, elle serait rassurée sur son sort! Comme un écho aux battements désordonnés de son cœur, des coups discrets retentirent à la porte. Pivotant sur elle-même, Anne eut un soupir de déception à la vue du régisseur.

Le pauvre homme baissa les yeux et se racla la gorge, ne sachant quelle attitude adopter face à la tristesse visible qui voilait le regard de la châtelaine. Sensible à l'inconfort de son employé, Anne plaqua un faible sourire sur ses lèvres et l'invita à la rejoindre. Peu importait ses états d'âme pour le moment, la gestion du château prévalait. L'intendance des lieux et la vérification des comptes requéraient toute son énergie. Les dépenses d'une fortification telle que celle-ci s'avéraient énormes. Elle devait donc examiner méticuleusement le budget et départager les déboursements vitaux de ceux plus superficiels, comme l'achat de bijoux et de robes, par exemple. Voulant minimiser les frais au maximum en ces temps incertains, elle avait entrepris d'initier un groupe de jeunes filles à la confection de chandelles et de savons, alors qu'un second groupe se concentrait sur le filage et le tissage des fins lainages. Cette autorité dont elle devait faire preuve lui pesait, mais Anne s'acquittait de cette tâche avec application, ayant à cœur le bien-être de tous.

Un nouveau raclement de gorge du régisseur la ramena à la réalité. Avec énergie, elle se massa les tempes et reporta son attention sur les comptes et les droits fonciers.

c❦⊃

Ce n'est que vers la fin de l'après-midi qu'Anne parvint à se libérer de ses obligations et put se permettre une brève visite auprès de son fils. Cette période, elle l'attendait toujours avec impatience, songeant au plaisir de pouvoir enfin passer un moment en sa compagnie.

Dès l'apparition de sa mère dans la pouponnière, Charles-Édouard l'observa avec ses grands yeux d'un bleu profond ; les mêmes que son père. Anne le prit avec bonheur et le serra tendrement, tout en humant son odeur si particulière. Avec délicatesse, elle caressa le fin duvet d'un noir sombre qui recouvrait le dessus de sa tête. Profitant au maximum de cet instant de plénitude, elle se promena dans la pièce en fredonnant d'une voix harmonieuse une mélodie que lui chantait sa mère lorsqu'elle-même était enfant. Après quelque temps, en réalisant que son fils dormait paisiblement entre ses bras, elle alla se poster devant la fenêtre et scruta l'horizon. Mais que faisait donc Joffrey ? Charles-Édouard tressaillit, comme en réponse à son désarroi. Tout en resserrant son étreinte, elle déposa un léger baiser sur son front avant de le rendre à sa nourrice. Puis, après un bref regard dans sa direction, elle ressortit à pas feutrés et rejoignit la grande salle. En arrivant sur place, elle affichait de nouveau un visage serein.

Ce soir-là, une des jeunes filles attachées à son service s'offrit pour les distraire et entama un petit récital de flûte. Anne l'encouragea avec chaleur et applaudit sa prestation. Pendant ce temps, d'autres demoiselles de compagnie jouaient aux dames, alors que certaines brodaient au coin du feu. Malgré tous ces divertissements, Anne ne pouvait cependant s'empêcher de trouver les veillées longues sans la présence réconfortante de Joffrey, et les nuits atrocement solitaires et glaciales.

Un événement vint perturber cette routine. Un voyageur se présenta aux grilles du château, causant un certain remous au sein de la maisonnée. Il s'agissait de Jean, le vicomte de Langarzeau, leur plus proche voisin et un allié précieux pour Joffrey. Le calme et la grandeur d'âme de ce seigneur breton influaient de façon positive sur l'esprit belliqueux et intransigeant de son époux. Étrangement, une loyale amitié s'était tissée entre eux, ce qui rassurait

Anne. Avec un tel personnage aux côtés de Joffrey, elle savait ses arrières protégés.

Anne se tenait droite et arborait un visage impassible lorsque le nouvel arrivant s'avança dans sa direction, le visage franc et souriant. En quelques enjambées, il fut près d'elle et la salua courtoisement.

— Dame de Knox, quel plaisir pour moi de vous rencontrer de nouveau et d'être le messager d'heureuses nouvelles concernant votre époux.

À ces mots, Anne laissa échapper un cri d'allégresse et baissa prestement la tête pour dissimuler le soulagement qui se peignait sur ses traits. Sensible à cet émoi, l'homme demeura silencieux, le temps qu'elle se ressaisisse. La vieille Berthe l'invita à prendre place près de l'âtre et s'empressa de distribuer des ordres afin que soient apprêtés quelques mets frugaux pour qu'il puisse se restaurer. Le vicomte accepta la nourriture, mais refusa le bain qu'elle souhaitait faire préparer, argumentant que sa merveilleuse épouse le ferait certainement avec joie dès son retour au château de Tonquédec.

Anne ne put retenir un éclat de rire amusé à la vue de l'étincelle malicieuse qui s'allumait dans le regard du vicomte.

— Vicomte de Langarzeau, je vous demande pardon pour cet accueil si peu conventionnel.

— Dame de Knox, point n'est besoin de vous excuser. Votre réaction est tout à votre honneur et votre époux sera enchanté d'apprendre que ces nouvelles vous ont causé tant d'émoi. Cette harassante chevauchée aura du moins eu le privilège de vous rendre la paix d'esprit.

— Sainte mère de Dieu, si vous saviez à quel point votre présence m'est bénéfique! J'angoissais tellement à son sujet. Mais je vous en supplie, ne me faites point languir. Comment se porte le seigneur de Knox? Et que se passe-t-il à Saint-Pol-de-Léon?

Devant l'impétuosité et l'impatience de la jeune femme, Jean éclata d'un rire percutant. Anne était à l'image du marquis, et tout le contraire de sa douce Marie.

— Dame de Knox, votre époux va très bien. Il ne pouvait quitter son contingent, mais souhaitait malgré tout vous rassurer sur son sort. Il se doutait que vous seriez inquiète en regard de son silence soutenu. Voilà pourquoi il m'a demandé de faire un détour par votre château avant d'aller à la rencontre de notre roi. J'y étais tout disposé, d'autant plus que cela me permettait de rendre visite à mon épouse qui séjourne à Tonquédec. Néanmoins, je dois vous avouer que le seigneur de Knox traverse une épreuve difficile.

Alarmée, Anne se tendit et releva vivement la tête, osant même plonger son regard limpide dans celui du vicomte. Afin de cacher son trouble, elle pressa ses mains l'une contre l'autre. En constatant l'agitation de son interlocutrice, le vicomte se pencha vers elle.

— Dame de Knox, nul besoin de vous tourmenter, il ne s'agit que d'une question de commandement. Vous devez savoir que ceux qui acceptent de suivre le seigneur de leur plein gré sont rares. Votre mari doit montrer à ses pairs qu'il peut être digne de leur confiance. Pour ma part, je n'ai aucune inquiétude à le faire. J'ai assez combattu contre lui lorsqu'il tentait de s'approprier mes terres pour reconnaître qu'il a changé. Mais tous n'ont pas eu le privilège de l'affronter sur un champ de bataille. Malgré tout, je demeure certain que le marquis saura faire face à cette situation épineuse, poursuivit-il avec une pointe d'humour, un éclat rieur dans les yeux.

À ces mots, Anne laissa fuser un petit cri de surprise. Ciel! Elle n'avait pas songé à cette problématique lorsqu'elle avait enjoint Joffrey de porter allégeance à Philippe VI de Valois. Par contre, connaissant son époux, elle s'imaginait qu'il avait dû envisager toutes les répercussions possibles qui découleraient de ce choix. Il était parti, avec son contingent, affronter les soldats à la solde du roi d'Angleterre, au côté des seigneurs français, tout en étant conscient de leur animosité à son égard. Qui sait, dans ces conditions, si un ancien adversaire – que Joffrey aurait dépouillé de ses terres autrefois – ne verrait pas là une occasion de se débarrasser d'un rival gênant et indésirable? Tant de choses pouvaient arriver sur un champ de bataille. À cette perspective, Anne éprouva un coup au cœur. Voyant que la jeune femme pâlissait, Jean s'empara de l'une de ses mains et s'empressa de la rassurer.

— Par le passé, le seigneur de Knox a fait fi des principes de la chevalerie et se trouvait dans le camp adverse jusqu'à tout récemment. De plus, certains des nôtres ont péri sous son épée. Je ne peux donc pas leur reprocher leur défiance. Cependant, notre roi, dans sa grande magnanimité, a laissé sous-entendre aux différents gentilshommes de France qu'il ne tolérerait pas le moindre incident douteux à l'encontre du marquis de Knox. Quant à votre époux, il est suffisamment aguerri pour faire le nécessaire. Mais sachez qu'il faudra beaucoup de temps pour effacer sa trahison dans le cœur des hommes. Souhaitons qu'il aura la délicatesse de ménager l'orgueil de ces puissants seigneurs. Dans tous les cas, soyez assurée de mon soutien et de celui de mon père, le vicomte de Tonquédec.

Anne ne put réprimer une moue dubitative. Consciente du tempérament de feu de Joffrey, elle devinait que la transition ne s'effectuerait pas sans heurt.

— Dame de Knox, votre scepticisme ne joue pas en sa faveur. Avez-vous si peu confiance en ses talents de diplomate ? s'esclaffa Jean en avisant son expression.

— Si vous saviez… Je plains les pauvres seigneurs de Bretagne qui doivent négocier avec lui. Mon époux est pourvu d'une arrogance parfois démesurée, et malheureusement la patience n'est pas l'une de ses vertus principales ! Je crains pour l'unité des troupes françaises…, ajouta-t-elle en esquissant un bref sourire.

— Eh bien, souhaitons que l'avenir vous donnera tort, car nous avons déjà suffisamment à faire avec l'armée d'Édouard III, termina Jean avec une note taquine dans la voix.

Sur ces entrefaites, le chevalier de Dumain fit son entrée dans la grande salle. En apercevant l'invité de marque, il s'empressa de les rejoindre. Il était impatient d'en savoir un peu plus sur la bataille qui faisait rage à Saint-Pol-de-Léon. Parvenu à leur hauteur, il s'inclina devant le vicomte et prit place tout en continuant de scruter le visage de l'invité. Conscient d'être l'objet d'un examen soutenu un peu impertinent, Jean se cala dans le fauteuil et étira ses longues jambes. Contre toute attente, c'est Anne qui brisa le silence inconfortable qui s'était installé.

— Vous pouvez parler devant de Dumain, vicomte. Il est d'une fidélité exemplaire ; j'ajouterais même qu'il est comme un père pour moi. Et croyez-moi lorsque je vous affirme qu'il connaît parfaitement bien les travers du seigneur de Knox. Il n'a eu de cesse de vouloir lui inculquer des valeurs de noblesse et de chevalerie depuis son enfance, et sans redouter son courroux en contrepartie.

— Alors soit cet homme exerce une grande ascendance sur votre époux pour faire preuve d'une telle liberté, soit il est fou !

— Disons un peu des deux ! déclara Anne en riant.

N'affectionnant pas particulièrement le fait d'être la cible de leur échange, le vieux chevalier commença à s'agiter sur son siège. Se tournant vers lui, Anne déposa une main légère sur ses doigts rudes.

— De Dumain, le vicomte m'exposait justement les embûches que rencontre Joffrey au sein de l'armée du roi.

— Sachez, ma dame, que Joffrey avait mesuré les risques qu'il encourait en se présentant dans ce lieu rempli de courtisans. Nous en avions d'ailleurs discuté avant son départ. J'ignore toutefois si mes mises en garde et mes recommandations ont fait leur chemin dans sa perception étroite des choses. Il m'a été quasiment impossible de lui faire pratiquer une seule révérence, et je me suis résigné à lui faire répéter quelques compliments d'usage, lâcha-t-il d'un ton bourru.

— Je peux vous assurer que le seigneur de Knox s'évertue, du mieux qu'il peut, à appliquer vos précieux conseils. La tâche lui est parfois ardue et ses éclats sont maintenant monnaie courante, mais du moins y met-il de la bonne volonté, répondit le vicomte avec une note d'amusement dans la voix.

Anne, pour sa part, écarquillait les yeux de stupéfaction. Ainsi, Joffrey avait suivi à son insu des leçons de bienséance avec le vieux chevalier. Eh bien, cet enseignement n'avait pas dû être de tout repos, mais cela la rassérénait en quelque sorte. Il fallait admettre que le tempérament vif de Joffrey ne s'accordait guère avec les courbettes et les faux-fuyants de la cour. En remarquant la lueur moqueuse dans le regard du chevalier de Dumain, Anne s'esclaffa.

— Chevalier, je n'irai pas jusqu'à vous demander un compte rendu de ces séances protocolaires, mais je vous avoue cependant que j'aurais adoré être présente ! Cela devait être assez… divertissant !

— Cela le fut en effet, ma dame ! Et je dois vous confesser à mon tour que j'en ai apprécié chaque moment !

Lorsque la vieille Berthe revint quelques instants plus tard munie d'un plateau chargé de mets alléchants, les trois compères riaient allègrement, et personne ne se risqua à lui dévoiler la raison de leur amusement.

⸙

Le vicomte de Langarzeau termina la dernière bouchée de son hareng fumé, ainsi qu'une savoureuse miche de pain et un verre de vin, puis s'installa de nouveau confortablement dans son fauteuil afin de poursuivre son récit. Il savait le vieux chevalier avide d'en connaître un peu plus sur le déroulement de la bataille. En constatant que la jeune femme demeurait en leur compagnie, il releva un sourcil réprobateur et lança un regard sévère en direction du chevalier de Dumain. Celui-ci comprit très bien le message, mais n'osa émettre le moindre commentaire en remarquant la mine renfrognée de la dame de Knox. Il aurait dû deviner qu'elle ne se plierait pas aux conventions. Avec fatalisme, il haussa les épaules en signe d'impuissance.

— Je vous certifie que la dame de Knox est plus solide qu'elle n'y paraît. Ne vous fiez pas aux apparences !

Jean garda le silence l'espace d'un instant. Jetant un coup d'œil incrédule vers la châtelaine, il constata au demeurant qu'elle semblait calme et posée. À sa place, sa chère Marie aurait été dans tous ses états. Songer à sa charmante épouse le décida à parler. Il lui tardait de la retrouver.

— Dans ce cas, vous devez savoir que la confrontation à Saint-Pol-de-Léon s'est soldée par une défaite. Plusieurs des nôtres y ont laissé la vie. Et si le seigneur de Knox est toujours absent, ma dame, c'est qu'il a dû regagner Crécy avec les autres. Il nous avait mis en garde contre sir Thomas Dagworth, mais les grands seigneurs n'ont pas voulu ajouter foi à ses propos. Pourtant, nous étions arrivés à isoler près de deux cents soldats de Dagworth, après une embuscade, mais les archers anglais ont repoussé nos attaques. Votre époux a tenté de les surprendre par le flanc avec une poignée de ses hommes, mais il était déjà trop tard. Les Anglais ont rapidement repris l'avantage et le seigneur de Knox s'est retrouvé à ce moment-là en mauvaise posture. Lui et son contingent se sont tout d'abord repliés dans les ruines du château de Léon. Mais les vestiges offraient peu de protection. Ils ont donc convergé vers l'abbaye de Léon et ont trouvé refuge dans le réfectoire. Au bout de deux jours, ils sont parvenus à tromper la vigilance des gardes postés tout autour et se sont échappés. J'ignore comment votre époux a pu mener à bien un tel exploit. Mais cela en a impressionné plus d'un, alors que d'autres ne se sont pas privés pour laisser sous-entendre qu'il avait traité avec les Anglais pour négocier leur liberté.

À ces mots, Anne scruta le vicomte avec minutie, mais celui-ci ne releva pas son inconfort et poursuivit.

— Comme vous pouvez le constater, les avis concernant le seigneur de Knox sont partagés. Il n'en demeure pas moins qu'il s'avère un stratège de grande valeur et, à mon avis, le roi a réellement fait preuve d'ingéniosité en le nommant marquis. Knox est un atout majeur ! Ce sont des guerriers comme lui dont nous avons besoin pour vaincre les Anglais ! termina-t-il avant de s'incliner pour prendre congé.

Alors que le chevalier raccompagnait le vicomte à sa monture, Anne plongea son regard dans les flammes mourantes. Le récit que leur avait fait leur invité la laissait perplexe. Elle se doutait bien que la guerre qui ravageait la France n'en était qu'à ses débuts. Elle espérait seulement que Joffrey ne ferait pas preuve de trop de témérité en démontrant sa supériorité aux autres seigneurs de Bretagne.

⋯⋯

Incapable de rester allongée après une nuit agitée, Anne se leva malgré l'heure matinale et se dirigea vers la chambre de son fils d'un pas décidé. Elle ignorait pourquoi, mais sa présence en cet instant lui semblait vitale. Elle avait plus que jamais besoin de sentir entre ses bras ce petit être qui était une partie de Joffrey. À son arrivée, la nourrice s'éveilla en sursaut et posa un regard endormi sur la mère du nourrisson, mais Anne lui fit signe de se recoucher. Elle voulait profiter de l'occasion pour s'occuper elle-même de Charles-Édouard. Tout doucement, elle le souleva et le pressa contre son cœur. En silence, elle s'engagea dans le couloir et salua l'un des gardes en faction au passage. Tout en caressant la main potelée de son fils, elle se dirigea vers la cuisine, les traits empreints d'une douceur inhabituelle en ces temps incertains. À son approche, l'une des filles déléguées à la cuisson du pain s'avança vers elle et lui tendit une miche chaude et moelleuse. Anne la remercia chaleureusement et s'installa près du feu.

⸺❦⸺

La journée était déjà bien entamée lorsqu'elle ramena Charles-Édouard à la nourrice et qu'elle entreprit de se rendre au village. Prenant plaisir au divertissement qu'entraînait l'agitation dans les rues, elle déambulait avec légèreté sur le chemin cahoteux, tout en scrutant les échoppes des commerçants, à l'affût de trouvailles intéressantes. Un sourire étira ses lèvres en apercevant un attroupement d'enfants à l'angle du secteur le plus achalandé. Alors qu'un garçon faisait rouler sur le sol un cerceau de jonc, un bambin chevauchait un balai rudimentaire en guise de cheval. Deux fillettes demeuraient tranquillement assises à l'écart, s'amusant avec leur poupée de paille, indifférentes à la frénésie qui accompagnait le jeu des garçonnets. Sans hésitation, Anne acheta un pain à l'un des marchands qui interpellait avec force les passants. S'approchant des deux petites, elle leur tendit la miche avec sollicitude. La plus jeune s'en empara avec avidité et détala. L'aînée lui fit une brève révérence et la remercia avec timidité avant de s'élancer à la poursuite de sa cadette. Anne soupira. Les temps étaient durs.

Berthe, qui était à ses côtés, déposa une main légère sur sa manche et attira son attention sur le négociant d'épices qui se trouvait sur leur gauche. Anne lui sourit affectueusement et porta son regard sur l'étalage de produits, non sans accorder un dernier coup d'œil en direction des deux fillettes. Le marchand l'accueillit avec un réel plaisir. La châtelaine était une négociatrice avisée et sérieuse, avec laquelle il était toujours agréable de commercer. Elle se laissa d'emblée entraîner par leur joute oratoire.

‹‹❦››

Berthe et Anne se préparaient à retourner au donjon, après cette longue promenade dans le bourg, lorsqu'une troupe d'amuseurs composée de jongleurs, d'un troubadour et de divers acrobates franchit les portes du village. Une euphorie contagieuse s'empara de la population et tous se massèrent sur leur passage.

De Dumain, qui accompagnait Anne avec cinq de ses hommes, s'agita nerveusement. D'un commun accord, les gardes l'entourèrent, n'hésitant pas à repousser quelques badauds par le fait même. Le vieux chevalier n'appréciait pas qu'elle se retrouve mêlée à cette foule enthousiaste. Mieux valait, dans ces conditions, la ramener en sécurité au château. Lorsque son compagnon lui signifia qu'ils devaient quitter la place publique et rentrer, Anne se renfrogna. Elle se rappela sa promesse à Joffrey et se plia à contrecœur à cette exigence de regagner les murs protecteurs de la forteresse.

Désireuse cependant de profiter du divertissement qui s'offrait à eux, elle fit mander le chef de la troupe. Lorsque celui-ci se présenta à la forteresse, elle lui présenta la requête suivante : s'ils acceptaient de venir en soirée pour chanter, conter des histoires et présenter leurs tours, elle leur donnerait en échange le couvert et le gîte pour la nuit. Leur meneur acquiesça avec plaisir, argumentant avec conviction qu'elle ne le regretterait pas. Anne hocha la tête avec amusement devant son assurance, puis lui signala de prendre congé. Elle se dirigea aussitôt vers les cuisines afin d'avertir des changements à apporter pour la veillée à venir.

Un festin fut organisé en l'honneur de ces réjouissances. Des tables à tréteaux furent dressées dans la grande salle et recouvertes de nappes brodées. À l'écart, Anne attendit patiemment que le moine Adenot bénisse le repas. Puis, après un étalage de viandes variées, de quelques légumes et de pain, le vin fut servi et coula à flots. La nourriture, relevée à point, s'avéra des plus savoureuses. Les soldats et les chevaliers qui n'étaient pas de garde se mêlèrent aux notables et aux marchands du village avec exubérance. Les divertissements qui se déroulèrent tout le long de la soirée furent à la mesure des espérances. Les jongleurs excellaient dans leur art et le troubadour chantait d'une voix mélodieuse.

Une effervescence conviviale régnait dans la place, si bien que personne ne prêta attention à l'un des hommes de la troupe qui s'était précipitamment débarrassé de son costume de spectacle et qui explorait depuis les dédales de la cave. Son absence ne fut jamais remarquée, pas plus que son retour furtif quelques minutes plus tard. Un sourire satisfait s'afficha sur ses lèvres charnues à la suite de cet exploit, pendant que son regard glacial s'arrêtait sur Anne. Une lueur cruelle brillait au fond de ses yeux bleu acier, alors que son abondante chevelure d'un blond cendré restait camouflée sous son capuchon. La première phase du plan était un succès…

~❦~

Le soleil inondait la campagne avoisinante d'une chaleur accablante. Anne fit ralentir sa monture et essuya discrètement la moiteur qui perlait sur son front. Que n'aurait-elle pas donné pour une baignade rafraîchissante dans le ruisseau en contrebas. Mais ce n'était ni le temps ni le lieu. Pressant de nouveau les flancs de sa jument, elle fit signe à ses gardes de la suivre sans plus tarder.

Ce matin-là, elle venait tout juste de terminer un frugal goûter en compagnie de Charles-Édouard quand son régisseur avait demandé à la voir d'urgence. Lorsqu'elle l'avait rejoint, Anne avait aussitôt remarqué sa mine soucieuse. En fait, l'homme se montrait inquiet pour sa sœur qu'il savait sur le point d'accoucher. Et étant donné que son époux se trouvait auprès du seigneur de Knox, elle était seule avec son fils de cinq ans et sa fillette de deux ans, plus démunie que jamais. À la pensée du sort qui attendait la malheureuse, Anne avait décidé de se rendre elle-même sur place avec la sage-femme du village. Elle avait fait préparer un panier de victuailles par la cuisinière du donjon afin d'assurer la subsistance de toute la petite famille, du moins jusqu'à ce que la mère se remette de ses couches et soit en état de le faire. Reportant à plus tard sa visite hebdomadaire aux paysans en périphérie des terres des Knox, elle était partie en flèche en direction de la masure.

En pénétrant dans le cottage rudimentaire, Anne s'empressa de calmer les deux gamins qui s'étaient mis à crier en la voyant débarquer ainsi dans leur demeure, escortée de quatre guerriers armés. Avec diligence, elle fit signe aux hommes de rester en retrait et écarta la tenture qui isolait le lit de la pièce principale. Elle constata avec inquiétude que la pauvre femme était en sueur. « Seigneur, le travail est commencé ! » avisa-t-elle. Sur les ordres de la sage-femme, deux des soldats allèrent puiser de l'eau au puits, alors qu'un troisième tisonnait le feu.

Pendant ce temps-là, au château, de Dumain arpentait le chemin de ronde avec nervosité. Une des sentinelles qui patrouillait dans les environs n'était pas revenue, ni celle qu'il avait envoyée par la suite pour s'enquérir de la situation. Cela n'augurait rien de bon… Préférant faire preuve de prudence, il fit sonner les cloches afin de prévenir les paysans et les villageois de regagner les murs protecteurs de la forteresse. À sa demande, le nombre de gardes auprès du petit Charles-Édouard fut augmenté. Il s'apprêtait à en faire de même pour la châtelaine lorsqu'il apprit qu'elle avait rejoint la cabane d'un métayer à l'extrême limite du domaine des Knox. À cette nouvelle, il laissa échapper une bordée de jurons. Anne semblait inconsciente du danger qui les menaçait. Même si une escouade d'hommes aguerris l'accompagnait, il savait que ce ne serait pas suffisant face à une armée entière. Et si ses soupçons s'avéraient fondés, c'était exactement ce qui les attendait.

Après avoir pris soin de poster des vigiles supplémentaires sur le chemin de ronde, il s'élança à la poursuite de la châtelaine, flanqué de quatre autres chevaliers. Il espérait seulement arriver à temps.

⸱⸱❦⸱⸱

Anne était sur le point de servir un morceau de pain aux petits lorsque de Dumain déboula dans la chaumière en catastrophe. Un soulagement indescriptible envahit le chevalier quand il constata qu'elle était saine et sauve. Le front barré d'un pli soucieux, il se dirigea vers elle à grandes foulées. Détaillant la scène d'un regard vif, il poussa un soupir d'exaspération. Il ne manquait plus que ça ! Reprenant la situation en main, il lança des ordres brefs et précis. Comprenant à l'attitude du visiteur qu'un danger les menaçait, Anne s'empara derechef de plusieurs couvertures de laine et les tendit aux soldats. Elle se dépêcha aussi de masquer ses inquiétudes afin de ne pas alarmer inutilement la mère et les enfants.

L'un des chevaliers choisit ce moment pour pénétrer en trombe dans la chaumière. Il venait d'apercevoir un nuage de poussière à quelques lieues à peine de leur position. Cela indiquait qu'un convoi entier approchait à vive allure. Craignant qu'une troupe d'éclaireurs ne devance le contingent anglais, de Dumain préféra quitter l'endroit sans plus tarder. Trois guerriers soulevèrent les gamins et la sage-femme afin de les faire monter en selle avec eux, alors que deux autres transportèrent la paysanne. Tout en essayant de ne pas la brusquer outre mesure, ils aidèrent l'un des hommes à la prendre en croupe avec lui. Au moment où Anne grimpait sur sa propre jument, une flèche siffla à son oreille et se ficha dans le flanc de la bête. L'animal se cabra en ruant violemment des sabots, propulsant sa cavalière par terre du même coup. Anne alla choir avec rudesse contre le sol, ce qui lui sauva la vie car, au même moment, un second projectile la frôla de peu, atteignant mortellement le soldat posté à ses côtés. L'infortuné s'effondra en émettant un râle guttural, le regard éteint. Anne poussa un cri d'effroi en constatant le décès, en écho aux hurlements des enfants.

Retrouvant ses instincts de guerrier, de Dumain enfourcha vivement sa monture. D'un geste sûr, il s'empara d'Anne et la jucha à son tour, l'installant sans façon devant lui. Sans plus attendre, il s'élança au galop, tout en ceinturant avec vigueur la taille de la jeune femme, l'étouffant presque. Dans la foulée, il ordonna aux autres de le serrer de près. Les hommes se dispersèrent tout autour de lui, afin de protéger la châtelaine des flèches ennemies. Trop apeurés, les petits restèrent immobiles et silencieux. Pour sa part, la pauvre paysanne n'émit aucune protestation et refoula avec courage ses gémissements de douleur. Mais les soubresauts du cheval et les contractions de plus en plus rapprochées risquaient de venir à bout de sa résistance. Se mordant les lèvres, elle ferma les yeux et se coucha sur l'encolure de la bête.

La chevauchée qui s'ensuivit fut éprouvante pour tous, et il devint évident qu'il leur serait impossible de semer la troupe d'éclaireurs. En dépit du fait qu'ils galopaient à un rythme effréné, la distance entre eux s'amoindrissait. Anne s'accrochait avec désespoir au bras du vieux chevalier, peinant à demeurer en selle. Leur monture se fatiguait rapidement sous le poids de leurs deux corps combinés. N'osant se déplacer de peur d'être désarçonnée, elle serra les poings et pria avec ferveur pour qu'ils parviennent tous sains et saufs au château. Mais alors qu'ils arrivaient en vue de la forteresse, une pluie de flèches s'abattit une seconde fois sur eux. Anne ressentit une piqûre cuisante à son épaule droite et gémit faiblement tout en sourcillant. Derrière elle, de Dumain émit un grognement rauque. Cependant, malgré l'engourdissement qui obnubilait tous ses sens, Anne sentit progressivement une douleur sourde irradier vers son bras, comme une brûlure mise à nue. Réprimant une grimace de souffrance, elle chercha à remuer son membre, mais suspendit son geste quand la main de Dumain se crispa sur son ventre.

— Ma dame, surtout ne bougez pas... Une des flèches a transpercé mon épaule. Sous la force du jet, je crains qu'elle vous ait atteinte par le fait même. Vous êtes rivée à moi, expliqua-t-il d'une voix ténue.

Comme la jeune femme commençait à mollir contre lui, il serra le poing et rugit dans son oreille.

— Nom d'un chien ! Ressaisissez-vous !

Anne sursauta et inspira profondément, réfrénant avec peine un cri déchirant. Elle se sentait sur le point de défaillir sous la douleur cuisante qui l'envahissait maintenant tout entière. Avec détermination, elle tenta de s'accrocher aux derniers lambeaux de lucidité qui subsistaient encore dans son esprit.

À demi consciente de ce qui l'entourait, elle ne vit pas que les Anglais s'apprêtaient à les encercler. Ils galopaient à leur hauteur désormais et cherchaient à leur couper la route. Un cor retentit au loin, donnant l'alarme. Les sentinelles du château avaient repéré la petite troupe qui s'efforçait d'échapper à la horde anglaise. Réalisant avec effroi que leur châtelaine faisait partie du groupe, de Coubertain, le chef de la garde, réunit rapidement une poignée de guerriers. Dès que le pont fut abaissé, ils s'élancèrent à la rencontre de l'ennemi dans un cri de rage et les accueillirent de la pointe de leur épée. De Dumain profita de l'agitation qui régnait pour rejoindre les murs protecteurs de la forteresse. L'affrontement fut sanglant et les Anglais furent mis en déroute en peu de temps.

Dans la basse-cour, la confusion la plus totale régnait. De Dumain essayait tant bien que mal de calmer son destrier. Le voyant peiner difficilement, les hommes dispersèrent les gens venus s'abriter dans le château, bousculant sans hésitation les habitants du village et les paysans. De Coubertain réquisitionna un chariot en chassant un cochon d'un coup de pied bien senti. D'une poigne de fer, il maintint fermement la bride de l'étalon. La bête frémit plusieurs fois avant de s'apaiser. Laissant les courroies à l'un des soldats, il fit face à de Dumain et grinça des dents en constatant la situation.

D'un signe de tête, il ordonna à l'un des hommes encore en selle de se positionner à la hauteur du vieux chevalier. Ils n'avaient pas le choix. Ils devaient casser sans plus attendre l'empennage qui dépassait de l'épaule de Dumain. Il leur faudrait par la suite dégager la tige sans mouvement brusque, afin de limiter les répercussions sur la jeune femme durant l'opération. Ils ne pouvaient retirer la pointe du corps d'Anne sans connaître la gravité de la blessure au préalable. C'était donc le seul moyen d'y parvenir. Conscient de la situation, de Dumain serra les dents et se prépara au pire. D'une main sûre, le guerrier à ses côtés s'exécuta. Le vieux chevalier jura et retint de justesse un cri. Lorsqu'il fut enfin libéré, des soldats l'aidèrent à descendre de sa monture, pendant qu'un autre soulevait Anne avec d'infinies précautions. À la demande du chevalier de Coubertain, elle fut transportée jusqu'à la grande salle. Un soulagement immense se peignit sur son visage en constatant que la blessure se limitait à l'épaule, épargnant ainsi tout organe vital. S'étant assuré que de Dumain avait été déposé sur le chariot, de Coubertain grimpa sur son destrier et regagna le donjon. En l'absence du vieux chevalier, il devrait s'occuper du bon déroulement des opérations et calmer les habitants. La paysanne en couches fut quant à elle prise en charge par la sage-femme et ramenée dans la demeure de celle-ci.

Plus tard, lorsque de Coubertain pénétra dans la salle, Berthe s'activait et donnait des ordres pour soigner Anne. Il nota avec satisfaction que le projectile avait été retiré. Par chance, la pointe avait à peine perforé la chair. En avisant la pâleur de la jeune femme, il comprit cependant que l'intervention s'était révélée éprouvante. Des mèches de cheveux s'agglutinaient à ses tempes et son front était moite de sueur, alors que ses lèvres tremblaient légèrement. De plus, ses pupilles brillaient d'un éclat inhabituel, et ses doigts crispés sur le tissu souillé de sa robe ainsi que son souffle saccadé la trahissaient. Du moins demeurait-elle consciente et lucide. Pour le moment, Berthe s'évertuait à circonscrire le mince filet de sang qui s'écoulait encore de l'entaille. Connaissant la vieille femme, il pouvait être assuré que la plaie avait été soigneusement lavée afin de la prémunir de toute infection.

À sa vue, Anne lui adressa un faible sourire de reconnaissance et parvint tout juste à murmurer «merci». Avec respect, il s'inclina, puis retourna auprès des hommes afin de vérifier qu'ils seraient prêts à repousser un éventuel siège. D'ailleurs, à l'horizon, le nuage de poussière gagnait du terrain.

⋅⊂⊛⊃⋅

Anne reposait maintenant entre les draps frais de son lit. Sa blessure l'élançait douloureusement, mais du moins n'éprouvait-elle plus cette sensation de brûlure vive. Tout en se redressant laborieusement, elle réfréna de justesse une grimace. Son épaule était raide et le bandage entravait ses mouvements. Le bras en écharpe, elle essaya tant bien que mal d'ajuster sa tenue d'une main. Melisende, l'une de ses suivantes, vint aussitôt à son aide et remonta avec délicatesse la manche de sa robe.

— Ma dame, vous ne devriez pas vous relever après une telle blessure. La vieille Berthe me tancera si votre plaie saigne de nouveau. Mieux vaudrait, dans votre état, demeurer alitée. Ce serait beaucoup plus judicieux! tenta vainement la jeune fille.

— Nul besoin de te troubler ainsi, Melisende. Je n'ai pas l'intention de partir en croisade. Je veux uniquement mesurer l'ampleur de la situation, car si j'en crois les bruits d'armes qui proviennent d'en bas, nous sommes pris d'assaut. Je dois donc reprendre les choses en main. J'ai promis à mon époux qu'il retrouverait le château intact à son retour et je compte bien honorer ce serment.

Devant la détermination de sa maîtresse, la jeune fille n'eut d'autres choix que de s'incliner. La précédant de peu, elle se dépêcha de prévenir la vieille Berthe.

La grande salle se trouvait sous l'emprise d'une vraie frénésie. Anne en resta pantoise l'espace d'un instant. Elle n'avait jamais eu à subir de siège auparavant et cette perspective ne l'enchantait guère. Avertie de la venue de sa maîtresse par Melisende, Berthe la rejoignit, mais n'eut pas le courage de la réprimander face à son désarroi évident.

— Cette forteresse et ses occupants n'en sont pas à leur premier assaut, vous savez. Avant votre arrivée, Joffrey se faisait un point d'honneur de provoquer les différents seigneurs avoisinants. Pourquoi croyez-vous qu'il ait laissé une telle garnison d'hommes et deux guerriers aussi expérimentés que de Dumain et de Coubertain sur place ?

Au nom du vieux chevalier, Anne se figea. Agrippant le bras de Berthe, elle s'apprêtait à la questionner à ce propos lorsque celle-ci tapota gentiment sa main.

— Il a la peau dure. Et il lui en faudra beaucoup plus pour l'arrêter. Pour l'instant, il dort paisiblement. Il se peut cependant qu'à son réveil il soit de fort mauvaise humeur ! Comme il ne cessait de houspiller tous ceux qui lui recommandaient de se ménager, j'ai dû user d'un subterfuge pour le calmer. Disons plus clairement que j'ai modifié à ma façon le breuvage qu'il a ingurgité, termina-t-elle d'un ton malicieux, l'œil taquin.

Médusée par l'audace de la gouvernante, Anne éclata de rire. Le vieux chevalier n'apprécierait pas du tout ce vilain tour de sa part. Mais rassurée sur son sort, elle se détendit et concentra son attention sur la grande salle. Croisant son regard scrutateur, Berthe enchaîna de plus belle.

— Vous verrez, tout ira très bien ! De Coubertain a déjà disposé des archers à chaque merlon du chemin de ronde et dans chacune des tours. De plus, plusieurs soldats font bouillir de l'huile, alors que d'autres supervisent l'approvisionnement en pierres par les villageois. Il est impossible pour les Anglais d'attaquer par les versants ouest et nord, car ils sont protégés par la falaise qui surplombe l'océan. Seuls les versants est et sud demeurent accessibles, mais comme la pente est escarpée et rocheuse, il ne sera pas aisé de grimper les murs par ces côtés. Et le sentier abrupt qui mène au pont-levis ne permet pas d'y déplacer une tour de bois. Nous sommes à l'abri derrière les remparts de cette forteresse et, pour ceux qui n'ont pu regagner le château, ils sauront se cacher dans la forêt. Vos gens sont en sécurité. De surcroît, il nous reste suffisamment de provisions pour soutenir un long siège advenant le cas où cette vermine anglaise déciderait de s'installer à nos portes pour quelque temps – mais j'ai dans l'idée qu'il ne saurait en être question. Le contingent de Joffrey n'est pas si éloigné de nous et ces assaillants pourraient rapidement se trouver en très mauvaise posture si le seigneur des lieux revenait.

Devant l'expression stupéfaite de la jeune femme, Berthe rit franchement. À l'évidence, la dame de Knox ignorait tout du potentiel réel de l'endroit et de ses habitants. Et qui aurait pu le lui reprocher, puisqu'elle avait toujours vécu en paix dans la demeure de son père.

— En fait, de Coubertain a envoyé des messagers à Crécy, et cela, dès l'apparition de la troupe anglaise. En ce moment, trois de nos hommes parcourent la région de fond en comble. Sous peu, le seigneur sera informé de ce qui se passe ici.

À la seule perspective de revoir Joffrey bientôt, le cœur d'Anne s'emballa. Consciente de l'émoi de sa maîtresse, Berthe hocha la tête.

— L'idée de retrouver votre époux semble vous combler de bonheur! J'en suis si heureuse!

Pour toute réponse, Anne pressa la main de sa compagne et ferma les yeux un bref instant. Pour un peu elle aurait béni les Anglais d'avoir osé venir assiéger le château. Se rappelant soudainement la promesse faite à son mari, elle embrassa chaleureusement la vieille femme et s'élança dans l'escalier de pierres afin d'avoir un aperçu de la situation. Parvenue en haut du donjon, elle pénétra dans l'échauguette avec précaution, le souffle court. Situé le long de la courtine est, le poste de veille était certes petit, mais pouvait accueillir facilement deux sentinelles. Deux soldats surveillaient justement l'horizon par les meurtrières. Anne ne s'était jamais aventurée dans cette zone réservée aux hommes d'armes et elle en éprouva un léger malaise. Elle parcourut la pièce d'un regard curieux. L'endroit apparaissait propre, malgré son manque de confort évident.

Constatant sa présence, les guetteurs tressautèrent et l'observèrent sans gêne, avec un mélange d'incrédulité et de réprobation. Ce n'était pas un lieu adéquat pour leur châtelaine, mais ils n'osaient lui formuler de reproche. Devinant leur trouble, elle leur offrit son plus charmant sourire et s'avança vers eux avec assurance. Déstabilisés, les deux guerriers se raclèrent la gorge. L'un réajusta son haubert, alors que l'autre se gratta nerveusement la nuque. Sans un mot, elle se pencha vers l'une des meurtrières et jeta un rapide coup d'œil à l'extérieur. Elle réprima un bref sursaut en apercevant la centaine d'Anglais qui s'installaient à leur porte. Parmi les soldats, elle pouvait distinguer quelques chevaliers, et cela la préoccupa. Que souhaitait exactement leur commandant en venant les provoquer de la sorte? Ne réalisait-il donc pas quelle menace les guettait en assiégeant ainsi le château ? Joffrey était réputé pour sa férocité au combat et sa vivacité tacticienne. Pourquoi, dans ce cas, tenter de l'offenser si ouvertement ? Tout cela était insensé et l'incitait à appréhender le pire. Décidée à faire part de ses doutes à de Coubertain, elle abandonna les deux sentinelles sans explication et partit à la recherche du dirigeant. L'homme pouvait bien être un chevalier d'expérience, il n'en demeurait pas moins faillible.

Elle était à bout de souffle quand elle parvint finalement à le retrouver. De Coubertain donnait des ordres précis aux soldats chargés d'assurer les défenses de la haute cour. En remarquant la présence d'Anne, il tressaillit. À n'en pas douter, leur jeune châtelaine avait présumé de ses forces. Il grogna de mécontentement face à son entêtement et franchit la distance qui les séparait à grandes enjambées. Sans lui laisser la possibilité d'émettre le moindre commentaire, il l'empoigna par le coude et l'entraîna à sa suite jusqu'au donjon. Il n'avait de cesse de pester contre les femmes qui se permettaient d'intervenir dans les affaires des hommes sans y être invitées. Son seigneur acceptait peut-être ces écarts de conduite, mais lui n'en avait cure. Il avait une forteresse à défendre et n'avait pas de temps à perdre. Il maugréait toujours avec colère lorsqu'ils arrivèrent dans la grande salle. Anne, pour sa part, était trop abasourdie par l'audace et l'éclat du chevalier pour songer à s'opposer à lui. De toute façon, elle devinait qu'il ne souffrirait aucune excuse. Alertée, Berthe vint aussitôt à leur rencontre et se rembrunit en apercevant le visage pâle d'Anne.

Sur les ordres de la gouvernante, Melisende fut envoyée à la cuisine pour y chercher certaines herbes et faire bouillir de l'eau. Sans un mot, le chevalier de Coubertain laissa

Anne entre les mains de la vieille femme et retourna à son poste. L'œil froid et inquisiteur qu'il darda dans leur direction fit comprendre à Berthe qu'elle avait tout intérêt à retenir leur châtelaine entre les murs protecteurs de sa chambre. Elle fit aussitôt face à Anne.

— Mais quel besoin aviez-vous de parcourir le donjon d'un bout à l'autre avec autant d'empressement ? Ne vous avais-je pas signalé de prendre du repos et de vous en remettre à nous ? s'exclama Berthe en palpant la chair meurtrie de l'épaule de sa maîtresse.

Sous la douleur, Anne poussa un faible cri. Avec détermination, Berthe l'entraîna vers ses quartiers. Parvenue aux appartements de la châtelaine, elle dénoua le bandage. En constatant que le linge était légèrement rosé, elle réprima un grognement de mécontentement.

— Vous voilà bien avancée, maintenant, avec votre blessure qui saigne de nouveau, s'emporta-t-elle.

Au moment où Anne s'apprêtait à protester, Melisende entra dans la pièce, un plateau en équilibre dans la main.

— À présent, vous allez me boire ce breuvage, car je n'accepterai aucun refus de votre part. Et si jamais il vous venait l'idée de vous rebeller, je ferai quérir le chevalier de Coubertain sans hésitation et je lui demanderai de vous obliger à l'avaler de force. Si j'étais à votre place, j'éviterais de le contrarier davantage. Et encore, j'ose à peine imaginer la réaction du seigneur lorsqu'il apprendra ce qui s'est passé.

Anne se renfrogna en ingurgitant le liquide infect. Elle avait agi comme une châtelaine se devait de le faire envers ses métayers. De plus, elle avait pris ses précautions en sortant accompagnée d'une escouade de soldats. Comment auraient-ils pu deviner qu'une troupe anglaise suivrait leurs traces ? À la seule perspective de ce qui aurait pu advenir si de Dumain ne les avait pas rejoints et si de Coubertain ne leur avait pas prêté main-forte, elle frissonna.

Égarée dans ces pensées peu agréables, elle ne prêta plus attention à Berthe. Celle-ci pourtant n'avait pas perdu son temps. En effet, elle avait fait raviver les flammes dans l'âtre et refermé en partie les courtines du lit. Anne glissait doucement dans un état second quand Berthe l'incita, d'une pression ferme sur l'épaule gauche, à s'allonger. Ayant été droguée à son tour par Berthe, elle sombra dans un sommeil de plomb. Melisende, qui secondait la femme, lui lança un regard réprobateur. Leur châtelaine n'apprécierait pas du tout avoir été manipulée de la sorte, surtout alors que les Anglais campaient à leurs pieds.

⚜

La nuit était déjà bien avancée quand un bruit étouffé de l'autre côté de la porte réveilla brusquement Anne. Remuant avec lenteur, elle sursauta en percevant une présence près d'elle. En étirant la main, elle frôla le bras frêle d'une femme, dont le souffle régulier lui indiquait qu'elle dormait profondément. En essayant de se relever, elle éprouva cependant une raideur inhabituelle à l'épaule droite. Tout en grimaçant, elle tenta de percer les pénombres qui l'entouraient et secoua vivement la tête, espérant ainsi dissiper les derniers lambeaux de brume qui s'accrochaient à son esprit. Elle avait la langue rêche et la gorge sèche, et elle cherchait la raison de son état lorsqu'un éclair de lucidité déchira le voile qui l'enveloppait.

Elle se rappela soudain la fureur du chevalier de Coubertain et la contrariété de Berthe. Non sans un certain malaise, elle comprit que celle-ci l'avait droguée à son insu. « Eh bien, elle ne perd rien pour attendre ! » Décidée à lui faire part de son mécontentement, Anne s'apprêtait à ouvrir la courtine d'un coup sec lorsqu'un son étouffé provenant du coin opposé de la chambre parvint jusqu'à ses oreilles. Puis ce fut le silence complet. Cela était d'autant plus terrifiant qu'elle percevait la présence d'une tierce personne dans la pièce.

Instinctivement, elle tâtonna avec sa main gauche sous son oreiller. En y rencontrant le métal froid de la dague qu'elle y cachait, elle éprouva un vif soulagement. Le rideau fut brusquement tiré alors qu'elle s'apprêtait à s'emparer de l'arme. D'emblée, elle suspendit son geste. À la vue de la mine funeste de l'homme qui la surplombait, elle suffoqua. Au même moment, son attention fut portée sur la forme inerte qui reposait dans un fauteuil. Anne comprit alors avec effroi qu'elle contemplait le corps sans vie de Susette, la cadette de ses dames de compagnie. Un hurlement d'horreur resta coincé dans sa gorge.

Réveillée à son tour, Melisende se redressa à ses côtés et se pétrifia. Consciente que la survie de sa suivante ne tenait qu'à un fil, Anne pressa vivement les doigts de sa compagne et l'intima au silence d'un seul regard. La peur au ventre, Anne fit de nouveau face au scélérat et déglutit avec peine, réfléchissant rapidement. Sans prévenir, l'individu l'agrippa par le bras et la sortit du lit sans douceur. Une main calleuse et nauséabonde se plaqua sur sa bouche. Anne tenta, en vain, de se dégager, mais elle s'avéra impuissante face à la force brute de l'homme. De plus, par ses gestes brusques, le brigand avait éveillé la douleur à son épaule.

— Hé, le déserteur ! C'est laquelle des deux qu'on doit ramener ? demanda le malotru qui s'était emparé de Melisende.

— Va savoir, elles se ressemblent fichtrement. Mon avis est qu'il vaudrait mieux les ramener toutes les deux. Mais y faut trouver le mioche en premier. Cet imbécile de Maraudeur s'est fait saigner par le soldat devant la porte avant de pouvoir l'éliminer. Y va falloir terminer le sale boulot à sa place.

En entendant ces propos, Anne s'affola. « Seigneur ! Ce monstre fait sans nul doute référence à Charles-Édouard. Ils cherchent à le tuer ! » Animée par un feu dévorant, elle redoubla d'ardeur pour se libérer. Tout en reléguant la douleur au second plan, elle frappa de ses talons tout ce qui se trouvait à sa portée, n'hésitant pas à mordre les doigts poisseux de son assaillant. Exaspéré, l'homme lui fit faire volte-face et la gifla avec tant d'énergie qu'elle fut rudement projetée sur le lit. Ne songeant qu'à son fils, Anne glissa sa main gauche sous l'oreiller et saisit la dague. Avec une vivacité et une force surprenantes, elle se releva et la lui planta dans l'abdomen jusqu'à la garde. Les prunelles du gredin s'agrandirent sous la stupeur, puis il s'affala sur le plancher dans un bruit sourd.

Avant qu'Anne ne puisse donner l'alerte, une silhouette imposante sortit de l'ombre et fonça sur elle tel un fauve en furie. Le nouveau venu referma ses doigts sur la gorge de la châtelaine et l'enserra sans pitié. Anne chercha à se libérer de cette emprise mortelle, mais le combat était inégal. Elle manqua d'air et perdit conscience. L'homme l'attrapa au moment où elle s'effondrait et la fit basculer sans effort sur son épaule comme un vulgaire sac de grain. Des larmes d'impuissance montèrent aux yeux de Melisende. L'inconnu se pencha alors vers elle, une expression menaçante sur le visage.

— Si tu ne tiens pas à connaître le même sort que la misérable dans le fauteuil, je te conseille de nous suivre en silence et sans histoire. Tu ne dois ta vie sauve qu'au fait que je ne sois pas certain de ton identité, même si je doute sérieusement que tu sois la dame que nous cherchons.

Trop terrorisée pour tenter quoi que ce soit, Melisende se laissa emporter sans contrainte. En découvrant le corps inerte des deux gardes à leur porte, elle gémit. Son assaillant resserra son emprise et la traîna derrière lui sans ménagement. Au moment où ils s'élançaient vers la pouponnière, des bruits de voix s'élevèrent à l'étage supérieur. Tout en jurant, le chef du groupe changea de direction. « Par tous les démons de l'enfer ! Il m'est impossible d'éliminer le sale bâtard du traître. Mais du moins, je rapporte une prise de choix. »

Quand ils parvinrent au passage qui conduisait vers la grotte, Melisende sut d'instinct qu'il en serait fait d'elle lorsque le subterfuge serait démasqué. À peine venaient-ils de s'engouffrer dans l'étroit couloir humide qu'un chaos infernal retentit au-dessus d'eux dans le donjon. L'alerte avait été donnée et la disparition de la dame de Knox, constatée. Les chevaliers les retrouveraient certainement rapidement.

Brusquement, le chef du groupe rudoya Melisende afin qu'elle presse le pas. Avec effarement, la suivante réalisa que les soldats arriveraient trop tard et qu'elles étaient perdues. L'air s'était rafraîchi et elle pouvait sentir sur son visage brûlant l'embrun salé de la mer. La lueur de leurs torches éclairait piètrement la grotte dans laquelle ils débouchèrent, alors que la rumeur des vagues qui se fracassaient sur les brisants au loin résonnait avec force. La pierre sous leurs pieds était glissante, rendant leur progression périlleuse. Pourtant, Melisende n'hésita pas à tromper la vigilance des brutes en sautant avec vivacité sur un rocher plus étroit. Gardant difficilement son équilibre précaire, elle esquiva de justesse les deux mains qui se tendaient vers elle et se précipita de nouveau sur une autre pierre, manquant de se rompre le cou de peu quand son pied gauche dérapa. Tout en se raccrochant *in extremis* aux inégalités de la paroi, elle arracha accidentellement le bijou que portait le chef sur son pardessus et s'élança dans le tunnel sombre et peu avenant.

L'homme eut un bref instant d'incertitude avant de donner l'ordre de continuer leur chemin. S'ils se lançaient à la suite de cette gueuse, ils risquaient de tomber sur les soldats envoyés à leur poursuite. De toute façon, il était presque convaincu que la femme inconsciente qui reposait mollement sur son épaule était la dame de Knox. Dans ces conditions, son rôle consistait à la ramener au navire de lady Jeanne de Belleville, amarré au large.

L'homme de main bascula Anne dans l'embarcation rudimentaire, l'assommant au passage avant même qu'elle ne reprenne ses esprits. Elle échoua dans la barque qui tanguait sous la fureur des vagues. Le malotru eut un rictus cynique et songea avec satisfaction qu'elle serait dès lors hors d'état de nuire pour un bon moment. Et il veillerait à ce qu'il en soit ainsi tout le long de la traversée.

⁓⊰❈⊱⁓

Trois coursiers en partance du château de Knox chevauchaient à bride abattue, conscients de l'importance de leur mission. Avec une synchronisation parfaite, ils furent interceptés à quelques lieues de la forteresse. Les mercenaires à la solde des Anglais les égorgèrent sans scrupule, puis les abandonnèrent dans la forêt, les livrant à l'appétit féroce des charognards. Tous trois furent délestés de leur monture et surtout du message scellé aux armoiries du seigneur de Knox.

⁓·C✦D·⁓

Melisende débôula précipitamment dans la grande salle, n'osant croire à sa bonne fortune. Emportée par son élan, elle percuta le chevalier de Coubertain de plein fouet. Celui-ci eut le réflexe de la retenir par les épaules, afin de lui éviter de basculer vers l'arrière.

La suivante faisait peine à voir avec son visage livide, ses cheveux en bataille, sa chemise de nuit souillée et son expression hagarde. Apercevant ses pieds nus, de Coubertain la souleva sans effort et l'obligea à s'asseoir sur l'un des fauteuils face au foyer. Incapable de parler, Melisende gémissait et pleurait tout à la fois, alors que ses doigts frêles se crispaient sporadiquement. Sa respiration était saccadée et de Coubertain craignit un instant qu'elle ne s'évanouisse. Sachant que le temps était compté, il la souffla sans hésitation. Melisende hoqueta de surprise sous la douleur de la gifle. Ouvrant de grands yeux, elle frôla sa joue meurtrie du revers de la main. Leur regard se croisa et le chevalier s'accroupit à ses côtés.

— Ma mie, je suis désolé de vous avoir brusquée de la sorte, mais il était impératif que vous vous ressaisissiez.

En apercevant les larmes qui coulaient toujours sur le beau visage, il s'empara des mains de Melisende avec douceur. C'est alors qu'il sentit l'objet étrange dans la paume de la jeune femme. Intrigué, il le détailla d'un air soucieux.

— Ma mie, où se trouve la dame de Knox?

— Dans la grotte… parvint-elle à articuler, avant de s'effondrer une seconde fois en sanglots.

Sur cette nouvelle, de Coubertain se rua à l'extérieur de la salle et rassembla promptement une poignée de guerriers.

Puis ils s'élancèrent vers le passage secret. Melisende, qui était restée en plan, fut prise en charge par Berthe. Tout en s'occupant de la suivante, la vieille femme ne cessait de se tracasser, inquiète de ce qui avait pu arriver à Anne.

❧

De Dumain se frotta machinalement les yeux et porta un regard vide sur le paysage extérieur par la fenêtre du bureau. La fraîcheur du petit matin avait fait place à la chaleur plus torride du midi. Las et abattu, il renversa la tête vers l'arrière. Une escorte réduite d'hommes avait parcouru les environs toute la nuit à la recherche de leur châtelaine, bravant le blocus des soldats anglais entassés aux portes de la forteresse. Mais lorsque l'aube s'était pointé à l'horizon, ils avaient dû abandonner les recherches, conscients que la dame de Knox se trouvait déjà à des lieues des côtes. Ils étaient revenus par un passage dissimulé dans la forêt, échappant de peu à une troupe anglaise. Tous affichaient une mine morose.

Melisende dormait à l'étage, mais son sommeil était agité. Son récit de l'enlèvement avait mis le vieux chevalier au supplice. Le fait d'avoir évité de justesse l'exécution du petit Charles-Édouard ne le réconfortait pas pour autant. La dame de Knox avait été brutalisée et kidnappée. Par qui exactement ? Il l'ignorait. Certes, il ne doutait pas que le commanditaire de cet acte répugnant était le roi d'Angleterre, mais il ne détenait aucun indice quant à l'identité du ravisseur. Où se trouvait Anne ? Et quelle était sa destination finale ? Sa seule consolation en cet instant était de la savoir en vie. Car si ces hommes souhaitaient seulement mettre un terme à ses jours, ils lui auraient tranché la gorge dans son lit et n'auraient pas pris le risque de la trimbaler dans la moitié du château.

De Dumain avait beau se creuser la tête, il ne voyait toujours pas qui avait pu orchestrer une manœuvre de cette envergure. Leur unique piste demeurait cette étrange broche arrachée par Melisende aux vêtements de leur chef. Mais ce bijou n'éveillait aucun écho dans sa mémoire. Peut-être en serait-il autrement pour Joffrey ? En songeant à la colère que provoquerait cet enlèvement chez leur seigneur, le vieux chevalier se rembrunit. Joffrey entrerait dans une rage démentielle, et le guerrier plaignait presque les pauvres bougres qui le préviendraient. « Seigneur ! Il n'est pas aisé de transcrire avec des mots une telle horreur… » Pourtant, il devait terminer cette missive pour que Joffrey soit informé de la situation. Il espérait toutefois que le messager qu'il s'apprêtait à envoyer parvienne à percer les lignes ennemies. Préparer le château à traverser un siège ne constituait déjà pas une mince affaire, et maintenant il devait gérer le ravissement de la dame de Knox…

◦⊱⋇⊰◦

Le soldat dépêché par de Dumain avait à peine franchi les limites des terres de Knox qu'une troupe d'Anglais le rattrapa près de la rivière et l'accula à la berge escarpée. Résolu à ne pas abandonner, le jeune homme serra les poings et força sa monture à sauter dans l'affluent. Plus d'une flèche fut lancée dans sa direction. Atteint mortellement, il atterrit lourdement dans l'onde. Entraînée à sa suite, la bête plongea à son tour en produisant un bruit fracassant. Sur ordre de leur chef, l'un des guerriers s'empressa de se départir de ses habits et piqua la tête la première dans les profondeurs troubles. Avec une ardeur redoublée, il nagea jusqu'au corps inerte et l'empoigna de justesse par le bras avant que celui-ci ne soit englouti par les flots. Saisissant la dépouille par les aisselles, il la tira vers le rivage. Un deuxième homme l'aida à la sortir et l'allongea sur l'herbe humide. Un individu, tout de noir vêtu, sauta avec aisance de sa monture et s'avança d'un pas tranquille vers le malheureux. D'un coup de pied, il s'assura que le soldat avait bel et bien trépassé. Un sourire froid étira ses lèvres lorsqu'il se pencha et s'empara de la missive dissimulée dans son pourpoint.

— Sir John, que faisons-nous de la dépouille? demanda alors un mercenaire anglais.

— En premier lieu, départez-le de son blason aux armoiries des Knox et, par la suite, débarrassez-vous du corps.

Puis, en silence, il regagna son destrier en songeant à sa bonne fortune. Non seulement était-il parvenu à intercepter les trois premiers messagers en provenance du château de Knox, mais, plus important encore, il avait été en mesure de mettre la main sur le dernier envoi. Arrivé au campement, il mit pied à terre et, sans égard pour son écuyer, lui lança négligemment la bride. D'un pas vif, il se dirigea vers ses quartiers et s'engouffra à l'intérieur de sa tente. Avec une grande satisfaction, il prit place à sa table et sortit les trois premières missives d'un coffre qu'il conservait sous clé. Sur deux des trois plis, le cachet de cire avait été brisé. Il n'avait pas été surpris de constater que l'information était identique sur les deux parchemins. Il en avait donc déduit qu'il en était de même pour le troisième et avait préféré dans ce cas le garder intact. Cassant le sceau, il lut la dernière lettre qu'il venait d'intercepter. Un sourire cruel déforma ses traits lorsqu'il jeta le document dans les flammes du brasero.

Dans ce message, il était indiqué que la dame de Knox avait été enlevée. Malheureusement pour cette jeune femme, son époux n'aurait jamais connaissance de ce mot rédigé par le chevalier de Dumain. Le seigneur de Knox recevrait à la place la missive subtilisée et encore cachetée du chevalier de Coubertain, qui stipulait que des troupes anglaises tentaient d'assiéger la forteresse, mais que, vu leur nombre, elles ne représentaient aucun danger réel pour le moment. Il y était aussi inscrit que les villageois et les paysans avaient trouvé refuge à l'intérieur des murs et qu'ils pouvaient subvenir à leurs besoins pendant plusieurs semaines. De Coubertain affirmait de plus que les hommes sauraient maîtriser l'ennemi.

En lisant cette lettre, le seigneur de Knox ne s'inquiéterait nullement. N'avait-il pas confiance en son chef de la garde ? Il y avait donc fort à parier qu'il renverrait un message pour informer le chevalier qu'il demeurerait sur ses positions à Crécy. Les habitants du château se sentiraient certes décontenancés par une telle réponse, mais lorsqu'ils essaieraient d'entrer de nouveau en contact avec le seigneur de Knox pour l'avertir de la gravité des événements, il serait trop tard. L'hiver serait à leurs portes et rendrait impraticables les recherches ou toute traversée en mer. Et la dame de Knox serait emprisonnée à la tour Blanche en Angleterre ou déjà morte.

Sir John éclata de rire à cette perspective. Tout se déroulait comme prévu, et il connaissait suffisamment Joffrey de Knox pour anticiper sa réaction. Son plan s'était révélé judicieux. Personne n'avait soupçonné le piège. En fait, le siège n'avait été qu'un moyen de diversion pour détourner l'attention des soldats et des chevaliers et pouvoir ravir leur châtelaine sous leurs yeux. Cela avait été un jeu d'enfant !

Maintenant qu'il avait rempli son mandat, il pouvait rejoindre son lieu de rencontre avec le navire de lady Jeanne. Mais, tout d'abord, il devait s'assurer qu'un des hommes à sa solde partirait sur-le-champ muni de la missive trompeuse à remettre au seigneur de Knox.

Lorsque sir John parvint à sa hauteur, Rémi avait déjà enfilé le blason aux armoiries des Knox avec un plaisir pervers et il attendait ses dernières instructions.

2
Captive en sol ennemi

Anne avait vaguement conscience du clapotis de l'eau, mais le tangage prononcé de la barque commençait à l'indisposer. Malgré son état comateux, elle sentait la nausée la gagner en force. Au-dessus d'elle, des hommes grognaient et soufflaient bruyamment, pestant contre les vagues qui menaçaient de les faire chavirer. Pourtant, au bout d'un certain temps, ils arrivèrent en vue d'un navire des plus imposants. Un individu sur le pont leur lança une corde, que l'un des malfaiteurs s'empressa d'attacher à la chaloupe sommaire. Les craquements de la coque parvenaient à percer le voile de brume qui obscurcissait son esprit, mais elle se sentait incapable d'ouvrir les paupières ou d'émettre le moindre son. Elle eut l'impression que l'on fixait quelque chose à sa taille pour la hisser à bord, puis se sentit être ballottée dans tous les sens, suspendue entre la chaloupe et le navire. Lorsque sa tête heurta la coque du bateau avec un bruit sourd, elle poussa un faible gémissement. Cette ascension lui sembla durer une éternité, et Anne en était à se demander ce qui lui arrivait quand deux bras puissants la saisirent sous les aisselles et la soulevèrent dans les airs afin de la faire passer par-dessus le gaillard. Elle fut reposée sans douceur sur le pont. Sans appui pour la soutenir, elle s'affala. Un homme la rattrapa de justesse avant qu'elle ne percute les planches rugueuses. Une main légère frôla son front et releva ses paupières.

— Les imbéciles, s'exclama Jeanne de Belleville. Ils n'ont pris aucun soin de cette précieuse prise de guerre.

Souhaitons que les ecchymoses qu'elle a sur la tête ne lui soient pas fatales. Débarrassez-vous de ces idiots, monsieur Ken. Je n'ai que faire d'incompétents. Pour ce qui est de notre invitée de marque, faites-la installer dans ses quartiers et assurez-vous qu'elle soit nourrie. J'espère qu'elle survivra car, dans le cas contraire, le roi sera fort mécontent. Et nous ne désirons pas attiser son courroux, n'est-ce pas ?

— En effet, milady ! Je surveillerai moi-même la dame de Knox, s'empressa de répondre le capitaine du navire.

Et avant qu'elle n'ait pu protester, Anne fut amenée comme un vulgaire fétu de paille vers une cabine située à l'extrémité du pont.

⌦⌫

Deux jours passèrent avant qu'elle ne parvienne à revenir à elle. Désorientée, Anne promena un regard incertain sur les alentours et constata avec stupeur qu'elle semblait confinée dans une pièce étroite. Comble de l'infortune, le sol tanguait sous ses pieds. Avisant le pot de chambre non loin du lit, elle se releva péniblement et se dirigea dans cette direction en titubant. Elle réprima de justesse un haut-le-cœur. « Doux Jésus ! Mes jambes sont si faibles, je crains de ne pas y arriver ! » À peine eut-elle le temps de se laisser choir sur ses genoux qu'elle rendait déjà son repas de la veille. C'est ce moment que choisit le capitaine Ken pour entrer dans la cabine. En découvrant sa captive, terrassée par le mal de mer, il poussa un soupir d'irritation. « Eh bien, cette traversée ne sera pas de tout repos ! » maugréa-t-il intérieurement. Effectivement, les jours à venir s'avéreraient atroces pour la dame de Knox. Maintenant qu'ils voguaient en haute mer toutes voiles dehors vers l'Angleterre, il leur était impossible de revenir en arrière. La pauvre allait devoir survivre à cet enfer !

Les jours se succédèrent avec une lenteur affligeante. Maintenant qu'elle avait retrouvé ses esprits, Anne n'en restait pas moins recroquevillée sur sa couchette, le teint livide, les lèvres craquelées et les yeux cernés, sans que personne ne se soucie de lui procurer le moindre soin rudimentaire. Son estomac parvenait difficilement à garder les quelques morceaux de pain qu'on la forçait à avaler. Elle dormait désormais dans ses propres souillures, trop faible pour atteindre le pot de chambre situé à l'extrémité de la cabine. L'odeur fétide qu'elle dégageait indisposait jusqu'au matelot chargé de lui apporter son plateau. Il y avait quelque temps déjà que lady Jeanne ne lui rendait plus visite pour s'enquérir de son état. Même le capitaine ne se risquait plus dans ses quartiers depuis la veille. C'est à croire qu'elle n'existait plus !

Elle en était là dans ses réflexions lorsqu'elle perçut un bruit derrière la porte. Tournant mollement la tête dans cette direction, elle ne s'étonna pas de voir apparaître sir John dans l'encadrement. Réprimant un frisson d'horreur, elle demeura le regard fixé sur le nouvel arrivant. Cet individu ne lui inspirait aucune confiance et son expression concupiscente la rendait nerveuse. Elle ne pouvait souffrir ses doigts lorsqu'il la palpait sans gêne, et il le savait pertinemment. En outre, il prenait plaisir à la torturer.

Si cela n'avait pas été du capitaine Ken, qui sait ce qu'il serait advenu de sa personne quelques jours plus tôt quand sir John s'était permis de relever sa chemise de nuit. Elle avait été incapable de l'empêcher de presser avec avidité ses seins, alors que sa bouche cherchait à prendre goulûment possession de ses lèvres. Par réflexe, elle l'avait mordu, y mettant toute son énergie. Dans un cri de rage, sir John avait levé la main avec l'intention évidente de la frapper, mais le commandant du navire était apparu sur ces entrefaites et l'avait brutalement renvoyé sur le pont. Un flot de paroles haineuses s'en était suivi et c'est en définitive lady Jeanne qui avait mis un frein à cet affront. Par la suite, les visites de sir John avaient toujours été supervisées par le capitaine, mais ses yeux trahissaient sa rancœur à son encontre.

Aujourd'hui, cependant, il la visitait seul et cette constatation emplissait Anne d'appréhension. Devinant la tournure des pensées de la prisonnière, l'homme éclata d'un rire sardonique. Anne frissonna et émit un faible gémissement. Avant qu'elle ne puisse alerter quiconque, il se rua sur elle et l'empoigna brusquement par les épaules.

— Tu es moins fière, maintenant ! Tu empestes à des lieues à la ronde, sale crasseuse. De plus, ton corps est décharné et tes vêtements tombent en loques. Tu es misérable, très chère, et c'est peu dire ! Même ton époux ne pourrait éprouver autre chose que de la répulsion à ta vue. Tu n'as plus rien de la dame de Knox… Quel déshonneur et, surtout, quelle déception !

Anne ne broncha pas. Elle avait atteint un tel point d'affliction qu'elle n'aspirait plus à grand-chose de toute façon. Pourtant, à la pensée de Joffrey, son regard se voila. Mieux valait qu'il n'apprenne jamais dans quel état de déchéance elle avait sombré. Conscient qu'il n'y avait plus rien à tirer de la malheureuse, sir John la repoussa avec dédain sur sa couche et tourna les talons, l'abandonnant à son triste sort.

Une petite embarcation avançait lentement sur la Tamise, suivie de près par deux autres. Anne gisait tout recroquevillée au fond de l'une d'elle, l'esprit à la dérive. Elle n'avait que faire du destin qu'on lui réservait, ni de l'endroit où on l'amenait, car cela ne pouvait être pire que ces journées horribles passées sur le navire.

Au détour d'une courbe, quatre hautes tours se profilèrent à l'horizon. Anne frémit à leur vue. Voilà donc à quoi ressemblait la tour Blanche, ce lieu maudit que craignaient tant les chevaliers français. Un faible rire dérisoire s'échappa de ses lèvres lorsque les barques parvinrent en vue de la porte des prisonniers. Un grincement sinistre retentit quand les lourdes grilles tournèrent sur leurs gonds. Sitôt accostés, deux gardes l'attrapèrent rudement par les aisselles. Sur les ordres de sir John, ils la traînèrent sur les dalles de pierre comme une vulgaire souillon. Alors que sir John leur emboîta le pas, lady Jeanne poursuivit son chemin sur le cours d'eau, en direction de l'entrée principale de la forteresse. Peu lui importait dorénavant le destin de cette malheureuse, puisqu'elle avait rempli sa part du contrat.

⊂⊂✿⊃⊃

Anne se trouvait désormais dans la tour Beauchamp, prisonnière des bas niveaux. Rejetée sans ménagement sur la paillasse miteuse d'une cellule, elle s'effondra sur le dos, brisée et désabusée. L'endroit était rudimentaire, humide et sombre. L'air y empestait le moisi et la mort. Par chance, personne n'avait songé à l'attacher. Parcourant la pièce à peine éclairée d'un regard vide, elle pensa une nouvelle fois à Joffrey et étouffa un sanglot. Que s'était-il passé après son enlèvement? Les Anglais avaient-ils envahi le château? Son fils était-il toujours en vie? Qu'était-il seulement advenu de Joffrey? Réfléchir à toutes ces questions la rendait malade d'angoisse. D'ailleurs, si elle ne cessait pas de se tourmenter à ce sujet, elle perdrait le peu de raison qui lui restait et basculerait dans la folie. Mieux valait dans ces conditions se couper de la réalité. Fixant alors la faible lueur de la chandelle, elle fredonna d'une voix enrouée une ballade de son enfance. Mais quand la flamme s'éteignit, elle poussa un hurlement de frayeur. Le soldat posté à sa porte en ressentit des frissons. Inquiet, il envoya un de ses compères chercher de l'aide. Pour sa part, il n'osait entrer dans la cellule, de crainte de faire les frais de la démente qui s'y trouvait.

L'homme mandaté revint quelques instants plus tard avec la responsable de la tour. C'était elle qui veillait au confort des prisonnières de haut rang qu'on y retenait en attendant une rançon ou une exécution. Le garde poussa un soupir de soulagement en l'apercevant.

— Gardienne Priska, vous voilà ! Je suis heureux que ce soit vous.

À ces mots, la femme entre deux âges pinça les lèvres, accentuant encore plus son air revêche. « Mais que se passe-t-il donc ici ? » se demanda la gardienne. N'ayant pas de temps à perdre, elle se campa devant le soldat et le toisa avec morgue.

— Votre compagnon me mentionnait que vous aviez enfermé une femme en ces lieux. Pourtant, je n'ai été informée d'aucune arrivée.

Mal à l'aise, l'homme se dandina d'un pied à l'autre, ne sachant que faire. Peut-être aurait-il mieux valu ne pas faire appel à Priska finalement et maintenir le secret ? Percevant son incertitude, la nouvelle arrivante l'apostropha :

— Je vous ordonne d'ouvrir cette porte, soldat ! Et si j'étais vous, je m'exécuterais sans plus tarder, sous peine de représailles sévères, le menaça-t-elle avec froideur de sa voix grave et tonitruante.

Il n'en fallut pas plus au garde pour obéir. D'une main hésitante, il fit tourner la clé dans la serrure et, d'un coup d'épaule, entrebâilla le battant rouillé.

Anne sursauta et fut emplie d'effroi en apercevant le faible rai de lumière. Quels sévices lui infligerait-on maintenant ? Tétanisée, elle crispa ses doigts sur le tissu effiloché de sa robe de nuit. Un cri demeura coincé dans sa gorge lorsque l'homme apparut. Obnubilée par sa peur, Anne ne vit pas la petite femme trapue qui se faufilait à sa suite. Priska tressauta en découvrant la pauvre créature chétive recroquevillée sur la paillasse.

— Que diable ! Mais qui est cette malheureuse ? s'exclama-t-elle avec vigueur.

— Voici l'épouse du traître. Il s'agit de la dame de Knox.

Priska en resta sans voix. La prisonnière qui croupissait dans ce cachot était de haut rang, voire de naissance royale. Cette place ne lui convenait certainement pas. Il lui fallait remédier à la situation rapidement, avant que cette histoire ne vienne aux oreilles de la souveraine. « Qui donc a été aussi vil et insensé pour procéder de la sorte ? se questionnait Priska. Comment a-t-on pu laisser une telle chose se produire ? C'est inacceptable ! » Même dans la pénombre, il était évident que la dame de Knox souffrait et se trouvait dans un état pitoyable. Cette lady de la noblesse française devait reprendre des forces et retrouver de sa splendeur, autrement la reine entrerait dans l'une de ses colères légendaires, et avec raison.

⁌⁌⁌

Le chemin jusqu'à sa nouvelle cellule parut interminable à Anne. Une fois arrivée sur place, elle y fut abandonnée, sans un seul mot. Désorientée, elle jeta un coup d'œil incertain sur la pièce. Le mobilier rudimentaire avait dû servir à maintes reprises. Les courtines et les draps du lit semblaient poussiéreux et usés. Tout en se massant les tempes, elle se cramponna à l'une des colonnes afin de ne pas vaciller. Le sol était glacé et rugueux sous ses pieds. Ses pas chancelants la menèrent à la fenêtre par laquelle la lumière vive du soleil pénétrait à profusion, et cette vision la réconforta. Aussi loin que son regard pouvait se porter, seules la campagne et la forêt s'offraient à sa vue. Un bref coin de la Tamise apparaissait sur sa gauche. Jetant un rapide coup d'œil en contrebas, elle retint son souffle en constatant la distance qui la séparait de la terre ferme. Un feu ronflait dans l'âtre, prodiguant une chaleur bienfaitrice à la pièce humide et froide. Transie jusqu'aux os, Anne s'avança précautionneusement jusqu'au fauteuil installé devant la cheminée. Elle s'y laissa choir avec un soupir, trop heureuse de pouvoir enfin se réchauffer. Sans se soucier du tissu élimé qui le recouvrait, elle remonta ses pieds et appuya son menton sur ses genoux. Peu importait à qui elle devait ce semblant de confort, elle se sentait trop épuisée dans l'immédiat pour y réfléchir adéquatement. Seul comptait pour le moment le réconfort des flammes.

Elle ignorait depuis combien de temps elle était ainsi prostrée, mais le soleil déclinait déjà dans le ciel quand un bruit de clé retentit dans la serrure, la faisant sursauter. Une étrange petite femme entra la tête haute et droite, talonnée de près par trois pucelles. Deux gardes demeurèrent postés à l'extérieur, de chaque côté de la porte. En silence, les soubrettes s'affairèrent à se conformer aux instructions données sèchement par l'inconnue. Elles ne firent aucun cas de la condition misérable de la prisonnière et la traitèrent avec respect et dignité. Anne demeura interdite, ne sachant quelle attitude adopter. Alors que deux des jouvencelles changeaient les draps, une troisième disposa un plateau chargé de victuailles sur le coffre au pied du lit. Deux jeunots robustes se présentèrent munis d'une cuve, suivis de trois autres qui transportaient des seaux d'eau chaude. Dès que le baquet fut empli, la gardienne s'avança vers la dame de Knox et lui intima l'ordre de se relever. Sur ses directives, deux jeunes filles la délestèrent de ses vêtements en lambeaux, qui furent par la suite jetés dans les tisons rougeoyants. De plus en plus perplexe, Anne se laissa mener jusqu'au bain. Avec délicatesse, une soubrette la soutint pendant qu'elle enjambait le rebord. Elle éprouva un tel soulagement en se plongeant dans le liquide parfumé que sa gorge se noua. Sensible à la détresse de la prisonnière, la pucelle s'empara de sa chevelure avec des gestes doux et entreprit de la frictionner. Anne ferma les paupières et s'abandonna.

Priska se rembrunit devant la fragilité et l'abattement évident de cette grande dame. La pauvre paraissait avoir atteint les bas-fonds du désespoir. Ayant passé une bonne partie de la journée à chercher des réponses, Priska était pour sa part de très mauvaise humeur. Les renseignements glanés ici et là étaient loin de la satisfaire et l'avaient plutôt inquiétée. Lady Jeanne de Belleville semblait s'être acoqui-née avec un certain sir John pour ramener la dame de Knox à la tour. Mais Priska n'avait aucune confiance en cet homme. Il s'agissait d'un être pervers et vil. Même la reine ne pouvait souffrir sa présence à la cour. C'était fort proba-blement à lui que revenait la cause de l'état pitoyable de sa nouvelle pensionnaire. Il lui faudrait donc garder ce gredin à l'œil et minimiser ses contacts avec la captive.

Pour l'heure, la châtelaine avait bien meilleure apparence maintenant qu'elle était débarrassée de cette puanteur infâme et de toute cette crasse. Sa chevelure lavée et peignée brillait désormais. Sa peau rougie la faisait paraître moins maladive, mais ses yeux restaient éteints et vides. Pétronille, l'une des soubrettes maintenant attachées à son service, l'aida à enfiler une robe aux couleurs ternes qui la tiendrait au chaud. De nouveau installée près de l'âtre, Anne avala de mauvaise grâce les aliments que la suivante lui présentait avec insistance. Ayant jugé qu'elles avaient toutes suffisamment abusé des forces de la jeune femme, Priska congédia les jouvencelles et se planta devant la prisonnière.

— Je sais que les derniers événements vous semblent confus, dame de Knox, mais sachez que vous êtes pour l'instant hors de danger. Tant que la reine n'aura pas statué sur votre sort, vous demeurerez séquestrée et sous bonne garde. Cependant, vous serez traitée avec tout le respect qui incombe à votre rang. Vous devez néanmoins garder en mémoire que vous êtes captive en ces lieux. Votre époux est accusé de haute trahison et cela n'est pas une mince affaire. À titre d'épouse du seigneur de Knox, vous êtes assujettie à la décapitation en guise de châtiment. J'espère seulement que notre souveraine se montrera clémente à votre égard et prendra en considération vos liens avec la famille royale de France. Il n'en tient plus qu'à vous de la convaincre de vous accorder la vie sauve…

Trop abasourdie par les récents rebondissements, Anne ne cilla pas à l'énoncé de ces paroles lourdes de sens. Priska laissa échapper un soupir d'impatience et quitta la pièce, non sans avoir jeté un dernier regard sur la jeune femme.

Lorsque la gardienne revint plus tard en soirée afin de s'informer de son état, Anne n'avait toujours pas bougé. Sur ses ordres, deux soubrettes l'accompagnèrent jusqu'au cabinet d'aisance et l'aidèrent à se changer pour la nuit à venir. Aussitôt dans son lit, Anne se recroquevilla sur elle-même. Elle n'avait pas prononcé un seul mot. Priska referma la courtine d'un geste brusque et secoua la tête en signe de mécontentement.

⁓◦⟨⟩◦⁓

Cinq jours passèrent dans le silence le plus complet, sans qu'Anne verse la moindre larme. Elle mangeait à peine et du bout des lèvres. Toute la journée, elle restait prostrée dans le fauteuil près du feu, le regard égaré dans le vide du ciel bleu.

Un matin, plus déterminée que jamais à sortir la captive de son mutisme, Priska l'observa attentivement pendant que Pétronille tressait sa longue chevelure. Elle avait beau faire, elle s'y perdait en conjectures. La dame de Knox aurait dû déjà retrouver ses forces. Pourtant, elle continuait d'être malade tous les jours et semblait dépérir à vue d'œil. C'était tout simplement incompréhensible. Dès lors, une seule chose pouvait expliquer son état, et Priska ignorait si elle devait s'en réjouir. Se plaçant devant la jeune femme, elle adopta une mine revêche et plaqua ses deux poings sur ses hanches.

— Dame de Knox, il vous faudra bien un jour ou l'autre refaire surface et affronter la réalité. Que vous le vouliez ou non, vous demeurez prisonnière. Vous laisser flétrir ainsi n'y changera rien. Tout ce que vous y gagnerez, c'est de risquer la vie du petit être que je crois voir grandir en vous.

Les propos impromptus de la gardienne prirent un certain temps avant de pénétrer l'esprit embrumé d'Anne. En saisissant tout à coup le sens exact de la dernière phrase de sa geôlière, elle tressaillit. Une lueur étrange illumina ses yeux. D'un geste protecteur, elle recouvrit son ventre de ses mains. « Ô mon Dieu! Comment ai-je pu ignorer les signes que m'envoyait mon corps? Joffrey… » Elle portait pour une seconde fois son enfant. Songer à son époux lui fit l'effet d'un coup de poignard en plein cœur. Il lui manquait tant! Que n'aurait-elle pas donné pour être de nouveau en sécurité entre ses bras rassurants! Au souvenir de la promesse qu'elle lui avait faite avant qu'il parte pour Saint-Pol-de-Léon, elle pressa ses doigts tremblants sur ses lèvres. Il lui sembla qu'elle émergeait d'un long sommeil cauchemardesque. Joffrey était un guerrier puissant, elle était indigne de lui en se comportant de la sorte! Elle devait se reprendre et découvrir ce qui était advenu de son fils et de ses gens. Et pour y arriver, il lui fallait retrouver ses forces et affronter la reine d'Angleterre. Peut-être lui permettrait-elle alors d'envoyer une missive au château de Knox.

Une certaine mélancolie imprégnait toujours ses traits, mais une nouvelle détermination l'animait. Priska afficha un sourire satisfait face à ce changement radical. Parfait, elle préférait cela! Pour rien au monde elle ne souhaitait devenir responsable de la mort de cette dame. Cela aurait constitué un fardeau beaucoup trop dangereux à porter sur ses épaules étant donné la réputation implacable du seigneur de Knox.

Pour sa part, en songeant à quel point elle s'était abaissée, Anne se secoua. Avisant le reste de son repas sur le plateau à ses côtés, elle réalisa abruptement qu'elle devait s'alimenter pour le bien-être de son enfant. Résolue, elle s'empara d'une tourte et l'amena à ses lèvres. Le goût était juteux et fort appétissant. Malgré la sensation de faim qui commençait à se manifester, elle s'obligea à manger avec modération. Le vin épicé qu'elle but lui procura rapidement une plénitude bienfaitrice. Enfin rassasiée et plus sereine, elle se sentait désormais disposée à analyser plus clairement le cours des événements. Satisfaite, la gardienne demeura en retrait, tout en l'observant avec attention.

Perdue dans ses pensées, Anne retourna plusieurs fois la situation dans sa tête. Elle chercha à découvrir une raison logique à son enlèvement. Après quelques minutes de réflexion, une certitude s'imposa à elle. Sa présence ici ne pouvait signifier qu'une seule chose : elle était un appât... En la prenant en otage, les Anglais tentaient en vérité d'atteindre son époux. À cette idée, son cœur se rebella et une colère sourde s'empara d'elle, chassant du même coup toutes ses peurs. Il était hors de question qu'elle devienne l'instrument qui causerait la perte de Joffrey. « Il doit sans doute exister une façon d'échapper à ce guet-apens ! Il le faut ! » Et dut-elle y passer des jours, elle trouverait ce moyen. Elle protégerait sa famille envers et contre tout ! Relevant la tête, elle fixa durement la gardienne et lui demanda d'une voix glaciale de lui faire porter une plume, de l'encre et un parchemin.

⚜

Trois semaines s'étaient déjà écoulées depuis la disparition d'Anne. Ce matin-là, dès le lever du jour, de Dumain avait pu constater que la troupe anglaise s'était étrangement volatilisée durant la nuit. « Tudieu ! Qu'est-ce que cela peut bien signifier ? » Il en était à cette réflexion peu agréable lorsqu'un page le rejoignit sur le chemin de ronde, à bout de souffle. Il lui tendit tout de go un document roulé. Reconnaissant les armoiries des Knox sur le cachet, de Dumain fronça les sourcils et s'empressa de le rompre. Pourquoi Joffrey envoyait-il un pli ? C'était lui qu'ils attendaient tous avec impatience et non cette foutue missive ! Plus le chevalier avançait dans sa lecture, plus une expression confuse se répandait sur son visage. Non seulement

Joffrey jugeait-il préférable de les laisser se débrouiller seuls avec les Anglais, en argumentant le fait qu'ils étaient à même de faire face au problème, mais nulle part il ne mentionnait Anne. Il dut relire une deuxième fois le message afin de s'assurer de son contenu.

Il comprit dès lors qu'ils avaient tous été bernés. Submergé par la colère, il vociféra avec force et se dirigea vers la grande salle au pas de charge. Il devait mettre la main sur le messager qui avait livré le parchemin, mais celui-ci avait évidemment détalé avec célérité. Berthe, qui apparaissait au même moment, craignit un instant pour le cœur du vieux chevalier en avisant son expression. Elle ne l'avait jamais vu dans un tel état. Consciente cependant qu'il ne serait pas réceptif à ses propos, elle se contenta de demeurer à l'écart et l'observa en silence. Alerté par tout le grabuge, de Coubertain arriva sur les lieux à son tour avec quelques hommes. En remarquant sa présence, de Dumain s'avança vers lui.

— Ces satanés Anglais nous ont bien dupés! s'écria-t-il d'une voix tonitruante. Leur but n'était pas d'attaquer la forteresse. Ils voulaient s'emparer de la dame de Knox et s'assurer que Joffrey serait maintenu assez longtemps dans l'ignorance pour qu'il ne puisse tenter quoi que ce soit. Ils savaient pertinemment qu'en nous apprêtant à défendre le château contre un siège il nous serait impossible d'entamer une battue adéquate pour la retrouver. Avec ce maudit blocus érigé devant nos portes, ils nous contraignaient à demeurer à l'intérieur des murs fortifiés. Apparemment, leur mission s'est révélée un succès...

De Dumain détestait l'idée même d'avoir été manipulé de la sorte et de Coubertain éprouvait une colère similaire à la sienne. Comprenant qu'il lui fallait partir sur-le-champ pour informer Joffrey des derniers événements, de Dumain ordonna qu'on selle son destrier séance tenante et que quelques hommes se préparent à l'accompagner.

⁓⦕⦖⁓

À son arrivée à Crécy, le vieux chevalier sentit sa frustration s'accroître davantage en découvrant le champ ravagé. Il n'y avait plus trace de l'armée française à des lieues à la ronde. Tout n'était que dévastation et horreur. Plusieurs milliers de cadavres jonchaient la terre rougie par le sang, et la plupart des pauvres hères endossaient les couleurs de la France. Nul doute que Philippe VI de Valois venait encore de subir un revers funeste. La rage au cœur, de Dumain parcourut la zone à la recherche des soldats du contingent de Joffrey. Il se refusait d'envisager la mort du seigneur de Knox. En survolant l'endroit d'un regard perçant, il porta un mouchoir parfumé à son nez et sa bouche. L'odeur qui se dégageait des corps en décomposition s'avérait vraiment insupportable. Ce ne fut qu'à la fin de la journée qu'il tomba sur un petit groupe de mercenaires. Le chef de la bande l'informa alors avec amertume que le souverain avait pris la fuite avec une cinquantaine de guerriers et qu'ils étaient tous partis en direction d'Amiens.

De Dumain enfourcha aussitôt sa monture et s'élança vers Amiens, ses hommes à sa suite. Tout en chevauchant, il maugréa contre ce nouveau coup du sort.

⁓⦕⦖⁓

Joffrey semblait en proie à un tel état d'agitation depuis trois jours que même les plus téméraires hésitaient à l'aborder. Ils le connaissaient suffisamment bien pour savoir que la débandade à Crécy l'avait exaspéré au plus haut point. Il ne cessait de pester contre l'incompétence du roi de

France et l'imbécillité des nobles qui l'avaient accompagné dans cette escapade. Ces stupides seigneurs français avaient cru à tort qu'ils pouvaient guerroyer en respectant le code chevaleresque. Ils avaient réalisé trop tard qu'il en allait tout autrement des Anglais. Cet affrontement s'était soldé par une vraie boucherie, et le roi Philippe ne devait sa sauvegarde qu'à la vigilance et à l'efficacité du comte de Hainaut. Leur fuite en pleine nuit avait constitué le comble du déshonneur pour Joffrey. Fallait-il qu'il éprouve des sentiments puissants pour sa jeune épouse pour subir un affront aussi cuisant et suivre un tel couard qui se prétendait roi de France en toute légitimité. Hors de lui, Joffrey fit revoler toute la vaisselle qui se trouvait sur la table, d'un brusque mouvement de la main.

De Dumain choisit cet instant pour faire une entrée marquée. D'abord surpris, Joffrey le fixa avec stupeur, puis l'inquiétude le gagna en constatant l'expression du chevalier. Le nouvel arrivant porta la paume au pommeau de son épée. La nouvelle qu'il s'apprêtait à livrer au seigneur de Knox n'arrangerait pas son humeur, loin de là. Il n'avait eu besoin que d'un bref coup d'œil pour évaluer son état. Joffrey parvenait déjà difficilement à refréner la rage qui l'habitait. Qu'en serait-il lorsque de Dumain l'aurait informé de la disparition de son épouse ? Le chevalier n'osait l'imaginer et ne voulait surtout pas en faire les frais.

Devant le mutisme soutenu de son mentor, Joffrey ressentit un étrange malaise. Remarquant la main sur la garde de l'épée, il eut un soubresaut. « Anne… Il ne peut s'agir que d'elle ! » La gorge soudainement sèche, il fit un pas dans sa direction, l'expression dure.

— Qu'est-il arrivé à Anne ? Parlez… lança-t-il d'un ton froid et coupant.

De Dumain inspira profondément et leva des yeux méfiants vers lui, cherchant à le jauger.

— Il y a plusieurs semaines de cela, elle a été enlevée pendant la nuit…

— Non… hurla Joffrey avec rage, tout en faisant voltiger la table à tréteaux et le banc dans ses quartiers.

Puis, sans avertissement, il sortit son épée du fourreau et s'élança vers le vieux chevalier. Prêt à toute éventualité, de Dumain tenait déjà son arme en main et para l'assaut. Le bruit des lames qui s'entrechoquent attira les soldats affiliés à la maison des Knox. Quelle ne fut pas leur stupeur en avisant la scène. Il leur parut évident cependant que de Dumain ne pourrait contenir indéfiniment les attaques acharnées de leur seigneur. Lorsque l'homme fut blessé au bras gauche, ils se portèrent à son secours afin de le protéger des coups mortels. En apercevant ses hommes massés autour du messager, Joffrey reprit pied. Cet affrontement avait été un exutoire bienfaiteur à sa colère dévastatrice. Des émotions contradictoires couvaient en lui depuis trop longtemps, le laissant en permanence dans un état de tension extrême.

Reportant son attention sur de Dumain, Joffrey remarqua alors la plaie avec un sentiment mitigé. Avec force, il ficha son épée dans le sol rocheux et s'appuya sur le pommeau, tout en essayant de reprendre son souffle et de s'éclaircir les idées. « Anne a été enlevée », songea-t-il avec amertume, en se rappelant les seules paroles du chevalier de Dumain. Il devait partir à sa recherche sans plus tarder et la retrouver rapidement. Cela signifiait qu'il devrait déserter et abandonner le roi. Tout en se passant avec nervosité une main dans les cheveux, il fixa son mentor avec intensité.

— J'attends des explications! vociféra-t-il d'une voix rocailleuse.

Rassuré de constater que Joffrey s'était ressaisi, de Dumain s'inclina et, après avoir brièvement pansé sa blessure, entreprit de lui narrer les derniers événements.

⋄⋄⋄

Anne déambulait sur les remparts intérieurs, profitant de ces instants de liberté hors de sa cellule. Il lui avait fallu envoyer plusieurs missives avant qu'on ne lui octroie ce privilège. Certes, on lui interdisait toute randonnée à cheval, mais du moins pouvait-elle jouir de l'air pur et vivifiant. Deux soldats attachés à sa garde la surveillaient étroitement et la suivaient de près. Indifférente à leur présence, Anne s'approcha d'une courtine et s'y appuya avec nonchalance, laissant son regard errer sur la Tamise. Un courant frisquet la fit frissonner. L'automne était déjà bien avancé et elle n'avait toujours pas reçu de réponse à sa demande pour rencontrer la reine Philippa d'Angleterre, afin de discuter des termes de sa libération. Pourtant, la réputation de la souveraine indiquait qu'elle était une femme dotée de compassion. Dans ce cas, où se situait le problème? Anne en avait assez de rester dans l'ignorance. Elle avait besoin d'explication, sinon elle finirait par perdre son sang-froid. Un pli barra son front tandis qu'elle jetait un coup d'œil enflammé en direction de l'immense tour blanche. Instinctivement, elle caressa son ventre quelque peu arrondi. Quittant son poste d'observation, elle poursuivit sa promenade, tout en évitant de porter son regard sur l'endroit où se déroulaient les exécutions.

❦

Joffrey se déplaça furtivement à l'orée de la forêt. Enfin, il touchait presque au but. Après son retour précipité d'Amiens, il avait organisé une battue pour retrouver toute trace susceptible de lui fournir des informations concernant l'identité des ravisseurs de son épouse. Il lui avait fallu faire preuve d'une patience inouïe pour endurer le désespoir de ses gens et de Berthe. Par chance, il était parvenu à convaincre sa belle-mère de demeurer au château de Vallière. Ce qui était une bénédiction, puisqu'il n'aurait su que faire d'une deuxième femme éplorée. Déjà que la gouvernante était dans tous ses états et qu'elle couvait excessivement Charles-Édouard depuis l'incident…

En apprenant à son arrivée que son fils avait été lui aussi la cible des Anglais, Joffrey avait serré les poings et fracassé un siège dans la grande salle. Le personnel du donjon en avait été quitte pour une belle frayeur. Plusieurs s'étaient même éclipsés discrètement de la pièce, par crainte de faire face à son courroux.

Le seigneur avait convoqué tous les vassaux qui se trouvaient encore sur ses terres. Le vicomte de Langarzeau, et son père le vicomte de Tonquédec, s'étaient ralliés à lui au début de l'automne afin de ratisser la région et avaient défendu sa cause auprès du roi. Le monarque n'avait pas apprécié ce départ précipité et il s'en était fallu de peu pour que Joffrey se retrouve accusé de trahison pour sa défection. Par bonheur, les deux seigneurs avaient l'oreille du souverain et ils firent preuve de doigté dans leur plaidoirie. Le vicomte de Langarzeau apporta même au

roi la preuve de l'enlèvement en lui présentant le mystérieux bijou arraché par Melisende. Jean Ier reconnut aussitôt l'effigie séculaire qui s'y trouvait gravée. La broche
appartenait à une ancienne famille de la noblesse
bretonne. Joffrey craignit le pire en apprenant qu'il s'agissait des Belleville.

Cela signifiait probablement que la Tigresse bretonne,
comme l'appelaient les gens de la région, souhaitait venger
la mort de son époux Olivier IV de Clisson en s'en prenant
aux siens. La décapitation de celui-ci et la traîtrise du roi
de France à son encontre avaient changé cette femme en
une corsaire rancunière assoiffée de sang. Jeanne de Belleville avait toutes les raisons d'en vouloir à Philippe VI de
Valois et aux siens. La faveur accordée par Philippe à
Joffrey, en le nommant marquis à la tête d'un contingent
malgré son allégeance à Édouard par le passé, avait dû
envenimer son ressentiment. Olivier IV de Clisson avait
été jugé coupable pour la même raison, alors que lui,
Joffrey de Knox, s'en sortait avec tous les honneurs. Et
comme il était de notoriété publique que Joffrey ne devait
ce privilège et son pardon qu'à sa charmante épouse, la
Tigresse bretonne devait éprouver un plaisir pervers à
s'acharner sur Anne.

Restait à déterminer si Anne avait été remise entre les
mains des soldats anglais et envoyée à la tour Blanche,
ou gardée prisonnière à Clisson. Quel que fut le lieu de
la captivité, Joffrey espérait seulement que son épouse
était toujours en vie et traitée avec tous les égards attri-
buables à son rang. Il avait foi en l'avenir, mais le fait
qu'aucune demande de rançon ne lui avait été dépêchée
commençait sérieusement à le tourmenter. Il appréhendait par-dessus tout qu'Anne n'ait été enlevée afin que
les ravisseurs possèdent un ascendant sur lui. Dans ces

conditions, il craignait le pire, car cela n'augurait rien de bon, surtout pour elle.

Tout en jurant, il leva son regard irascible vers la tour isolée du château de Clisson. Enfin, il s'y trouvait. Il ne devait surtout pas permettre à son esprit de prendre de telles tournures macabres en cet instant, sinon il perdrait la raison et toute possibilité de sauver Anne par la même occasion. Il comptait sur son génie tactique et ses compétences multiples de guerrier pour sortir son épouse du guêpier où elle se trouvait. Ce n'était certes pas le temps de laisser son jugement être obscurci par la colère et le ressentiment. En temps et lieu, lorsque Anne serait hors de tout danger, il châtierait à sa façon les coupables, et gare à ceux qui auraient osé porter la main sur sa douce moitié, car la mort serait une délivrance en comparaison des supplices qu'il leur infligerait. Dut-il y consacrer des mois, il finirait bien par retrouver leur trace !

Pour l'instant, il devait se concentrer sur le château de Clisson. Des hommes à lui s'y étaient infiltrés sans difficulté. Certains en tant que soldats, d'autres comme domestiques. Lui-même avait troqué ses habits de guerrier contre de simples hardes de paysan. Il avait, de plus, réquisitionné une vieille cabane en bordure de la forêt et surveillait l'endroit attentivement. Pendant ce temps, le frère aîné d'Anne, Jean de Vallière, avait entrepris un voyage périlleux pour tenter de rejoindre le roi de France. Sa mission consistait à obtenir de la part du souverain une demande de libération pour la comtesse de Knox, en échange d'une forte rançon. Philippe VI ferait cette requête à titre de parent, afin d'influencer la décision d'Édouard III favorablement. Nulle part on ne mentionnait le seigneur de Knox, même s'il revenait à Joffrey d'amasser la somme dans son intégralité. Par la suite, muni d'un sauf-conduit, son beau-frère se rendrait en Angleterre à bord du *Dulcina* pour entamer les pourparlers et s'assurer de la bonne santé d'Anne.

Homme d'action, Joffrey supportait difficilement cette attente interminable. L'hiver approchait à grands pas et, dans ces conditions, il leur serait bientôt impossible d'effectuer la traversée de la Manche et de gagner l'Angleterre. Et cela, il ne pouvait l'accepter ! Si Anne se trouvait là-bas, il ne pouvait envisager qu'elle y soit maintenue prisonnière jusqu'au printemps. Et Jean qui n'était toujours pas revenu de son entretien avec le roi de France. Pourquoi fallait-il que cette situation tarde à s'éclaircir ?

⚜

Une fine couche de neige recouvrait le sol de son manteau blanc. Par contre, un froid vif et piquant transperçait la cape d'Anne malgré la doublure. Tout en enfouissant son visage dans la fourrure d'hermine qui ornait le col, la prisonnière resserra les pans du vêtement sur son ventre légèrement rebondi. Après quatre longs mois de captivité, elle eut finalement l'autorisation de rencontrer la reine. Seize semaines à broder, lire et écrire de perpétuelles missives qui demeuraient sans réponse. Par chance, la gardienne de la tour Beauchamp avait accepté que Pétronille lui tienne compagnie. Alors qu'Anne enseignait à la soubrette les rudiments des dames et des échecs, celle-ci lui apprenait quelques jeux d'adresse de son cru.

C'est ainsi qu'un beau matin elles s'étaient retrouvées sur le chemin de ronde à lancer des cailloux en direction d'une plume déposée par terre. Elles devaient envoyer les cailloux aussi près que possible de la plume pour marquer des points. Pétronille avait rassemblé suffisamment de roches circulaires pour remplacer les boules de bois utilisées en temps ordinaire. Les soldats qui effectuaient leur tour de garde s'étaient bien divertis à leurs dépens en les voyant faire, mais Anne ne s'en était nullement souciée car elle avait pris plaisir à cette partie. Il en avait été de même une autre journée, quand Pétronille avait ramené à sa cellule des paniers de différentes grosseurs et des noix. D'abord étonnée, Anne n'avait pas tardé à comprendre qu'il lui fallait lancer les noix dans les corbeilles placées à des distances variables. Elle s'était révélée peu habile au début, mais après plusieurs jours de pratique son tir s'était ajusté. Leurs éclats de rire avaient longuement résonné derrière la lourde porte.

Anne appréciait par-dessus tout les discussions qu'elle avait avec la jeune fille, alors qu'elles se blottissaient dans un fauteuil. En fait, elle n'avait pas été surprise d'apprendre que la servante était une prisonnière de guerre, tout comme elle. À la différence que Pétronille était libre de ses gestes, même si elle demeurait assujettie à un chevalier anglais, donc captive en quelque sorte. C'était d'ailleurs à cause de sa nationalité française que la gardienne Priska l'avait placée au service d'Anne.

La petite appartenait à une famille de drapiers et habitait avec son père dans une maison spacieuse ayant pignon sur rue. La boutique était florissante et l'enfance de Pétronille avait été bercée par le son de la cloche qui annonçait l'ouverture des marchés. Plus jeune, elle avait sillonné une grande partie de la France en compagnie de son père, du moins jusqu'à ce qu'il ouvre son commerce à Paris et offre des étoffes raffinées qui faisaient l'envie de la noblesse. Les yeux de Pétronille brillaient quand elle évoquait la douceur et l'éclat de la soie, du velours et du brocart d'Italie. Peu de temps avant l'enlèvement, son père avait entamé une négociation avec un Vénitien en vue de développer un réseau commercial au Moyen-Orient. Ils se dirigeaient justement vers cette région lorsqu'ils s'étaient retrouvés à la merci de l'ennemi. Avant que la jeune fille ne puisse comprendre ce qui se produisait, les Anglais avaient investi le navire marchand et exécuté presque tout l'équipage, y compris son père. En la découvrant à bord, l'un des chevaliers l'avait ramenée de force à Londres. Son père décédé, personne n'avait été en mesure de payer sa rançon. En guise de dédommagement, son ravisseur avait pu disposer de sa personne à sa guise. Vu son éducation et sa beauté, il l'avait faite sienne sans autre formalité. Cela s'était passé un an auparavant. Depuis, Pétronille avait donné un fils à cet homme et ne rêvait que du jour où elle pourrait enfin quitter l'Angleterre et regagner la France. Elle n'éprouvait aucun remords à l'idée de laisser son enfant derrière elle, puisqu'elle ne l'avait jamais désiré.

Anne ressentit un choc en entendant cette histoire et comprit trop bien l'amertume de sa servante. Tout comme elle, les Anglais l'avaient arrachée à sa patrie et faite captive, sans égard pour les siens. Ils n'avaient pas hésité à tuer des membres de son entourage pour parvenir à leurs fins. Pétronille et Anne étaient tels deux pions sur un échiquier. Résolue à libérer la jeune fille de son calvaire, Anne enserra ses doigts entre les siens et lui promit de faire tout ce qui serait en son pouvoir pour la ramener avec elle lorsque Joffrey la délivrerait. Elle ne savait de quelle façon, mais elles sortiraient un jour de cette prison. Joffrey n'était pas homme à renoncer, pas plus qu'elle d'ailleurs. En attendant, elle comptait bien tout mettre en œuvre pour l'y aider, surtout qu'elle possédait désormais une alliée à ses côtés. Il était hors de question qu'elle accouche entre ces murs lugubres et impersonnels. L'enfant de Joffrey naîtrait au château de Knox, entouré de tous ceux qui l'aimaient.

Voilà pourquoi la réponse favorable de la reine pour un entretien privé arrivait à point. Enfin, elle s'était décidée à la recevoir. Levant un regard scrutateur, Anne détailla attentivement la tour Blanche qui se dressait devant elle en se demandant comment elle devait aborder une souveraine aussi puissante. Elle était habituée à la cour de France et s'y sentait à son aise, mais la cour d'Angleterre était davantage sobre et protocolaire. C'est dans un moment comme celui-là qu'elle aurait apprécié pouvoir profiter de la diplomatie de sa mère. Songer à elle subitement lui noua la gorge. Par chance, sa mère se trouvait chez son frère lors de l'enlèvement, sa vie n'avait donc pas été menacée. Pendant un bref instant, Anne s'autorisa à évoquer sa douceur et sa tendresse. Cette pensée la rasséréna et lui redonna la force nécessaire pour affronter l'épreuve qui l'attendait. Déterminée plus que jamais, Anne inspira profondément et releva la tête.

Encadrée par deux gardes, elle parcourut le hall principal d'un pas vif, sans un seul coup d'oeil dans leur direction. Après avoir franchi de nombreuses portes, ils traversèrent quelques vestibules secondaires avant d'atteindre la salle du trône. Un huissier se chargea d'annoncer sa venue et la présenta à la reine. Consciente de la prestance de celle qui lui faisait face, Anne s'approcha à pas mesurés, mais sans baisser les yeux pour autant. Obnubilée par sa quête, elle ne remarqua pas l'homme vêtu de noir sur sa gauche qui la fixait avec une hargne mal contenue. Un second personnage, qui la détaillait sans hésitation de ses yeux bleu acier, ne suscita pas plus son intérêt. Une haine presque palpable émanait sans contredit du deuxième individu. Les femmes qui l'entouraient s'étaient d'ailleurs instinctivement éloignées de lui, arrachant un rictus cynique à Rémi.

Inconsciente de ce fait, Anne exécuta une profonde révérence avant de s'avancer de nouveau. La reine demeura silencieuse et impassible. Ne sachant ce qu'elle devait en déduire, Anne chercha à déchiffrer l'expression de la souveraine, en vain. Répondant au protocole, elle s'agenouilla aux pieds de Philippa et se prosterna avec difficulté, gênée par son ventre. Puis, retrouvant toute sa fierté, elle se remit debout et releva le menton en signe de défi. La reine retint de justesse un sourire amusé. Cette comtesse forçait le respect par son attitude et sa détermination. Loin de s'en offusquer, Philippa en éprouva de l'admiration. Décidément, le courage de la dame de Knox n'avait d'égal que l'audace de son époux.

D'un mouvement discret de la main, elle enjoignit aux gardes et à la cour de se retirer. Dès qu'elles furent seules, la reine détailla la prisonnière d'un regard perçant. La jeune femme semblait avoir souffert de sa captivité. Malgré sa grossesse avancée, elle demeurait frêle. Son teint pâle et ses yeux cernés étaient autant de signes révélateurs. Par chance, ses promenades matinales sur le chemin de ronde intérieur lui permettaient de préserver un peu sa santé. Philippa comprenait sans peine que l'angoisse et l'isolement pouvaient venir à bout de la volonté de n'importe qui. La dame de Knox ressemblait à une fleur qui se fane peu à peu. Elle conservait encore sa fierté, mais bientôt cette force la quitterait. Quel dommage de gâcher une telle fougue! Et le bébé, qu'adviendrait-il de lui? Philippa craignait que la colère de son époux s'étende jusqu'à cet enfant innocent.

Il fallait que le seigneur de Knox en soit éperdument amoureux pour oser trahir ainsi le roi d'Angleterre et se rallier à ce benêt de Philippe VI. Contrairement à Édouard, Philippa savait pertinemment que le seigneur de Knox ne renierait jamais son serment d'allégeance au roi de France. La disparition ou la mort d'Anne de Knox n'y changerait rien. Ce grand seigneur avait donné sa parole à son épouse et s'était engagé envers elle, et rien en ce monde ne pourrait le contraindre à se rétracter. Et si Édouard en venait à supprimer la prisonnière en guise de représailles, Joffrey de Knox deviendrait pour lui un ennemi beaucoup plus redoutable et intransigeant que le roi de France. La richesse et l'armée du marquis de Knox étaient telles que l'exécution de la jeune femme signerait leur perte à tous. Cet homme exercerait une vengeance sanglante à leur encontre. Édouard ignorait ce fait puisque ses conseillers, tous aussi idiots les uns que les autres, l'induisaient en erreur. Il revenait donc à elle de s'organiser pour que la dame de Knox reste en vie pendant sa captivité à la tour Beauchamp. Si par malheur Anne devait mourir, Philippa ferait en sorte que ce soit par la main des Bretons affiliés à leur cause et sur le sol français. De cette manière, son époux et ses enfants seraient épargnés du courroux de Joffrey de Knox.

Anne commençait à se questionner face au mutisme soutenu de la souveraine. Celle-ci la fixait avec une telle intensité que l'inquiétude la gagna. Prenant conscience de la tension qui habitait la femme devant elle, Philippa se décida finalement à lui adresser la parole.

— Comtesse de Knox, je n'irai pas jusqu'à prétendre que votre présence me réjouit, mais je suis soulagée toutefois de constater que vous êtes toujours de ce monde.

Anne frémit. Ce n'était certes pas à ce genre d'exposé qu'elle s'attendait de la part de la reine d'Angleterre.

— Votre Majesté, je ne désire point vous manquer de respect, mais je vous avoue ne pas très bien saisir l'à-propos de votre discours.

— Il est simple, pourtant. J'exècre l'idée même de vous savoir prisonnière entre les murs de cette forteresse, car vous pourriez y rendre malgré moi votre dernier souffle. Le seigneur de Knox est un guerrier redoutable. Il couve en lui un côté sombre et primitif qui m'effraie. Je voudrais éviter, autant qu'il se peut, que mon époux et mes enfants ne subissent sa colère à titre de représailles. Je ferai donc tout ce qui est en mon pouvoir pour que vous restiez vivante. Une fois le printemps arrivé, je ferai en sorte de convaincre le roi de vous renvoyer en France sous bonne escorte. Ainsi, Joffrey de Knox réglera ses comptes avec la noblesse bretonne qui nous y est affiliée. Je ne désire pas que nous soyons plus longtemps concernés par votre personne et votre sauvegarde, comtesse. Vous ramener ici était une erreur monumentale, que je m'efforcerai de rectifier le plus rapidement possible.

Anne demeura sans voix face à de tels propos. Fallait-il que Joffrey soit pourvu d'une réputation des plus funestes pour que la reine d'Angleterre le redoute à ce point? Du moins, elle savait maintenant que dans quelques mois elle retournerait enfin sur le sol français. Anne fondait un grand espoir que, dès lors, son époux parvienne à la délivrer. À cette pensée, elle éprouva une joie immense. Le printemps était encore loin, mais elle pouvait désormais s'attendre à un avenir plus prometteur. L'étincelle lumineuse qui brilla dans les prunelles d'Anne n'échappa point à la souveraine. N'ayant pas le courage de dissiper ses illusions, elle la renvoya dans sa cellule sur-le-champ en souhaitant ne plus jamais avoir à la croiser.

❦

La rencontre d'Anne avec la reine d'Angleterre remontait à plusieurs semaines déjà. Les jours passaient sans qu'aucune nouvelle du château de Knox lui soit transmise. Mais la prisonnière ne s'en montrait pas surprise outre mesure, car elle se doutait bien que toute missive en provenance de la France devait être interceptée et détruite. Ce jour-là, la température s'avérait plus clémente et Anne en avait profité pour se promener sur le chemin de ronde. Ignorant les deux gardes qui la surveillaient de loin, elle jeta un bref coup d'oeil en contrebas tout en inspirant avec plaisir l'air frais du matin. Février tirait à sa fin, ce qui signifiait son retour prochain en France. Posant une main protectrice sur son ventre, Anne retint son souffle en sentant les coups répétitifs du petit être qui y grandissait. Une lueur incertaine traversa son regard en songeant à la délivrance qui approchait. À la pensée que l'enfant de Joffrey viendrait probablement au monde entre les murs de cette prison, elle se rembrunit. Cependant, elle se secoua aussitôt. Elle ne devait pas réfléchir à cette issue pour le moment, car elle avait besoin de toute son énergie pour survivre à sa captivité.

S'arrachant à contrecœur à la splendeur du paysage avoisinant, elle poursuivit son chemin jusqu'à sa cellule. Lorsqu'un des gardes ouvrit la porte en s'éclipsant pour la laisser entrer, Anne ne remarqua pas de prime abord l'individu qui se tenait debout au milieu de la pièce. Elle l'aperçut finalement au moment où le battant se refermait derrière elle dans un bruit sourd. Son cœur manqua un battement en reconnaissant l'identité de l'homme, tout de noir vêtu. Pour sa part, sir John se délecta de cet ahurissement. Enfin, il la retrouvait, cette gueuse. Il lui avait fallu des mois de courbettes et de belles paroles pour rentrer dans les bonnes grâces de la reine d'Angleterre. Il faut dire que la souveraine avait été particulièrement courroucée en apprenant le rôle qu'il avait joué dans la capture d'Anne de Knox, et surtout la façon dont il avait traité cette dernière. Il s'était presque ruiné en colifichets de toutes sortes pour y remédier. C'est pourquoi il avait été fort heureux de savoir que Philippa avait décidé de retourner la prisonnière au château de Clisson. Il avait alors tout mis en œuvre pour être celui qui la remettrait entre les mains de lady Jeanne de Belleville. Loin de la cour, il pourrait faire ce qu'il voulait de la comtesse. Il prendrait même plaisir à mâter cette jeune insoumise, et l'aurait très certainement faite sienne bien avant son arrivée à Clisson. Pour l'instant, elle était grosse du rejeton de ce traître de Knox, mais au printemps elle aurait retrouvé sa taille et serait de nouveau disponible à recevoir les attentions d'un homme. Il ferait en sorte que l'enfant ne survive pas à la traversée de la Manche, afin de s'assurer l'entière coopération de cette catin.

Pendant qu'il s'avançait dans sa direction, Anne demeurait figée sur place, le souffle court et le cœur en déroute. Cet individu la terrorisait à un point tel qu'elle se sentait démunie en sa présence. Avant qu'elle ne puisse ébaucher le moindre mouvement de fuite, il fut sur elle et enserra ses épaules avec force. Anne gémit faiblement et jeta un bref regard en direction de la porte. Alors que son assaillant se penchait vers elle avec l'intention évidente de l'embrasser, elle reprit le contrôle de son corps. Avec énergie, elle chercha à s'échapper de son emprise et lui cracha au visage avec dégoût. Sir John contracta la mâchoire sous l'insulte. Ses yeux fulminaient d'une rage à peine contenue. Un rictus cruel déforma sa bouche au moment où il lui tordait méchamment le poignet gauche dans le dos. Tout en l'étreignant sans pitié, il pressa ses lèvres gourmandes sur les siennes et les écrasa avec un baiser brutal. Quand, enfin, il la libéra, elle le gifla avec tant d'ardeur qu'elle laissa la marque de ses doigts sur sa joue. Profitant de la stupeur passagère, elle tenta de fuir, mais il la rattrapa par la taille avec tant de force qu'elle en eut le souffle coupé.

De nouveau prisonnière, Anne l'assaillit avec ses talons et ses poings, tout en esquivant ses mains qui cherchaient à pétrir ses seins avec rudesse. Elle parvint à l'atteindre à différentes reprises, lui arrachant des grognements furieux. De guerre lasse, il la relâcha en jurant et la projeta violemment vers le centre de la pièce. Anne atterrit lourdement sur le lit et n'eut que le temps de se relever avant qu'il ne la rejoigne. Ses yeux lançaient des éclairs et ses narines palpitaient de rage.

— Pauvre gueuse! Ne sais-tu donc pas que tu ne vaux plus rien? Au lieu de m'agresser de la sorte, tu devrais t'empresser de me satisfaire. Mais je n'en attendais pas moins de la part de l'épouse d'un traître. Tu peux toujours t'accrocher à ta vertu. Sous peu, c'est à mes pieds que tu ramperas.

Devant l'expression abasourdie d'Anne, il éclata d'un rire sarcastique et fit un autre pas dans sa direction, avant de la fixer avec hauteur et dédain.

— Sache que c'est en ma compagnie que tu te rendras à Clisson. J'aurai l'insigne honneur d'être chargé de ta misérable personne. Alors, si tu veux arriver saine et sauve en France, tu te soumettras à mon bon plaisir et tu m'obéiras en tout point. De plus, prends garde à l'enfant que tu portes, car il pourrait très bien terminer égorgé comme son frère, l'héritier des Knox…, lâcha-t-il avec cruauté, en laissant volontairement sa phrase en suspens.

À ces mots, Anne poussa un cri d'horreur. Il ne pouvait en être ainsi, elle l'aurait certainement ressenti dans sa chair.

« Non ! C'est impossible ! Mon petit Charles-Édouard ne peut être mort. Sainte Mère de Dieu ! Pas mon fils ! »

— Soudard…, s'écria-t-elle en s'élançant sur lui, telle une furie. C'est faux ! Mon fils est vivant ! hurla-t-elle en le martelant de ses poings. Charles-Édouard est vivant…, hoqueta-t-elle entre deux sanglots.

— À toi de croire ce que tu veux…, eut-il pour toute réponse, avant de tourner les talons. Si j'étais toi, cependant, je ferais en sorte de garder celui-ci en vie ! termina-t-il en désignant négligemment le ventre proéminent.

Ce fut plus qu'Anne ne put en supporter. Tout en poussant un cri à fendre l'âme, elle s'effondra sur le lit.

Alors qu'elle s'abandonnait au désespoir, une frêle silhouette se dissimulait dans l'ombre du couloir, souhaitant plus que tout ne pas être aperçue par le sombre personnage qui venait de quitter la cellule. La pauvre Pétronille demeura un certain temps ainsi, hantée par les complaintes affligeantes de la dame de Knox. Ayant elle-même perdu quelqu'un de cher par le passé, elle était à même de saisir l'ampleur du chagrin. Elle aurait voulu apporter un peu de réconfort à la captive, mais la gardienne Priska arrivait, alertée par tout ce grabuge.

⚜

Les jours qui suivirent s'égrenèrent avec une lenteur accablante. Anne ne sortait plus de sa prison et picorait seulement quelques bouchées lors de ses repas. De plus, elle refusait désormais la présence joyeuse de Pétronille à ses côtés. Priska était consternée de la voir s'enfoncer dans l'indifférence la plus profonde. Elle ne comprenait pas ce qui avait provoqué chez la dame de Knox un changement aussi radical. La jeune femme lui avait pourtant paru pleine de vie. Mais comment expliquer ce qui arrivait ? La gardienne suspectait que le retour prochain d'Anne en terre de France l'emplissait d'espoirs insensés. Elle l'aurait volontiers questionnée, mais le mutisme soutenu de la prisonnière décourageait toute approche en ce sens. « Que faire ? Devrais-je m'en ouvrir à la reine ? » Elle en était à cette réflexion quand l'un des gardes de la souveraine fit son entrée dans ses quartiers. Priska serra les dents, envahie par un mauvais pressentiment. Elle tendit la main afin de recueillir le pli adressé à son intention et retint son souffle en parcourant la missive. « Que Dieu nous vienne en aide ! » Il s'agissait d'un ordre d'exécution pour la comtesse de Knox, signé par le roi d'Angleterre lui-même. Priska crispa le parchemin entre ses doigts et s'élança d'emblée en direction de la tour Blanche.

Philippa d'Angleterre la reçut immédiatement. Elle était d'ailleurs désespérée et tournait en rond dans la salle d'audience. Elle qui avait tenté l'impossible pour éviter cette tragédie se retrouvait plongée au cœur même de son pire cauchemar. Non seulement la dame de Knox serait décapitée dans une semaine sur le sol anglais, mais de plus cet acte barbare serait commis alors qu'elle se trouvait au terme de sa grossesse. « Seigneur tout-puissant ! Jamais Joffrey de Knox ne pardonnera ces assassinats. » Philippa savait pertinemment que si la nouvelle de cette exécution parvenait aux oreilles de ce guerrier redoutable, celui-ci n'aurait de repos qu'après les avoir tous exterminés. Elle devait empêcher qu'un tel désastre se produise.

⚜

En ce matin brumeux et frisquet, Anne avançait pieds nus dans l'herbe humide. Son corps obéissait, mais son esprit cherchait à fuir la réalité. Quatre gardes à l'expression rébarbative l'encadraient. Priska la suivait de peu, le regard torturé par le doute. Devant elle, la dame de Knox franchissait l'espace qui la séparait du billot d'exécution d'une démarche incertaine. Le bourreau était sur place, son épée fichée dans la terre, dans l'attente de la mise à mort. En apercevant la jeune femme, la reine détourna les yeux un bref instant. Anne lui faisait face, les mains posées sur son ventre et les cheveux coupés courts afin de dégager sa nuque. Elle portait une robe très simple dans les teintes de bourgogne, laissant entrevoir sa gorge d'un blanc virginal.

Anne était comme engourdie. À l'aube, Priska était entrée dans sa cellule afin de tailler ses longues boucles cuivrées. Anne avait alors compris avec horreur qu'il en était fait d'elle. Du moins, la surveillante l'avait gardée dans l'ignorance jusqu'à ce jour fatidique, afin de lui épargner des tourments inutiles. Depuis le début de la matinée cependant, elle était sous le choc, ne parvenant pas à croire au sort qu'on lui réservait. Aucune larme n'avait franchi ses yeux limpides. Elle se sentait au-delà de cette souffrance. L'héritier légitime des Knox avait été exécuté, étranglé par les brigands qui l'avaient enlevée, et son second enfant cesserait de vivre au moment même où elle rendrait son dernier souffle. Piètre consolation, celui-ci connaîtrait une fin beaucoup plus clémente que Charles-Édouard, puisqu'il s'éteindrait bien au chaud dans le ventre de sa mère. À la pensée de son fils disparu dans d'aussi horribles circonstances, Anne sentit son cœur se déchirer de nouveau. Levant son regard vers le ciel, elle formula une prière muette et recommanda leurs trois âmes au Seigneur. Elle se jura de ne pas défaillir, afin de mourir dignement, telle une Knox. Mais son corps commençait à s'insurger. Sur le point de s'évanouir, elle serra les poings et inspira profondément. L'un des gardes emprisonna son coude dans une étreinte ferme et l'obligea à avancer.

Anne se laissa tomber sur le sol et dut faire un effort considérable pour se résigner à pencher la tête vers le billot. Le bourreau attacha ses poignets dans son dos, afin de l'empêcher de lui nuire. La condamnée respirait avec difficulté, tant son ventre la gênait, et elle dut écarter les jambes pour parvenir à s'agenouiller. Des larmes libératrices inondaient maintenant son visage, alors que sa gorge se nouait, face à la peur qui l'envahissait sournoisement. Elle sentit, plus qu'elle ne vit, l'épée s'élever dans les airs. Quand la lame s'abattit, elle appela Joffrey avec une telle ferveur que sa voix se cassa.

La pointe de l'arme se ficha dans le tronc, entaillant la joue de la jeune femme au passage. En apercevant l'estafilade profonde, Philippa poussa un hurlement strident et agrippa les accotoirs de son fauteuil avec tant de force que ses jointures blanchirent. L'un des chevaliers attachés au service de son époux se prosterna alors devant elle avec empressement.

— Que Votre Majesté me pardonne cette cruelle mise en scène, mais je n'avais pas le choix.

Devant l'expression hagarde de la reine, l'homme se racla la gorge et ploya la tête avec affliction avant de se redresser.

— Votre Majesté, le roi m'avait donné des consignes très rigoureuses concernant la prisonnière. Il désirait que son exécution se déroule comme prévu et qu'elle soit épargnée uniquement à la toute fin afin de rendre l'événement plus crédible.

Le soldat jeta un bref coup d'œil vers la joue balafrée d'Anne et admit :

— Cependant, il est vrai que la lame ne devait pas la blesser…

La souveraine tourna un regard incertain dans la direction de la pauvre malheureuse. Sous le coup d'une émotion trop vive, la dame de Knox avait perdu conscience. Cela était mieux ainsi, vu les circonstances. Pour sa part, Philippa était livide. Elle devait impérativement faire sortir la comtesse de ces lieux maudits. Il en allait de la sauvegarde de sa famille et de l'âme de son époux. Sur son ordre, l'un des gardes s'empara du corps inerte de la jeune femme afin de la ramener dans sa cellule. Priska leva un regard incrédule dans sa direction. Jamais, de toute sa vie de geôlière, elle n'avait été témoin d'une telle cruauté envers une dame de la haute noblesse. Philippa soupira en lisant le dégoût évident sur le visage de la gardienne. Sa résolution prise, elle se releva avec dignité et retourna vers la tour Blanche. Dut-elle se fier à cet infâme sir John, elle se débrouillerait pour que la dame de Knox quitte l'Angleterre promptement.

Elle devait en premier lieu s'assurer que le bébé à venir serait épargné. Dès sa naissance, elle le remettrait entre les mains d'une personne fiable. Son choix se porta sur un Français qui lui demandait audience depuis trois jours déjà. Cet homme ramènerait l'enfant sain et sauf en France puisqu'il s'agissait de nul autre que Jean de Vallière, le frère aîné de la prisonnière. Hormis son conseiller privé, personne ne connaissait sa présence à la cour, et il en serait ainsi jusqu'à la délivrance du petit. Le seigneur de Vallière s'était présenté au nom du roi de France, afin d'entamer des pourparlers pour libérer sa sœur. Cette information devait demeurer secrète. La reine ne souhaitait surtout pas courir le risque de déclencher d'autres incidents diplomatiques. Elle ne pouvait acquiescer à la demande du visiteur en ce qui concernait la dame de Knox, car ce serait trahir son époux, mais elle lui remettrait du moins l'enfant en toute discrétion. Le moment venu, elle justifierait la disparition du bébé en argumentant qu'il n'avait pas survécu à l'enfantement.

◦⋅⋙⋅◦

Dans la cellule, de violentes contractions tirèrent brusquement Anne de son inconscience. Tout en se tenant le ventre à deux mains, elle laissa fuser une longue plainte enrouée de sa gorge douloureuse. Priska, qui la veillait en silence, se releva vivement, comme piquée à vif. Avec une efficacité exemplaire, elle fit apprêter la chambre par Pétronille. Alors que la jeune fille préparait la dame de Knox, la gardienne se dirigea vers la tour Blanche pour prévenir la reine. Il avait été convenu entre elles quelques instants plus tôt de la marche à suivre. La délivrance demeurerait secrète jusqu'à ce que le petit soit hors de danger. Une sage-femme, muette de naissance et illettrée, serait dépêchée auprès de la prisonnière afin de l'aider pour l'enfantement. Deux gardes choisis pour leur diligence et leur fidélité à la souveraine se chargeraient de surveiller l'entrée.

◦⋅⋙⋅◦

Anne était en sueur et geignait sous la souffrance atroce qui lui déchirait les entrailles. Il lui semblait qu'une éternité s'était écoulée depuis les premières contractions. Sur sa droite, Priska ne cessait de lui souffler des mots d'encouragement, mais Anne n'en pouvait plus. Les événements s'étaient succédé à un tel rythme qu'elle en perdait toute notion du temps. Déjà qu'elle ne parvenait pas à croire qu'elle fût toujours en vie, alors avec l'accouchement qui survenait elle était complètement désorientée. Ses nerfs flanchaient et elle n'était plus que douleur.

Lorsque l'enfant se présenta, elle se trouvait à bout de forces et répétait inlassablement le nom de Joffrey en dodelinant de la tête. À ses côtés, Pétronille rafraîchissait son front et humectait parfois ses lèvres sèches tout en lui chuchotant des paroles de réconfort à l'oreille. À demi inconsciente, Anne n'entendit pas le cri de sa fille à la délivrance. Elle ne s'aperçut pas non plus que la reine repartait discrètement, un petit paquet emmailloté et dissimulé dans son giron.

⁓⋘⋙⁓

Jean ne put s'empêcher d'éprouver une vive émotion en recevant le cadeau si précieux que lui tendait Philippa. L'espace d'un instant, un bref éclat de bonheur détendit ses traits tirés par la fatigue. Son émoi était teinté d'étonnement, lui qui n'avait appris que tout récemment la grossesse de sa sœur. Joffrey devait lui aussi ignorer ce fait. Le bébé d'Anne se trouvait donc en sûreté. Ne restait plus qu'à déterminer comment en faire tout autant pour la mère. Jetant un regard furtif à la jouvencelle qui l'accompagnait, il déposa sa nièce entre les bras de celle-ci, non sans une certaine hésitation. La reine s'était de nouveau compromise en lui fournissant une nourrice digne de confiance. De son côté, Pétronille se réjouissait d'avoir été choisie pour cette tâche. Quelle bénédiction! Son propre fils étant en âge d'être sevré, elle pouvait l'abandonner à son ravisseur sans remords. Songer à ce fait lui rappela soudain la discussion qu'elle avait surprise entre sir John et la dame de Knox. Il lui faudrait prévenir le seigneur de Vallière à ce sujet. Il fallait absolument l'avertir des propos que cet être immonde avait tenus à la comtesse et surtout le mettre au courant du comportement ignoble qu'il avait eu à son égard.

Pour sa part, en dépit du dénouement heureux pour sa nièce, Jean demeurait inquiet. La reine l'avait informé du sort réservé à Anne, et il enrageait de ne pouvoir la tirer des griffes de ses tortionnaires. Malgré le fait que la souveraine lui eut affirmé que la comtesse retournerait en France sous peu, il ne pouvait s'empêcher d'appréhender le pire. Secouant la tête, Jean songea que l'essentiel était que sa sœur soit déportée en France rapidement. Une fois là-bas, Joffrey serait capable de la délivrer. Pour l'instant, il lui fallait rejoindre le *Dulcina* et éloigner l'enfant des Anglais. Après un bref salut à la souveraine, Jean entraîna Pétronille à sa suite et disparut dans les ombres de la nuit. Philippa poussa un profond soupir, soulagée qu'ils soient tous désormais hors de portée des soldats. Restait la partie la plus difficile de son plan… Transférer la dame de Knox ne serait pas une chose aisée à réaliser.

3
Retour en terre de France

Anne eut l'impression de sortir d'un long sommeil obscur. Une barque la ramenait sur la terre ferme, avec à son bord sir John et deux chevaliers anglais de la garde personnelle de la reine. De son départ de la tour Blanche à son arrivée sur le navire anglais, elle ne gardait qu'un vague souvenir. Tout comme sa deuxième traversée de la Manche. Et pour cause, puisqu'elle avait été droguée dès l'enfantement. À peine émergeait-elle de cette léthargie profonde qui l'engloutissait et lui embrouillait les esprits qu'on l'y replongeait de nouveau.

L'un des deux hommes qui l'accompagnaient jeta un coup d'œil méprisant vers sir John. Sa souveraine avait été bien avisée de faire escorter la dame de Knox jusqu'en France. Ils avaient pu ainsi la préserver des attentions déplacées de ce triste personnage, qui ne cherchait qu'à violenter la jeune femme, sans prendre en considération les épreuves qu'elle venait de subir. Elle avait réussi à récupérer suffisamment de son accouchement, malgré les jours passés sur les flots. Le fait d'avoir absorbé une dose massive de pavot lui avait évité une seconde fois l'expérience cuisante du mal de mer. Pendant ses rares instants de lucidité, ils lui avaient fait boire un bouillon nourrissant et ravigotant pour lui permettre de survivre. Mais Anne demeurait trop engourdie pour différencier ses rêves du moment présent. Le retour à la réalité serait d'autant plus traumatisant qu'il lui faudrait faire face alors à la disparition de son enfant.

Tout en observant la dame de Knox, le chevalier songeait aux ordres de la reine qui leur avait interdit de poser, ne serait-ce qu'un pied, sur le sol français. Dès leur arrivée près des berges, ils devaient remettre la jeune femme à lady Jeanne de Belleville et regagner le navire sans tarder. Le guerrier anglais eut une expression de découragement à cette pensée. Sir John profiterait assurément de ce moment pour faire subir les pires préjudices à la prisonnière. Ce scélérat ne laisserait pas passer l'occasion cette fois-ci, surtout qu'il se retrouverait enfin seul avec elle ! Restait à espérer que le groupe important de soldats qui les attendait sur la rive saurait la préserver de ses assauts. En autant que lady Jeanne de Belleville ait envoyé quelques personnages recommandables parmi eux. Il n'affectionnait pas particulièrement la dame de Knox, mais il ne supportait pas qu'on abuse d'une femme aussi impunément.

Non sans un dernier coup d'œil à sir John, il stabilisa la barque pendant que l'un des hommes sur la berge soulevait la prisonnière avec délicatesse. Le guerrier anglais fut surpris de constater avec quel soin l'individu s'occupait de la dame de Knox. Tout en ramant avec énergie pour retourner au navire, il croisa le regard de l'un des manants qui accompagnaient la troupe. La férocité de son expression lui fit froid dans le dos.

Le manant en question était nul autre que Joffrey de Knox. De Dumain, qui se dressait à ses côtés, lui enserra l'épaule dans une étreinte ferme en signe d'avertissement. Ils étaient trop près du but pour risquer le moindre faux pas. Mis à part Joffrey et lui-même, il n'y avait que de Coubertain et l'un des leurs dans le groupe. Le reste du contingent se trouvait au château de Clisson où il s'était infiltré. Le vieux chevalier percevait très bien la tension qui habitait le seigneur. Jetant un regard sur Anne, il broncha.

En découvrant l'état de la jeune femme, il comprit pourquoi Joffrey souhaitait en découdre. Son désir de vengeance était plus que légitime! Cependant, la sagesse recommandait qu'ils demeurent discrets dans l'immédiat.

Quelques semaines auparavant, de Coubertain s'était distingué par ses exploits et avait su se faire remarquer par lady Jeanne de Belleville. Il occupait depuis peu le poste de commandant d'une troupe importante et avait été chargé d'aller cueillir la dame de Knox au point de rendez-vous. Cela signifiait qu'il serait ainsi en mesure de veiller à sa sécurité durant le trajet du retour. Pour leur part, Joffrey et de Dumain se faisaient passer pour deux manants, père et fils, au service du détachement et ils effectuaient différentes tâches pour les soldats. Grâce à la bosse qui ornait son dos voûté et à sa démarche claudicante, Joffrey avait pu s'intégrer sans que personne ne soupçonne son identité réelle. De plus, la cagoule qui masquait son visage presque en totalité complétait l'ensemble parfaitement. Le seigneur de Knox pouvait donc parcourir les rues du village et l'enceinte du château en toute quiétude. La plupart le croyait simplet et inoffensif, et n'hésitait pas à deviser de différents sujets en sa présence. C'est d'ailleurs en surprenant l'une de leur discussion que Joffrey avait appris l'arrivée d'Anne par navire. Lorsqu'il s'était joint à la troupe avec de Dumain, personne n'avait émis la moindre objection.

Il avait dû faire preuve d'un effort démesuré pour se retenir d'intervenir quand les Anglais avaient laissé Anne entre leurs mains. Une rage sourde avait grondé en lui: «Enfer et damnation! Anne est dans un état pitoyable!» En constatant l'absence de réaction chez son épouse, il avait serré les poings, alors qu'une douleur lancinante lui broyait le cœur. Anne était amaigrie et d'une pâleur mortelle. Ses yeux étaient cernés et ses cheveux avaient perdu leur éclat flamboyant. Qu'était-il advenu de sa fougue et de son audace ? Elle n'était plus qu'un pantin inanimé et dépourvu de toute étincelle de vie. Il semblait évident qu'elle était sous l'effet d'un puissant sédatif, et cela, depuis fort longtemps d'ailleurs, vu les dégâts apparents.

De son côté, de Coubertain avait eu toutes les peines du monde à retenir son indignation à la vue de la châtelaine. Elle s'était révélée si légère et si frêle entre ses bras lorsqu'il l'avait soulevée de la barque qu'il avait eu peur de la casser. Au moment où il l'avait déposée au sol, elle avait vacillé et il avait dû la soutenir fermement pour lui éviter de s'effondrer sur la terre rocailleuse. Elle ne l'avait même pas reconnu quand leurs regards s'étaient croisés. « Diantre ! C'est pire que je le croyais. » La laissant entre les mains d'un des soldats à sa charge, il enfourcha son destrier et tendit les bras pour la prendre à califourchon devant lui.

Fou de colère, sir John fonça sur lui en écartant brusquement les hommes sur son passage, s'attirant en échange des coups d'œil belliqueux dont il n'avait cure. Les Anglais sur le navire l'avaient déjà privé d'exercer ses droits sur la gueuse, il était hors de question qu'il soit bouté de nouveau par un chevalier minable. D'un mouvement abrupt, il empoigna Anne par la taille et l'attira à lui sans effort. Puis, sans ambages, il la jeta violemment en travers de sa monture et s'installa à son tour. Avant que Joffrey ne s'emporte, de Coubertain s'avança en bravant sir John d'un regard méprisant. Sur ses directives, deux guerriers vinrent barrer le chemin de l'importun avec un plaisir évident. Sir John vit rouge en constatant l'impertinence et l'audace de l'homme.

— Je vous déconseille d'aller plus loin dans votre démarche, chevalier, car vous le regretteriez. Ignorez-vous à qui vous avez affaire ?

— Je vous reconnais, monseigneur, mais j'ai reçu des ordres précis de lady Jeanne de Belleville, et j'ai bien l'intention de m'y conformer. Milady voue une haine féroce à la dame de Knox. Elle ne souffrirait pas qu'une tierce personne s'octroie le privilège de la châtier à sa place. Elle a tout particulièrement insisté sur le fait que la captive devait arriver au château de Clisson saine et sauve. Je suis fidèle à notre milady et ce n'est pas un freluquet de votre espèce qui m'empêchera de remplir mon devoir, mentit de Coubertain avec assurance.

Ulcéré, sir John s'empourpra. De quel droit cet homme osait-il le rabrouer de la sorte ? Si cela n'avait été des soldats qui l'entouraient, il l'aurait volontiers embroché de sa lame. S'exhortant au calme, il serra les poings et pondéra sa réplique.

— Je consentirai dans ces conditions à épargner cette gueuse, puisque c'est là le souhait de milady. Mais il n'en demeure pas moins qu'il s'agit d'une prisonnière. Dans ce cas, elle doit être traitée comme telle. Qu'on l'installe donc sur un cheval, les mains liées dans le dos. Je conduirai moi-même sa monture en tenant les brides. Quant à vous, modérez vos propos à mon endroit, car qui sait ce que l'avenir pourrait vous réserver…, lâcha-t-il avec une pointe de rancœur.

— Je n'ai aucune confiance en vous, sir John ! C'est pourquoi je veillerai à ce qu'aucun mal ne soit fait à cette dame. Sachez de plus que je n'ai que faire de vos belles paroles, elles ne m'effraient point ! trancha de Coubertain, d'un ton impératif et cinglant.

Sir John ragea intérieurement et réprima de justesse un éclat. Soit, il s'inclinerait pour le moment. «Ce maudit chevalier paiera de sa vie cet affront», se promit-il avec une certaine satisfaction. De Coubertain plissa les yeux en apercevant la brève lueur vicieuse vite dissimulée sous les paupières de l'homme. «Quel être malsain! Il faudra le garder à l'œil…» s'inquiéta-t-il. Tout en réfléchissant rapidement, il chercha un moyen de protéger la châtelaine en tout temps. Il devra parfois s'absenter pour remplir ses tâches de commandant en chef durant l'expédition, il faudrait donc poster quelqu'un de sûr auprès d'elle. Un sourire fugace étira ses lèvres en trouvant la solution à son problème. Il apostropha sir John, le regard dur.

— Je dépêcherai deux de nos manants au service de la dame de Knox. Il s'agit d'un père et de son fils, et j'ai pleine confiance en eux. Malgré qu'il soit simplet, le garçon se dévouera à notre prisonnière si je lui en donne l'ordre.

À ces mots, sir John se renfrogna. Il ne pouvait s'opposer à cette décision sans éveiller la suspicion des soldats qui l'entouraient. Tous étaient de loyaux sujets de lady Jeanne de Belleville et ne feraient rien qui puisse déplaire à leur maîtresse. Il accepta donc à contrecœur la proposition du chevalier, se réconfortant en songeant qu'un vieillard et un niais ne sauraient l'arrêter dans ses projets.

Il déchanta pourtant en apercevant les deux hommes. Ces manants n'avaient rien de l'image qu'il s'était faite d'eux. Le père n'était nullement un vieillard affaibli, mais un homme dans la force de l'âge. Quant au fils, il avait la stature d'un guerrier redoutable et ses défaillances physiques ne le faisaient paraître que plus menaçant encore. Sir John eut même un sursaut de stupeur en croisant son regard meurtrier. Incertain, il sourcilla en détaillant Joffrey, qui s'astreignait à jouer le rôle d'un bossu benêt alors que chaque pas le rapprochait de sa jeune épouse. Il en aurait presque oublié son personnage si de Dumain ne lui avait pas asséné une claque magistrale derrière la tête à ce moment-là.

— Un peu de respect, fils. C'est un honneur que nous accorde le chevalier en nous plaçant auprès de la petite dame. Alors ne gâche pas tout en te montrant discourtois avec ce grand sir, le morigéna de Dumain.

Joffrey feignit la soumission et baissa la tête en signe de déférence. En réalité, il bouillonnait d'une colère à peine contenue, surtout qu'il venait de remarquer l'entaille profonde à la joue gauche d'Anne. Soulagé que son protégé parvienne à se reprendre, de Dumain se détourna de lui et fit face à l'homme tout de noir vêtu.

— Pardonnez à mon fils cet écart de conduite, sir, mais il n'a pas l'habitude des hautes gens, poursuivit de Dumain en s'inclinant humblement. C'est un brave garçon, et vaillant en plus. Il saura prendre soin de la petite dame et aucun mal ne lui sera fait. J'en fais la promesse !

Sir John afficha une moue sceptique. Ces deux manants ne lui disaient rien qui vaille, et le père s'exprimait avec une aisance pour le moins inaccoutumée pour quelqu'un du peuple. Il lui semblait évident qu'il n'aurait pas les coudées franches avec ces deux-là dans les parages. Freinant son impatience, il jura tout bas et observa la jeune femme qui peinait à tenir sur sa monture. S'il lui fallait attendre jusqu'à Clisson pour la posséder, il contiendrait ses ardeurs lubriques. Une fois parvenu au château, il ferait en sorte que lady Jeanne de Belleville lui accorde un libre accès à la prisonnière.

Le chevalier de Dumain ressentit un frisson d'appréhension en déchiffrant l'expression de sir John. Anne ne devrait sous aucun prétexte se retrouver entre les griffes de cet énergumène. Il y veillerait personnellement. Par chance, Joffrey n'avait pas été témoin de la scène, sinon il aurait à coup sûr sauté à la gorge de l'homme et l'aurait étranglé de ses propres mains. Et rien ni personne n'aurait pu l'en empêcher.

⋯⋯

La troupe avançait d'un pas rapide depuis une bonne partie de la journée déjà, mais Anne en avait à peine conscience. Les voix autour d'elle étaient étouffées, ainsi que les bruits. La lumière vive du jour lui blessait les yeux, surtout après qu'elle eut été confinée pendant tout le trajet à la pénombre de la cabine du navire. Sa vision demeurait à ce point trouble qu'elle n'arrivait pas à discerner ce qui l'entourait. Par contre, les cahots du cheval se répercutaient cruellement dans tout son corps. De plus, une douleur sourde lui vrillait les tempes depuis leur départ, lui arrachant de faibles gémissements à l'occasion. Une main solide et réconfortante se posait alors sur sa cuisse, tandis qu'un murmure apaisant parvenait jusqu'à son oreille. Deux individus marchaient à ses côtés et l'empêchaient de tomber quand elle tanguait sur sa monture.

Prise d'une nouvelle nausée, Anne pâlit et se laissa glisser mollement vers le bas. Pour la seconde fois de la journée, le plus jeune des deux hommes l'aida à descendre et l'emmena à l'écart du groupe afin de lui permettre de se soulager en toute quiétude. Alors qu'elle se trouvait à genoux et restituait le peu de nourriture avalée, le manant la soutint avec délicatesse et dégagea son visage de ses boucles rebelles avec une infinie tendresse. Épuisée après tant d'effort, Anne s'appuya faiblement contre la poitrine de l'inconnu, les yeux clos sur son regard embué. Joffrey resserra son étreinte autour de ce corps tremblant. Anne n'en fut pas effrayée et, instinctivement, se lova en toute confiance entre ses bras, ayant la vague impression d'être de nouveau protégée. Joffrey frôla sa tempe d'un léger baiser, tout en caressant ses boucles courtes avec douceur.

— Courage, ma belle ! murmura-t-il à son oreille.

En percevant les intonations chaudes de cette voix, Anne fut parcourue d'un frisson et s'abandonna, le cœur en déroute et l'esprit confus. Incapable de réfléchir clairement, elle oscillait entre la réalité et les limbes de sa semi-conscience. Elle ne réalisa pas qu'un deuxième individu les avait rejoints. En constatant l'état de la châtelaine, de Dumain la souleva et la ramena près des hommes de la troupe. De son côté, Joffrey pestait contre son déguisement de bossu boiteux qui l'empêchait de la transporter lui-même. Après un instant d'hésitation, de Dumain la remit en selle. Anne était épuisée. Elle ne tiendrait plus très longtemps à ce rythme. Soucieux, il jeta un bref regard vers de Coubertain. Celui-ci saisit le message silencieux du vieux chevalier.

꧁꧂

Lorsqu'ils firent halte pour installer un campement rudimentaire près d'une crique, la journée était déjà bien entamée et la nuit s'apprêtait à tomber. Sur les ordres de sir John, Anne avait été attachée au tronc noueux d'un arbre, les pieds et les poings ligotés dans une posture incon-fortable, à même le sol humide. De Coubertain, qui organi-sait les tours de garde des soldats, n'en fut informé que plus tard.

La corde de chanvre lui écorchait les poignets et les chevilles, mais Anne se trouvait dans un état de prostration trop avancé pour en être incommodée. Alors que sir John, muni d'un breuvage destiné à Anne, s'avançait vers elle d'une démarche assurée, Joffrey qui revenait du ruisseau avec de l'eau fraîche entra volontairement en collision avec lui. Sous la force de l'impact, l'homme renversa le précieux liquide du gobelet qu'il tenait à la main. En constatant l'étendue des dégâts, sir John s'emporta. Un sourire satisfait se dessina sur les lèvres de Joffrey en remarquant le mécontentement de son adversaire. Le chevalier de Coubertain accourut pour les rejoindre et comprit rapidement de quoi il en retournait.

— Nul besoin de faire autant de cas d'une simple maladresse, sir John. Ce pauvre garçon n'a pas toute sa tête et ne désirait pas vous nuire. Je suis certain qu'il saura réparer cette faute en apportant lui-même à boire et à manger à la dame de Knox. Vous n'avez pas à vous soucier de ces menus détails. Profitez plutôt de cette halte pour vous reposer et reprendre des forces après votre inactivité sur le navire anglais.

Sir John rageait de se voir congédier aussi cavalièrement. Furieux, il se préparait à s'emparer de sa lame lorsqu'il remarqua la main du chevalier de Coubertain posée sur la garde de son épée. Son regard dur ne laissait planer aucun doute et le dissuada de passer à l'action. « D'accord ! Que cet imbécile s'occupe de cette garce pour ce soir ! Je parviendrai bien d'ici demain à lui faire ingurgiter ce puissant sédatif qui la rendra plus docile », supputa l'odieux personnage.

Joffrey n'attendit pas la suite des événements et rejoignit la jeune femme. En apercevant les liens tranchants qui la maintenaient captive, il serra la mâchoire et s'accroupit à ses côtés. Sans hésitation, il lui donna un peu plus de lest. Anne poussa un soupir de soulagement lorsque la corde se relâcha. Tout en prenant une profonde inspiration, elle tenta de soulever ses paupières lourdes, en vain. Elle était si fatiguée ! Néanmoins désireuse de s'éclaircir les idées, elle secoua paresseusement la tête. Ses boucles courtes virevoltèrent autour d'elle. Joffrey en emprisonna quelques-unes entre ses doigts et ressentit une étrange émotion à leur contact. Pour la seconde fois, un mauvais pressentiment l'assaillit en constatant leur longueur. Une unique raison pouvait expliquer la nécessité de les couper à la hauteur de la nuque, et il fut parcouru d'un frisson glacial en songeant à cette hypothèse. Frôlant du bout des doigts la cicatrice sur la joue, il porta à nouveau son regard sur le cou de sa femme.

— Bon Dieu, Anne ! Que t'ont-ils fait ? murmura-t-il d'une voix enrouée.

Anne sursauta au son de cette intonation si particulière et ouvrit les yeux sous l'effet d'une décharge. Sa vision trouble ne lui permettait pas de distinguer les traits de l'homme qui lui faisait face. De guerre lasse, elle laissa échapper un sanglot déchirant.

— Chut, ma belle ! Courage, ce cauchemar prendra fin sous peu !

— Joffrey…, souffla-t-elle dans un croassement rauque, le cœur empli d'un espoir insensé.

« Seigneur ! Comment est-ce possible ? » parvint-elle à se demander intérieurement. Ce ne pouvait être Joffrey. Elle était prisonnière des Anglais et loin de chez elle. Voilà qu'elle divaguait et prenait ses rêves pour la réalité. Mais tout s'entremêlait dans son esprit. On devait lui trancher la tête ; c'est du moins ce que lui avait dit Priska. Elle se rappelait le billot, puis une douleur cuisante à la joue gauche. Par la suite cette souffrance atroce dans ses entrailles… Mais pourquoi ne parvenait-elle pas à s'extirper de cette léthargie ? Elle avait l'impression d'être si légère… À l'instant où elle se faisait cette constatation, elle comprit que quelque chose n'allait pas. Son bébé… Où était son bébé ? « Dieu tout-puissant, je ne le sens plus bouger en mon sein ! » Elle essaya de palper son ventre, mais ses doigts refusèrent de lui obéir. L'esprit embrouillé par le pavot, elle fut incapable de réfléchir plus longuement. Une main apaisante caressa ses cheveux cuivrés. Le front soucieux, Joffrey murmura des paroles réconfortantes à son oreille, tout en essuyant avec tendresse les larmes qui inondaient son visage. À son contact, Anne se calma et sombra dans un sommeil agité.

De Dumain, qui venait de les rejoindre, eut un coup au cœur en assistant à la scène. Nul doute que leur châtelaine avait vécu de rudes épreuves depuis son enlèvement. Le seigneur de Knox en était également arrivé à la même conclusion. Indifférent aux tourments du vieux chevalier, Joffrey poussa un profond soupir en constatant qu'Anne s'était endormie. Pour l'instant, c'était ce qu'il y avait de mieux pour elle. Avec douceur, il la recouvrit d'une peau de daim et s'installa sur sa droite afin de la veiller et de lui prodiguer un peu de sa propre chaleur. De Dumain s'assit à son tour de l'autre côté de la jeune femme et échangea un regard confiant avec Joffrey. Inconsciemment, Anne laissa retomber sa tête sur l'épaule de son époux et demeura dans cette position jusqu'au lendemain matin.

Lorsque sir John se dirigea vers la prisonnière au cœur de la nuit, il se figea en voyant que les deux manants l'encadraient et la protégeaient pendant son sommeil. Il faisait trop noir, en dépit de la clarté diffuse du feu de camp, pour distinguer les traits des deux hommes, mais il eut cependant la désagréable sensation qu'ils le dévisageaient avec haine. Décidément, ces gueux prenaient la tâche qui leur avait été assignée trop au sérieux, et cela commençait à le perturber. Il lui faudrait les garder à l'œil et en apprendre un peu plus à leur sujet une fois au château.

꧁

Lorsqu'Anne se réveilla le lendemain matin, une brume épaisse recouvrait la forêt, plongeant la troupe dans un isolement presque complet. On pouvait difficilement discerner quoi que ce soit. Anne avait l'impression de s'éveiller d'un long et terrible cauchemar. Mais que lui était-il arrivé ? Elle ne se trouvait visiblement plus à la tour Blanche. Mais dans ce cas, où était-elle ? Et comment avait-elle atterri là ? Les derniers jours restaient si confus dans sa mémoire qu'elle ne s'y retrouvait plus.

Son dos et sa nuque s'avéraient raides. Tout en redressant la tête, elle tenta de bouger et demeura perplexe en découvrant qu'elle était ligotée à un tronc d'arbre. Cherchant à se libérer, elle jugula de justesse un cri lorsque son geste raviva la douleur cuisante à ses poignets et à ses chevilles. Un sentiment de panique la gagna, mais elle le réfréna aussitôt. Elle devait garder ses idées claires et analyser sa situation calmement. À l'horizon, l'aurore commençait à pointer entre les branchages, chassant la brume du matin. En remarquant qu'une faible buée s'échappait de ses lèvres entrouvertes, elle en déduisit qu'elle était dans une région tempérée. Par contre, si elle se fiait aux bruits avoisinants, elle se trouvait au beau milieu d'une troupe de soldats, et cette constatation lui noua l'estomac.

⌐✦⌐

De Dumain et Joffrey avaient peu dormi cette nuit-là, se relayant à tour de rôle. Sachant que la jeune femme aurait soif à son réveil, de Dumain s'était éclipsé quelques minutes auparavant afin d'aller chercher de l'eau. Pendant ce temps, Joffrey arpentait les alentours, à l'affût du moindre danger. Il n'avait aucune confiance en sir John et voulait s'assurer que l'homme n'aurait pas l'occasion de s'en prendre de nouveau à Anne. En retournant à proximité d'elle, il devina immédiatement qu'elle était éveillée. Il demeura en retrait pour ne pas l'effrayer. De cette façon, il pouvait aussi l'observer à son insu. Il la sentait tendue et inquiète, mais il ressentit néanmoins un vif soulagement de la découvrir enfin lucide. Certes, il lui faudrait un certain temps pour que son corps parvienne à se purger définitivement des effets nocifs du sédatif qui lui avait été administré, mais du moins reprenait-elle contact avec la réalité.

De son côté, au fur et à mesure que les derniers événements lui revenaient en mémoire, Anne s'agitait de plus en plus. Se souvenant de la terreur qu'elle avait éprouvée à la pensée que la lame du bourreau devait s'abattre sur sa nuque, elle s'affola. Prise d'une crainte irraisonnée, elle tenta d'échapper à l'emprise des liens qui la retenaient captive. Elle se démena avec vigueur, sans se soucier des brûlures que lui causait la friction du chanvre sur sa peau. Un cri monta dans sa gorge, rapidement étouffé par une main puissante. Elle eut l'impression de suffoquer sous cette poigne solide et se débattit avec plus d'ardeur encore. Tout en maintenant la pression de sa paume sur la bouche d'Anne, Joffrey se déplaça de façon à s'introduire dans le champ de vision de sa femme. À sa vue, Anne sursauta.

L'inconnu qui lui faisait maintenant face avait presque tout le visage dissimulé sous une cagoule grossière. De plus, une bosse énorme déformait son dos sous ses hardes frustes. Avec lenteur, l'étranger déposa un doigt sur ses lèvres pour lui intimer de garder le silence, tout en jetant de brefs coups d'œil aux alentours. Apparemment rassuré, il retira sa main et se redressa avec une souplesse inattendue. Ne sachant quelle attitude adopter, Anne demeura immobile et porta un regard interrogateur sur lui.

Au moment où elle s'apprêtait à le questionner, une deuxième personne surgit du sous-bois. Quel ne fut pas son désarroi en reconnaissant sir John. Elle se tassa aussitôt sur elle-même. Le nouvel arrivant affichait une mine cruelle. En remarquant l'expression d'Anne, Joffrey comprit dès lors que cet homme la terrorisait au-delà de tout raisonnement. Sans égard pour le manant, sir John s'approcha de la jeune femme et la toisa avec hauteur.

— Sale petite garce, tu croyais vraiment pouvoir te soustraire à mon emprise ? Désormais, il n'y a plus de capitaine ni de chevaliers anglais pour te protéger. Bientôt, nous serons arrivés au château de Clisson… et là, tu seras entièrement à moi. Je pourrai disposer de toi selon mon bon vouloir. Il me tarde tant de redécouvrir tes charmes.

Anne blêmit à ces propos et laissa échapper un cri étranglé. Alors que sir John s'apprêtait à palper la poitrine de la prisonnière d'une main avide, Joffrey s'interposa et arrêta son geste avec une facilité déconcertante. Sous la colère, il broya les doigts de l'homme sans aucune pitié, lui arrachant un grognement sourd. Le regard que Joffrey darda sur sir John aurait fait reculer n'importe quel soldat. D'ailleurs, le brigand ne fut pas insensible à la haine qui se reflétait dans les prunelles aussi froides et dures qu'une lame. Tout en se raclant la gorge, il chercha à se dégager de l'emprise du manant, sans succès. Au même moment, de Dumain arriva sur les lieux. Par prudence, il demeura hors du champ de vision d'Anne afin qu'elle ne soit pas susceptible de l'identifier et modifia légèrement l'intonation de sa voix quand il s'adressa au malotru.

— J'ignore ce que vous avez tenté de faire à la petite dame pour provoquer une telle réaction chez mon garçon. Mais si j'étais vous, je garderais mes distances à l'avenir. Mon fils protégera cette jeune femme envers et contre tous, et votre rang n'y changera rien. Il peut se révéler particulièrement violent à certaines occasions, alors évitez de le faire sortir de ses gonds et passez votre chemin, messire ! lança le vieux chevalier avec rudesse.

Furieux, sir John le dévisagea avec fiel. Quel plaisir il aurait à châtier ces deux impudents une fois parvenus au château. Pour l'instant, il devait toutefois modérer ses penchants sanguinaires en raison de sa position précaire parmi ces guerriers rustauds. Néanmoins, il n'hésita pas à apostropher l'homme avec froideur.

— Vous venez de commettre un impair qui vous coûtera cher à tous les deux, manants. Lady Jeanne de Belleville ne tolérera pas une telle impertinence. J'y veillerai personnellement ! Quant à toi, traîtresse, tu goûteras sous peu à la morsure de mon fouet. Arrivera un jour où plus personne ne sera disposé à te protéger, et alors tu seras à ma merci. En attendant, profite bien de cette liberté provisoire, cracha-t-il avec rancœur.

Parvenant à se dégager de l'emprise de Joffrey, il torpilla la jeune femme d'un regard lourd de menaces. Alors qu'il s'apprêtait à tourner les talons, il plissa les paupières. « La gueuse, elle souffrira ! » Revenant près d'Anne tout en affichant une expression sardonique, il se pencha vers elle.

— Un dernier détail, très chère. N'as-tu pas remarqué une mystérieuse disparition en toi?

À ces paroles, Anne jeta un coup d'œil désespéré vers son ventre. Elle ressentit le vide énorme qui l'habitait avant même d'apercevoir son abdomen plat. Face à sa douleur, sir John se délecta.

— Sache qu'il a subi un sort similaire! poursuivit-il avec cruauté.

En comprenant que son second enfant avait été égorgé, tout comme Charles-Édouard, elle s'effondra. Un hurlement déchirant monta du plus profond de son être. Alertés, les hommes accoururent, ainsi que de Coubertain. Sir John riait à gorge déployée, alors que Joffrey fixait Anne avec intensité, cherchant à saisir le sens exact des propos du fourbe. Sur les ordres du chevalier de Coubertain, deux soldats éloignèrent sir John avec un déplaisir évident. Demeuré sur place, de Coubertain s'avança et secoua Anne avec force. Ses cris cessèrent immédiatement, vite remplacés par des larmes libératrices. Accablée par le chagrin, elle ploya la nuque et ferma les yeux sur sa douleur, sans remarquer les traits du chevalier qui la surplombait. Joffrey eut tout juste le temps d'entrevoir le visage ravagé de son épouse. Tous ses sens aux aguets, il se crispa, envahi par un sentiment funeste. «Diantre! Que lui arrive-t-il?» Comme une réponse à son interrogation muette, Anne secoua la tête.

— Non… Non…, gémit-elle d'une voix éteinte. Pourquoi? Pourquoi? Ils étaient innocents… Mon Dieu, Joffrey… Pourras-tu jamais me pardonner? poursuivit-elle dans un appel poignant. J'ai failli à ma promesse…

En entendant son nom, Joffrey cilla. Il croyait pourtant qu'Anne ne l'avait pas reconnu sous son déguisement. Dans ce cas, à quoi tout cela rimait-il donc ? Pour quelle raison se mettait-elle dans cet état ? En quoi avait-elle failli à sa promesse ? Il aurait voulu la serrer dans ses bras et effacer cette souffrance affligeante qui la dévorait, mais il ne le pouvait pas.

Reprenant son rôle de simplet, Joffrey recula en boitant et s'éloigna de la zone en silence, suivi de près par le chevalier de Dumain. À leur exemple, de Coubertain emboîta le pas. Ils ne pouvaient s'attarder auprès de la jeune femme plus longtemps sans risquer d'attirer l'attention. Elle était beaucoup trop vulnérable, mieux valait dans ces conditions qu'elle ignore leur présence. En s'apercevant que l'incident était clos, les soldats se dispersèrent à leur tour, non sans avoir jeté un dernier regard interrogateur à la prisonnière.

Laissée à elle-même, Anne pria pour son enfant si sauvagement arraché à la vie. En réalisant qu'elle ne savait pas s'il s'agissait d'un garçon ou d'une fille, son cœur se broya. « Seigneur ! Quelle douleur intolérable ! »

Elle était brisée et déshonorée. Comment pourrait-elle désormais faire face à son époux ? Que resterait-il de leur amour après tous ces événements horribles ? Incapable de faire le tri dans les émotions contradictoires qui l'assaillaient, elle demeura prostrée. Malgré son affliction profonde, elle était dorénavant assez lucide pour comprendre que lady Jeanne de Belleville l'utiliserait sans scrupule comme moyen de pression pour atteindre Joffrey. Jamais Anne n'accepterait qu'il devienne à son tour victime de la cruauté de cette femme. Il était tout ce qui lui restait ! Elle devait au moins préserver ce qui subsistait de son passé révolu... Même s'il lui fallait se sacrifier pour y parvenir, elle n'hésiterait pas un seul instant.

Obnubilée par ses pensées alarmantes, elle ne prêta pas attention au soldat qui venait de s'approcher avec un morceau de pain rassis entre les doigts. Sans un mot, il trancha ses liens et le lui offrit. Machinalement, Anne tendit la main dans sa direction, mais fut incapable d'esquisser le moindre geste. Ses membres engourdis l'élançaient à un point tel qu'elle ne put réfréner un gémissement de souffrance. Tout en poussant un soupir d'exaspération, le guerrier se pencha vers elle et entreprit de lui masser les bras afin de rétablir la circulation sanguine. Anne retint son souffle et supporta ce supplice en silence. Par chance, ce calvaire fut de courte durée. Dès qu'elle put enfin bouger, elle s'empara de la miche avec indifférence.

Joffrey, qui l'observait de loin, parvenait difficilement à contenir son inquiétude. Leur périple serait davantage risqué maintenant, car il ne pouvait plus la protéger sans se compromettre en contrepartie. Cela signifiait qu'elle serait laissée à elle-même, et donc vulnérable face aux assauts de sir John. Il n'avait plus qu'à espérer qu'elle soit suffisamment remise pour se défendre contre cette crapule. Toutefois, il s'arrangerait toujours pour demeurer à portée de voix. Ils n'étaient plus qu'à une journée de cheval du château de Clisson. Il lui fallait être patient !

⁂

Le paysage défilait sous ses yeux sans qu'Anne s'en aperçoive. Par contre, elle ressentait fortement le regard avide de sir John dans son dos. Maintenant qu'elle avait retrouvé ses esprits, elle chevauchait sans aide. Ses poignets étaient entravés, et un chevalier tenait les brides de sa monture sur ordre de leur chef. Anne n'avait plus revu l'homme à la cagoule, mais elle savait qu'il se trouvait quelque part à l'arrière. Curieusement, quelque chose chez cet inconnu lui semblait familier, mais elle ne parvenait tout simplement pas à déterminer quoi exactement. Le fait de tenir son esprit occupé en songeant à cet étranger avait au moins le privilège de garder son chagrin à l'écart.

Le trajet s'effectua dans le silence le plus complet et il faisait déjà presque nuit lorsqu'ils arrivèrent en vue du château. Anne ignorait toujours où on l'amenait et le sort qu'on lui réservait. Elle espérait seulement avoir enfin atteint la France. Fourbue après une aussi longue chevauchée, elle n'aspirait qu'à un bon lit moelleux, un bain chaud et un copieux repas, mais elle savait pertinemment que rien de tel ne l'attendait au bout du voyage. Elle aurait fort probablement droit à un cachot sombre, une paillasse mitée et du pain sec. Et cette perspective était loin de l'enchanter.

En passant entre les deux tours sinistres qui encadraient l'entrée du château, Anne ressentit un picotement d'effroi parcourir son échine. Des sentinelles surveillaient leur progression. Dès leur arrivée dans la cour centrale, sir John sauta en bas de sa monture avec aisance et s'élança vers le donjon avec une rapidité effarante. Avant de quitter le groupe, il ordonna que la prisonnière et les soldats demeurent immobiles, dans l'attente de son retour. Joffrey et le vieux chevalier profitèrent de la cohue pour se faufiler hors des murs de la forteresse. Sir John nourrissait trop de suspicion et de rancœur à leur égard pour qu'ils restent sur place. Joffrey estimait qu'il y avait suffisamment d'hommes à sa solde infiltrés dans l'endroit pour garder un œil sur Anne et lui rapporter les moindres faits la concernant. De plus, on devait verser ce soir-là un puissant sédatif dans les gobelets de vin de lady Jeanne et de son acolyte afin de les plonger tous deux dans un sommeil profond. Anne serait donc, dans ces conditions, relativement en sécurité pour la nuit, même s'il ne pouvait lui éviter un bref séjour dans le cachot.

La jument d'Anne commençait à s'impatienter et piaffait, n'appréciant pas cette inactivité prolongée. La jeune femme aussi devenait de plus en plus nerveuse en songeant au sort qui l'attendait. Perdue dans la contemplation de ses mains, elle sursauta lorsque sir John déboula en trombe dans la cour en compagnie de lady Jeanne de Belleville. Sur les ordres de celle-ci, Anne fut violemment arrachée de sa monture et repoussée avec brusquerie. Ses poignets entravés l'empêchèrent de contrer cette bourrade et elle s'affala sur le sol. En percutant la terre battue et cahoteuse, elle laissa fuser un gémissement. Malgré sa colère, le chevalier de Coubertain ne fit rien transparaître de ses émotions et l'ignora. Sir John, qui l'observait scrupuleusement, fut déçu de son indifférence, car cet homme l'intriguait. Quelque chose sonnait faux chez lui, tout comme chez les deux manants.

Portant un regard froid sur la troupe, il jura en constatant la disparition du père et du fils. Ceux-là avaient tout intérêt à ne plus se présenter devant lui, car il prendrait plaisir à les châtier comme il se devait. Quelque peu frustré, sir John reporta son attention sur Anne. Enfin, il pourrait lui infliger des tortures de son cru. Il avait brièvement exposé ses désirs à lady Jeanne de Belleville et celle-ci avait approuvé sa requête. Elle lui avait même répondu qu'elle assisterait avec délectation au martyre de la dame de Knox. Qui sait, peut-être qu'à ce moment-là ce diable de seigneur de Knox se montrerait-il pour les implorer de lui rendre sa chère épouse ? Quel bonheur ce serait alors d'éliminer cet homme arrogant et suffisant. De cette façon, son défunt époux ne serait pas le seul à être mort par traîtrise. Joffrey de Knox méritait un sort tout aussi douloureux et déshonorant que son regretté Olivier, et la châtelaine serait l'instrument de cette vengeance. Toute à sa joie de la victoire à venir, lady Jeanne s'approcha de la femme accroupie dans la terre et s'esclaffa bruyamment.

Blessée par cette attitude humiliante, Anne se releva avec une vigueur surprenante, ses yeux brillant d'un éclat sauvage. Malgré ses hardes, elle dressa les épaules dignement et pointa son menton avec fierté. Lady Jeanne le prit comme un affront personnel. Comment cette miséreuse se permettait-elle de paraître si hautaine en sa présence? Cette traîtresse aurait dû ramper à ses pieds et la supplier à genoux de lui accorder sa clémence. Au lieu de cela, elle la défiait ouvertement, devant ses hommes de surcroît. Ulcérée, elle se tourna vers sir John.

— Faites en sorte que cette misérable soit jetée au cachot. Aucune faveur ne lui sera octroyée. Je vous laisse disposer de sa personne à votre guise. Peut-être qu'ainsi elle apprendra à faire preuve d'un peu plus d'humilité.

— Il en sera fait selon votre désir, milady, répondit l'intéressé en s'inclinant. Je vais de ce pas m'en assurer, et je vous rejoindrai par la suite pour fêter cet heureux événement, poursuivit-il, un sourire satisfait sur les lèvres.

À l'instant où lady Jeanne de Belleville fit volte-face en direction de la salle commune, sir John s'empara brusquement de l'un des coudes d'Anne. Tout en resserrant son emprise, il l'obligea à avancer et lui fit traverser la cour à grandes enjambées. Le suivre ne fut pas aisé pour la dame de Knox et elle faillit trébucher plus d'une fois. Elle se fit toutefois un point d'honneur de garder la tête haute et de demeurer calme. Quand ils arrivèrent en vue d'une lourde porte aménagée à même le mur de roc des remparts, elle perdit quelque peu de sa prestance. L'entrée donnait sur un escalier étroit qui menait jusque dans les profondeurs de la terre. Au fur et à mesure qu'ils descendaient, son appréhension montait. Glissant sur l'une des marches humides, Anne perdit pied et s'érafla l'épaule gauche sur les pierres inégales. Sir John la rattrapa de justesse, lui évitant une chute mortelle. Tout en reprenant son souffle, elle plissa le nez en percevant l'odeur fétide qui se dégageait des lieux, dont la lumière des torches réussissait à peine à percer l'obscurité. L'endroit était plus sinistre encore que les bas-fonds de la tour Beauchamp.

En arrivant en bas, ils firent face à un corridor sombre et hostile. Anne déglutit avec difficulté et crut défaillir en entendant les cris inhumains qui lui parvenaient des cellules avoisinantes. Elle sursauta vivement quand le gardien ouvrit l'une des portes. Des effluves nauséabonds émanaient de sa personne, et la crasse qui recouvrait ses vêtements défraîchis par le temps leur donnait une impression de raideur. Son crâne chauve contrastait avec la barbe hirsute qui camouflait une bonne partie de son visage. Et son haleine pestiférée n'était rien en comparaison des chicots noirâtres qui lui tenaient lieu de dentition. Lorsqu'il posa sa main poilue et noire de saleté sur l'épaule d'Anne, celle-ci ne put s'empêcher d'esquisser un geste de fuite et d'afficher une expression de dégoût. Le cerbère éclata de rire en s'engouffrant dans le cachot. Sir John s'empressa de la pousser à la suite du gardien.

Un amoncellement de paille souillée jonchait le sol rocailleux, et de lourdes chaînes rouillées pendaient à l'une des parois de pierre, rendant l'endroit plus sinistre. Il n'y avait rien à l'intérieur, aucun ameublement ni même de pot de chambre. L'estomac d'Anne se souleva en détaillant ce qui l'environnait. Comme nul orifice ne perçait les murs mal dégrossis, il y régnait une ambiance étouffante et glaciale. Oppressée, Anne tenta de calmer les battements désordonnés de son cœur. Elle ne devait en aucun cas laisser transparaître combien elle était terrifiée! Lorsque le gardien s'empara d'elle sur ordre de sir John, elle n'opposa aucune résistance. Il lui fallait garder toutes ses forces pour l'épreuve à venir. Cependant, malgré toutes ses bonnes résolutions, un cri de détresse franchit ses lèvres au moment où le métal rude des fers se referma sur ses chevilles et ses poignets. En comprenant toute l'horreur de la situation, sa respiration s'accéléra. Ce dénaturé l'avait fait enchaîner comme une vulgaire vermine. Elle se débattit en vain, la pesanteur des chaînes l'entravait. Une peur s'insinua en elle en constatant son impuissance à changer le cours des événements. Satisfait, sir John la lorgna sans retenue, l'air cruel.

— Tu fais moins la fière maintenant, sale petite garce. Tu verras, bientôt tu me supplieras de t'accorder mes faveurs en échange de meilleures conditions de vie. Si tu es gentille, peut-être acquiescerai-je à tes demandes...

Tout en prononçant ces paroles d'une voix faussement doucereuse, il pressa les seins de la prisonnière avec sauvagerie. Anne se rebiffa à son contact. Elle n'avait pas traversé toutes ces épreuves pour rien. Elle devait résister, afin de ne pas lui fournir d'armes contre Joffrey. Si ce monstre voulait la posséder, ce serait contre sa volonté. Jamais elle ne capitulerait!

— Je préférerais me jeter du haut de l'une des tourelles de ce maudit château, plutôt que de vous laisser attaquer mon époux en raison de ma captivité. Il est hors de question que je supplie un porc tel que vous. Vous pouvez violer mon corps, mais jamais vous n'atteindrez mon âme. Mon cœur restera fidèle à mon seigneur, cracha-t-elle avec rancœur.

Furieux, sir John lui assena un soufflet magistral. Sous la puissance du coup, la tête d'Anne roula et sa lèvre supérieure éclata. Une douleur fulgurante à la joue lui fit monter les larmes aux yeux, mais elle releva néanmoins le menton et le défia avec hargne. Alors qu'elle s'apprêtait de nouveau à l'injurier, il la gifla une seconde fois avec autant d'ardeur, puis il enserra son cou sans pitié. Des points noirs dansèrent devant les pupilles dilatées de la jeune femme, pendant que sa vision se voilait. Retrouvant subitement ses esprits, sir John la relâcha avec un dédain évident. Anne aspira goulûment l'air pestiféré et s'étouffa. Avec force, son tortionnaire emprisonna son visage et l'obligea à le fixer.

— Tu ne perds rien pour attendre... et tu es folle de provoquer ainsi ma colère. Tu t'en repentiras ! Je t'abandonne et reviendrai demain. La nuit te portera peut-être conseil !

Sans plus attendre, il l'embrassa avec avidité, pressant méchamment sa bouche sur la lèvre blessée. Anne laissa échapper un faible gémissement de souffrance sous la douleur vive et serra les poings lorsqu'il pétrit ses seins sans pitié. Au moment où il la relâchait, il afficha une expression satisfaite. Puis, en silence, il ressortit de la cellule en compagnie du gardien resté en retrait.

Une noirceur totale envahit le cachot quand la porte se referma. Anne sentit la panique la gagner en réalisant qu'elle n'y voyait plus rien, et d'autant plus en décelant le grattement des rats sur la pierre. Incapable de se défendre ou de bouger, elle demeura immobile, dans l'attente de ce qui suivrait. Son cœur battait la chamade, sa respiration s'accélérait dangereusement et ses tempes étaient couvertes de sueur. Le goût âcre du sang dans sa bouche lui souleva l'estomac. Elle se figea lorsqu'un rongeur au poil rêche frôla son pied. Et quand il essaya de grimper sur sa jambe, elle se débattit avec désespoir en hurlant de terreur.

⚜

Au petit matin, quand sir John vint la rejoindre, il sursauta devant le spectacle affligeant qu'offrait Anne. Inconsciente, elle pendait lamentablement au bout de ses chaînes, les cheveux en bataille, les poignets et les chevilles ensanglantés, alors que plusieurs morsures apparaissaient sur son corps.

Se dirigeant vers elle avec lenteur, il pinça les lèvres en humant le parfum fétide qui se dégageait de la paille immonde. Comme Anne ne réagissait toujours pas à sa présence, il lui releva la tête sans douceur et lui passa un morceau de camphre sous le nez. Elle reprit aussitôt connaissance et eut un gémissement sourd lorsque la lueur de la torche lui blessa les yeux. Quelque peu confuse, elle prit un certain temps avant de reprendre contact avec la réalité.

— Alors, pauvre gueuse, nourris-tu de meilleurs sentiments à mon égard maintenant que tu as eu le plaisir de partager ta misérable cellule avec les rats ?

Contre toute attente, Anne éclata d'un rire franc avant de lui cracher à la figure. Sous l'insulte, sir John s'apprêta à la frapper, mais il suspendit son geste. Anne, qui s'était recroquevillée pour parer le coup, demeura sur ses gardes. Son agresseur plissa les paupières et l'observa en silence.

— Ce n'est pas l'envie qui me manque de t'étriper, sale traîtresse, mais je crois que c'est précisément ce que tu recherches. Tu provoques ma colère en espérant que je devienne à ce point exaspéré que j'en arrive à mettre fin à tes jours. Mais je ne te donnerai pas ce plaisir. Ce serait beaucoup trop facile et, surtout, moins amusant. Je vais donc changer mes plans. Il est clair que le cachot n'est pas la solution idéale pour te faire plier. Dans ce cas, je ferai preuve d'un peu plus d'ingéniosité. Tu regretteras d'avoir essayé de me manipuler!

Sur ces mots, il ordonna au gardien de la libérer de ses entraves. Sans le support de celles-ci, Anne tomba à genoux. Courbaturée et épuisée, elle tremblait de toutes parts. Ses jambes étaient gourdes et ses épaules l'élançaient douloureusement. Tout son être demandait grâce. Impatient de briser son esprit, sir John l'empoigna par le bras et la releva brusquement. Anne trébucha à différentes occasions, ne parvenant pas à s'adapter aux pas soutenus de son bourreau. Sir John l'entraînait donc à sa suite, telle une vulgaire poupée de chiffon. Elle aurait voulu se débattre, mais son corps ne lui obéissait plus.

Sous la lumière éblouissante du soleil matinal, elle cligna plusieurs fois des paupières. L'éclat vif lui blessait les yeux. Sa bouche était sèche et sa voix, enrouée d'avoir tant crié. Que n'aurait-elle pas donné pour boire quelques gorgées d'eau! À peine se faisait-elle cette réflexion qu'un bruit assourdissant l'obligeait à reprendre pied dans la réalité. Ce vacarme provenait des soldats en sueur et passablement échauffés qui s'entraînaient dans la cour. Son apparition en plein milieu de leurs exercices, vêtue de pauvres hardes déchirées qui laissaient entrevoir sa chair nue, leur délia la langue. Tout en l'enveloppant d'un regard concupiscent, ils clamèrent des propos peu flatteurs à son endroit. En réalisant qu'ils l'apostrophaient en français, Anne tressaillit. «Par tous les saints du Ciel! Je suis en terre de France…» Tout à coup, une révélation s'imposa de force à son esprit. Les yeux du manant… Voilà ce qui l'avait frappée la veille.

«Ces iris bleu acier n'appartiennent qu'à un seul homme…
mon époux!»

De son côté, inconscient de la tournure des pensées de
la captive, sir John la repoussa vers un poteau au centre de
la cour et l'y attacha, les poignets suspendus dans les airs.
Elle faisait face au pilori et se trouvait donc dans l'incapacité de se défendre. Pourtant, elle s'en moquait. Joffrey
était là, et voilà tout ce qui importait. D'instinct, elle le
chercha anxieusement.

Joffrey était effectivement présent parmi l'attroupement,
en retrait du groupe de soldats et à l'abri des regards indiscrets. Tôt ce matin-là, de Coubertain lui avait fait parvenir une missive afin de l'informer des outrages que leur
châtelaine avait subis dans le cachot. Joffrey en avait hurlé
de rage. Il avait compris qu'il leur fallait la libérer sans
plus tarder. Une fois défait de son accoutrement de bossu,
il s'était faufilé à l'intérieur des murs. Sur ses ordres, ses
hommes avaient regagné leur poste et demeuraient aux
aguets, dans l'attente de son signal. Il prévoyait attendre
qu'une partie des soldats sortent en patrouille avant de
secourir son épouse maltraitée.

Sir John venait cependant de contrecarrer ses plans.
Maintenant qu'Anne était exposée à la vue de tous,
Joffrey allait devoir se découvrir pour être en mesure de
la rejoindre. Il serra les poings lorsqu'il vit le sinistre
individu embrasser son épouse férocement, mais il resta
interdit en constatant qu'elle ripostait avec sauvagerie en
le mordant. L'homme de main mugit et recula abruptement. Joffrey le vit porter une main à sa lèvre ensan-
glantée et un juron parvint jusqu'à lui. Il éprouva une
certaine fierté quand il réalisa qu'elle soutenait le regard
de son tortionnaire sans broncher. Sa fierté se mua en

peur lorsque sir John la saisit brusquement par les cheveux et plaqua sa dague sur sa gorge.

En s'apercevant qu'elle encourait un grave danger, Joffrey se lança dans la mêlée avec un rugissement effroyable. Animé par un ardent désir de vengeance, il eut un regard impitoyable envers l'être abject qui osait menacer la vie d'Anne. Conscient qu'il lui fallait détourner l'attention d'elle en premier lieu, il maîtrisa sa colère. Après, lorsqu'elle serait en sécurité, il prendrait plaisir à égorger ce porc! Dressé sur son destrier, il sortit prestement de sa cachette. Surpris, les soldats sur son passage s'effondrèrent sur le sol, fauchés avant même d'avoir pu esquiver l'attaque. Joffrey arriva rapidement jusqu'à son épouse et trancha ses liens d'un coup d'épée précis. Tout en faisant cabrer son étalon, il fit face à sir John. Celui-ci dut se reculer pour éviter les sabots de la bête.

D'une main assurée, Joffrey immobilisa son cheval et se pencha sur le côté. Sans effort, il souleva Anne par la taille. Elle eut le souffle coupé en atterrissant rudement sur la croupe de l'étalon. Joffrey l'enserra d'une étreinte puissante, afin de la maintenir en place. D'une pression ferme des jambes, il intima l'ordre à sa monture de s'élancer. Sans hésitation, il se dirigea vers la herse qui se refermait déjà dans un bruit sec, lui bloquant toute retraite. «Il me semblait bien aussi qu'on ne s'échapperait pas si facilement!» pensa-t-il. L'important pour le moment, c'était qu'il ait pu soustraire Anne à l'emprise du scélérat, et fournir par le fait même le temps nécessaire à ses archers pour se positionner. D'une main expérimentée, il fit faire demi-tour à son destrier et affronta les soldats, l'œil vif et l'esprit en alerte. Le cœur d'Anne battait follement contre sa poitrine, alors que Joffrey demeurait immobile. Son impassibilité augmenta la frustration de sir John, d'autant plus qu'il lui semblait reconnaître les traits du manant qui l'avait affronté sans crainte. Il sut dès lors la véritable identité de l'individu qui lui faisait face avec autant d'assurance. En réalité, une seule personne avait assez d'arrogance pour entreprendre un plan aussi périlleux, et il s'agissait sans aucun doute de Joffrey de Knox.

Celui que lady Jeanne et lui cherchaient à atteindre depuis belle lurette se trouvait sous leurs yeux. Cela signifiait sans doute que plusieurs des hommes de ce félon avaient dû s'introduire impunément dans le château. Ce guerrier chevronné ne pouvait tenter une telle manœuvre sans renfort. Dans ce cas, n'importe lequel des imbéciles qui l'entouraient pouvait être à la solde de Joffrey de Knox et se retourner contre lui à tout moment. Sa confiance envers les soldats qui l'environnaient s'émoussant, il contraignit les chevaliers attachés à lady Jeanne de désarmer les combattants qui s'entraînaient et d'encercler le destrier du traître. À son avis, il était peu probable que des chevaliers aient accepté de prêter serment à la châtelaine de Clisson tout en étant déjà au service d'un autre seigneur. Cela allait à l'encontre du code d'honneur de la chevalerie française. Ce qu'il n'avait pas pris en considération cependant, c'était que ceux engagés auprès du seigneur de Knox étaient tout sauf des pantins liés à cet ordre respectable, et que leur conscience ne les avait pas empêchés d'agir de la sorte. De Coubertain avait ainsi fait semblant de prêter allégeance à lady Jeanne, tout en sachant pertinemment que sa fidélité et sa loyauté allaient à Joffrey de Knox. Il en avait été de même pour de Gallembert et de Dusseau.

Afin de ne pas attirer les soupçons sur lui, de Coubertain obéit à l'injonction de sir John. D'une démarche assurée, il se plaça sur le flanc droit du destrier de Joffrey, l'épée au poing. Plein d'arrogance, sir John fit face à la monture de son ennemi, tout en gardant une distance raisonnable entre eux, et darda un regard perçant sur lui.

— Que voilà le grand seigneur de Knox, venu quérir sa belle. Comme c'est touchant ! ironisa-t-il. Il va sans dire que vous arrivez juste à point pour assister au charmant spectacle que je m'apprêtais à offrir aux rustres de ce château. Alors, si vous pouviez avoir l'amabilité de nous restituer notre captive, je pourrai poursuivre ce qui avait si agréablement débuté. Dans le cas contraire, vous me forceriez à donner l'ordre aux archers, placés sur le chemin de ronde, de vous transpercer de leurs pointes affilées. Avouez qu'il serait dommage d'en arriver là !

Joffrey tiqua à ces paroles lourdes de sens. Ses hommes n'avaient besoin que d'un peu de temps encore pour se positionner avec stratégie. Il devait donc faire diversion, sans exposer Anne au danger. Ayant remarqué la présence du chevalier de Coubertain et de Gallembert, il laissa tomber sur le sol son épée, sa dague, son arc, ainsi que son carquois rempli de flèches. L'épée et la dague percutèrent le pavé dans un bruit sourd. Anne sursauta et sortit soudainement de sa torpeur. Elle percevait très bien maintenant la chaleur du corps de Joffrey dans son dos, de même que le bras possessif autour de sa taille. Il était inflexible ! Un soulagement profond adoucit ses traits. Il était venu la chercher. Le corps tremblant de la tête au pied, elle fournissait un effort considérable pour ne pas éclater en sanglots. Joffrey dut déceler la tension de son épouse, car il l'étreignit d'emblée avec encore plus de fermeté. Pendant un bref instant de faiblesse, elle appuya sa nuque contre le torse du seigneur et ferma les yeux.

Malgré le sentiment de plénitude qui l'habitait, elle gardait en mémoire qu'ils étaient toujours prisonniers à l'intérieur des murs de la forteresse. Sa confiance en lui était inébranlable. Son époux n'agissait jamais à la légère. Conscient de l'enjeu, Joffrey libéra Anne de son emprise et la fit glisser lentement sur sa droite. Aussitôt, le chevalier de Coubertain et de Gallembert la capturèrent et l'obligèrent à reculer de quelques pas. Tout en la maintenant solidement par les bras, ils l'immobilisèrent. Perplexe, Anne jeta une brève œillade aux deux hommes et eut un léger sursaut en remarquant leurs traits graves et tendus. Elle fit preuve de retenue en les reconnaissant et se raidit.

De son côté, tout en jaugeant la scène d'un regard attentif, Joffrey descendit de sa monture sur le flanc gauche, de façon à ce que l'étalon le sépare d'Anne. Il venait tout juste de poser le pied à terre que déjà l'un des chevaliers de lady Jeanne lui assenait un coup vicieux à la tête avec la garde de son épée. Joffrey chancela en grognant et atterrit lourdement sur un genou. Prenant appui sur ses mains, il inspira profondément et réprima le malaise qui menaçait de l'engloutir. Déterminé à ne pas s'effondrer, il serra les dents et n'opposa aucune résistance lorsque des hommes l'empoignèrent sans ménagement par les aisselles pour le relever. En apercevant le sang qui ruisselait de la tempe de son mari, Anne poussa un cri d'effroi et chercha à se libérer afin de le rejoindre. Mais de Coubertain et de Gallembert la retinrent avec fermeté et n'hésitèrent pas à la secouer pour la ramener à l'ordre.

— Vous êtes un couard pitoyable, hurla-t-elle à l'intention de sir John. Vous n'oserez jamais affronter mon époux sans vous être assuré au préalable qu'il soit neutralisé par les coupe-jarrets de cette traîtresse de lady Jeanne ! cracha-t-elle avec condescendance.

À ces mots, sir John sentit une colère sourde l'envahir. Cette gueuse ne se privait pas pour l'injurier de propos insultants. Dans ce cas, il prendrait plaisir à s'occuper personnellement du seigneur de Knox et lui ferait ravaler les paroles offensantes de sa garce d'épouse. Par la suite, il s'acharnerait sur elle avec délectation. Elle ne tarderait pas à regretter ses allégations !

Sur un signe de sa part, les hommes firent avancer Joffrey. Sir John le dévisagea, le sourire mauvais. D'un geste leste, il s'empara de sa dague et la planta cruellement dans l'épaule de Joffrey, avant de la retirer d'un mouvement brusque. Un mince filet de sang coula de la blessure. Joffrey contracta la mâchoire et ne laissa fuser qu'une plainte étouffée. Le cri de rage d'Anne et ses vociférations virulentes résonnèrent à ses oreilles avec force, le galvanisant.

Il tourna alors la tête dans sa direction et la fusilla du regard. Anne frémit et se figea sous la dureté et la froideur de son expression. Sir John ne semblait pas sain d'esprit, elle ne devait donc pas le provoquer inutilement sinon Joffrey en subirait les conséquences. Inquiète, elle jeta un bref coup d'œil sur l'estafilade et ravala les paroles acerbes qui ne demandaient qu'à franchir ses lèvres. Joffrey dut percevoir sa résignation, car il se détourna d'elle et se concentra sur son adversaire. Son épaule l'élançait, mais comme il n'en était pas à sa première entaille, il relégua la souffrance au second plan.

Joffrey nargua sir John en se redressant de toute sa hauteur. Celui-ci perdit alors de son assurance et de sa prestance face à l'opiniâtreté du seigneur de Knox. Méfiant, il préféra mettre une certaine distance entre eux. Nullement dupe, Joffrey afficha un rictus de dégoût. Furieux, sir John serra les poings et lui envoya un puissant direct à la mâchoire. Les deux chevaliers retinrent Joffrey et l'empêchèrent de répliquer en lui maintenant les bras dans le dos. Par prudence, un autre dirigea la lame de son épée sur la gorge du seigneur. Paniquée, Anne dut se mordre les lèvres pour ne pas hurler. De Coubertain et de Gallembert détectèrent sa détresse et affermirent leur emprise.

Contre toute attente, Joffrey demeurait parfaitement calme, le regard dur et fier. Son attitude était fort éloquente et contrastait avec la couardise de sir John. Conscient que la situation lui échappait, celui-ci fixa Anne d'une expression mauvaise et reporta de nouveau son attention sur Joffrey.

— As-tu la moindre idée du plaisir que j'aurai à prendre ton épouse sous tes yeux ? Que ressentiras-tu en l'entendant s'égosiller sous mes assauts répétés, alors que tu seras impuissant à la protéger ? Assurément, tu perdras de ton arrogance !

— Non ! hurla Anne. Plutôt mettre fin à ma misérable existence et me damner que de vous laisser commettre une telle aberration !

— Anne ! Tais-toi ! cria alors Joffrey avec force.

Surprise, la jeune femme se figea et posa un regard douloureux sur lui. Mais déjà Joffrey s'était retourné vers sir John.

— Ne t'avise surtout pas de toucher à un seul de ses cheveux, fumier, car tu peux être certain que tu n'auras nulle part où te cacher dans le cas contraire. Je n'hésiterai pas à te saigner comme un porc, après t'avoir arraché les yeux ! annonça froidement Joffrey.

Sidéré, sir John fronça les sourcils et chercha à déchiffrer l'attitude du seigneur de Knox, mais celui-ci demeurait imperturbable. Déterminé à le faire plier, il ordonna à ses hommes de lui amener la prisonnière. Au lieu de s'exécuter, de Coubertain et de Gallembert relâchèrent Anne. Au même moment, Joffrey lui cria de fuir et de se mettre à l'abri. Anne obéit aussitôt et s'empara comme un éclair de la dague de Joffrey au sol, avant de s'élancer vers les remparts. Surpris par ce revirement soudain, les soldats restèrent sur leur position, ce qui octroya suffisamment de temps à de Coubertain et de Gallembert pour sortirent leur lame du fourreau. Mais la fuite d'Anne s'avéra laborieuse, et si cela n'avait été de la bataille qui éclatait simultanément, elle n'aurait jamais pu éviter les soudards de lady Jeanne.

Non loin d'Anne, le guerrier qui pointait une épée sur la gorge de Joffrey se recula soudainement et pourfendit l'un des chevaliers qui maintenaient le seigneur captif. Son bras droit libéré, Joffrey se débarrassa du deuxième assaillant qui le retenait prisonnier. Écumant de rage, il s'empara de son épée, prêt à en découdre.

Du regard, il tenta de discerner la silhouette frêle de son épouse parmi la cohue, mais il dut y renoncer quand une lame tenta de s'abattre sur lui. Il para le coup sans difficulté et empala le soldat avec une vitesse inouïe. Tout en ferraillant, il remarqua avec satisfaction que ses hommes combattaient avec acharnement. Sur le chemin de ronde, ce n'était plus qu'une question de temps avant que ses archers neutralisent ceux du château. Dès lors, ils pourraient contrôler l'ouverture de la herse. Toutefois, sir John avait disparu. Une peur sourde le gagna alors. Avec frénésie, il chercha encore une fois Anne, pendant que de Coubertain et de Gallembert le couvraient. Il la repéra rapidement, alors qu'elle enjambait le corps inerte d'un guerrier pour accéder aux escaliers qui menaient aux murailles.

À mi-chemin des marches, Anne s'arrêta pour reprendre son souffle. Un point sur le côté la faisait haleter et ralentissait sa progression. Portant un regard voilé sur la scène qui se déroulait dans la cour, son cœur chavira. Un vrai carnage ! Déterminée à s'écarter de cette folie, elle détourna la tête et s'obligea à poursuivre son avancée. En atteignant enfin le rempart, elle éprouva un vif soulagement. Mais ce sentiment fut de courte durée lorsqu'elle réalisa qu'elle n'était pas seule. Sir John lui coupait la route, l'empêchant d'effectuer une retraite stratégique.

Elle entendit clairement le cri de rage de son mari quand celui-ci aperçut l'homme à son tour. Avant même que Joffrey s'empare d'un arc et d'une flèche, sir John l'avait rattrapée et se servait d'elle comme d'un bouclier. Joffrey jura. « Bon sang ! Je suis beaucoup trop loin ! Ce fou furieux aura largement le temps de la transpercer une bonne dizaine de fois avec son épée avant que je puisse la rejoindre. » Tout en la fixant, il chercha un moyen d'intervenir sans risquer la vie d'Anne. Il en était à cette réflexion lorsqu'il la vit sortir des replis de sa chainse la dague qu'elle y avait camouflée. Avec assurance, elle affermit sa prise et frappa sans pitié son tortionnaire à la cuisse. Sir John la libéra dans un mugissement retentissant. Anne profita de cette ouverture pour tenter de s'écarter. Au moment où le mécréant se lançait sur sa victime, une flèche l'atteignit à la base du cou. Un gargouillis étrange émergea de sa gorge, accompagné d'un flot de sang. Deux flèches consécutives le transpercèrent dans le dos, le projetant par-dessus les créneaux. Au passage, il agrippa fermement le bras d'Anne. En basculant dans le vide, il l'entraîna à sa suite. Un hurlement de désespoir franchit les lèvres de Joffrey en voyant sa femme disparaître.

« Non ! Impossible ! » se répétait-il inlassablement, tout en s'élançant vers le chemin de ronde. Fou de douleur, il massacra ceux qui se trouvaient sur son passage, tout en clamant le nom d'Anne avec ferveur, insensible à la souffrance qui irradiait de son épaule blessée. Il atteignit en peinant le haut de la muraille, le cœur étreint dans un étau de fer et la conscience engourdie. Parvenu près des créneaux, il s'immobilisa, incapable de se décider à regarder derrière la muraille. L'esprit torturé, il déglutit péniblement et serra les poings avant de se pencher. En contrebas, il ne vit aucune trace du corps d'Anne. À la place, les flots de la Sèvre, qui débordait de son lit à cause du flux printanier, se déchaînaient. Plus loin, une tache sombre qui se débattait dans les eaux impétueuses apparut brièvement. Son sang se figea dans ses veines en réalisant qu'il s'agissait d'Anne.

Dans la cour intérieure où le combat faisait toujours rage, Rémi ferraillait en retrait avec un acharnement démentiel. Il avait failli être transpercé par la pointe d'une épée lorsqu'il avait abaissé momentanément sa garde en entendant le cri de désespoir de Joffrey. En constatant que la dame de Knox avait basculé dans le vide, du haut des remparts, il avait éprouvé une joie perverse. Ne lui restait plus maintenant qu'à supprimer le seigneur de Knox pour apaiser enfin son désir de vengeance. Bientôt, cet homme tant haï paierait de sa vie. Tous les tourments infligés à de Knox mettaient un baume sur son cœur et constituaient pour lui un juste châtiment. Un jour viendrait où il éliminerait le fils légitime de Merkios de Knox. Dans l'immédiat, il était assez lucide pour prendre conscience que le combat était perdu d'avance, car les soldats de Joffrey s'avéraient beaucoup trop nombreux et aguerris. Il lui fallait donc exécuter une retraite stratégique.

❦

Anne toussait et crachait, tout en demeurant affalée sur la rive ouest de la Sèvre. Épuisée, elle resta immobile, le corps tremblant. Sa tempe droite bourdonnait douloureusement et du sang s'écoulait de la blessure qu'elle s'était faite en heurtant un rocher au passage. Ce plongeon vertigineux dans le vide l'avait effrayée considérablement et son entrée brutale dans l'eau glaciale avait engourdi ses sens. Entraînée par les rapides, il lui avait été impossible de résister. En cet instant fatidique, seul son instinct de survie l'avait empêchée de couler. Elle avait parcouru une distance prodigieuse depuis Clisson et se trouvait plus loin, en aval. Une forêt luxuriante l'entourait et aucune présence humaine ne semblait troubler les lieux. Une petite berge en pente douce se démarquait de la rive abrupte. D'ailleurs, la rivière semblait plus calme dans cette zone. C'est ce qui lui avait permis de reprendre pied. Malgré le faible courant à cet endroit, la tâche avait été rude en raison de son épuisement. Avec lenteur, Anne roula sur le dos et eut tout juste le temps de remarquer le ciel bleu limpide au-dessus d'elle avant de sombrer dans les abîmes de l'inconscience.

Une main squelettique frôla le visage d'Anne, à la recherche d'un signe de vie. La vieille femme esquissa un sourire entendu, qui dévoilait une bouche édentée, en constatant que la naufragée respirait toujours. Avec un entrain surprenant pour quelqu'un de son âge, elle siffla bruyamment et un loup d'une stature imposante trottina jusqu'à elle. Tout en ahanant, elle souleva Anne et la déposa en travers de la bête sauvage. Au contact du pelage soyeux, Anne frémit et poussa un faible gémissement. Un grognement sourd fit écho à sa complainte. Aussitôt, la vieille femme gratta les oreilles de l'animal et l'entraîna à sa suite. Tout en jetant un bref regard en direction de la malheureuse, elle secoua la tête gravement.

4
Une renaissance douloureuse

La nuit avait recouvert la forêt dense de son manteau sombre. Dehors, des loups hurlaient à la lune, alors qu'un grognement rauque parvenait jusqu'aux oreilles d'Anne. Percevant un souffle chaud dans son cou, elle entrouvrit les paupières. Son étonnement fut grand en croisant le regard paisible d'un loup. Pétrifiée, elle déglutit avec peine tandis que les battements de son cœur s'accéléraient. Mais la bête se releva et s'éloigna tranquillement de sa couche. Quelle ne fut pas la surprise d'Anne en le voyant s'allonger près de l'âtre, aux pieds d'une vieille femme. Celle-ci allumait d'ailleurs un bon feu à l'aide de branches sèches et d'amadou. Avec son briquet en silex, elle produisit quelques étincelles et le tout s'embrasa avec vigueur dès qu'elle souffla sur les braises. L'air satisfait, elle se retourna et lui fit face. Anne eut un sursaut, puis un mouvement de recul en découvrant le visage ravagé par d'affreuses balafres. Crisentelle haussa les épaules avec indifférence, pendant qu'un éclair malicieux traversait son regard pétillant.

— Eh bien, te voilà enfin réveillée. Je commençais à redouter d'être arrivée trop tard !

Intriguée, Anne se souleva sur les coudes, mais retomba aussitôt sur sa couche, trop étourdie pour se relever. Notant le malaise de son invitée, la femme la rejoignit d'un pas vif malgré son âge avancé.

— Doucement, petite ! Malgré les infusions de marjo-
laine et de thym que je t'ai fait boire pour contrer la fièvre
et soulager tes poumons, tu restes fragile pour le moment.
Pas surprenant, après une baignade dans les eaux glacées
de la Sèvre. Tu as déliré pendant plusieurs jours, au
demeurant.

Perplexe, Anne coula un regard mitigé vers la vieille
femme. Mais de quoi parlait-elle exactement ? Il n'y
avait aucun courant de ce nom près du château de son
père. À l'expression confuse de sa patiente, Crisentelle
s'adoucit.

— Tu as pris un vilain coup sur la tête, petite, et je crains
hélas que cela n'ait quelque peu altéré ta mémoire. Pour
l'instant, tu es désorientée, mais cela ne saurait perdurer.
Tôt ou tard, tes souvenirs te reviendront, j'en suis certaine.
En attendant, laisse la vieille Crisentelle prendre soin de
toi !

Troublée par ces propos saugrenus, Anne s'enferma dans
un mutisme complet et tenta de réfléchir avec sérénité.
Apparemment, quelque chose de grave s'était produit, et
le renflement qu'elle percevait sous ses doigts à sa tempe
droite en était la preuve. Elle se rappelait vaguement avoir
été submergée par des flots déchaînés. Ce souvenir était si
diffus qu'elle avait peine à y croire. À l'évidence, elle ne se
trouvait plus sur les terres des Vallière, car cette femme et
l'endroit lui étaient totalement étrangers. Dans ce cas, où
était-elle ? Tout en se mordant la lèvre inférieure, elle
essaya de se concentrer, mais ce simple exercice déclencha
une migraine atroce. En gémissant, elle se pelotonna sous
les draps frais qui dégageaient une bonne odeur de
lavande. Selon toute vraisemblance, cette personne l'avait
recueillie et soignée, mais il n'en demeurait pas moins
qu'elle devait rejoindre les siens. Sa mère s'inquiéterait et

son frère ne raterait pas pareille occasion pour la sermonner. Le pauvre, il se faisait du souci pour son avenir ! Il faut dire qu'il prenait tant à cœur son rôle de seigneur de Vallière.

Quelque chose clochait cependant. « J'ai la nette impression de passer à côté d'un élément vital… mais quoi ? » Inconsciemment, elle frôla son ventre plat et éprouva un sentiment mitigé, ainsi qu'un vide immense. Fermant les paupières, elle entrevit brièvement la silhouette floue d'un homme. Qui était-il ? Que représentait-il à ses yeux ? Un nom qu'elle ne reconnaissait pas s'imposa alors de force à son esprit : « Joffrey. »

Crisentelle l'observait sans détour, curieuse d'en découvrir davantage à son sujet. Un sourire mystérieux flotta sur ses lèvres quand elle retourna attiser le feu. Elle laissa la petite à ses songes. La pauvre devait se reposer et reprendre des forces. Demain viendrait bien assez tôt de toute façon.

⋙⋘

Le chant d'une mésange éveilla Anne à l'aurore. En promenant un regard perplexe sur l'unique pièce de la chaumière, elle constata l'austérité des lieux. Une table et deux chaises, taillées dans un bois grossier, occupaient le centre de l'habitation, alors qu'une armoire délabrée longeait l'un des murs. Il y manquait d'ailleurs un battant, ce qui permettait de distinguer la panoplie de plantes médicinales qui y étaient entreposés. D'autres, qui séchaient accrochées aux poutres du toit, dégageaient une odeur des plus agréables. Pour sa part, Anne était allongée dans le seul lit disponible et éprouva des remords à l'idée que la vieille femme avait dû dormir à même le plancher de terre battue afin de lui laisser le confort de la couchette. Malgré la pauvreté évidente de sa bienfaitrice, un ordre et une propreté impeccable régnaient.

Quoique vaguement nauséeuse, Anne réussit à se redresser et à s'asseoir. Apercevant le soleil éblouissant à travers une fenêtre, elle ressentit la nécessité soudaine de sortir de son confinement. Un besoin étrange de liberté s'empara d'elle. Non sans difficulté, elle se releva et avança d'un pas chancelant en direction de la porte. Ses jambes menaçaient de se dérober sous elle à tout moment ; elle persista néanmoins.

Dès qu'elle fut à l'extérieur, Anne ferma les yeux et goûta le plaisir simple de sentir la chaleur des rayons du soleil sur son visage meurtri. Crisentelle, qui travaillait dans son jardin d'herbes non loin de là, sourit en la voyant s'émerveiller de la sorte. La pauvre avait divagué pendant sept jours, pleurant, suppliant et appelant un homme du nom de Joffrey. Crisentelle ignorait tout des épreuves que sa nouvelle pensionnaire avait dû traverser, mais elle espérait sincèrement que cette dernière retrouverait la mémoire. L'âme de cette petite était tourmentée et son cœur, déchiré. Un peu de quiétude ne lui ferait pas de tort et l'aiderait sans aucun doute à guérir de ses blessures profondes. Sans savoir qui elle était, la vieille femme se doutait qu'il s'agissait d'une dame de la haute noblesse. La fragilité et le désarroi de la naufragée l'avaient touchée. C'était un miracle que sa promenade l'avait menée à l'endroit exact où la rivière avait rejeté Anne. En l'apercevant, Crisentelle n'avait pu se résoudre à l'abandonner à son triste sort. Dieu, dans son infinie sagesse, en avait décidé autrement !

Au même instant, Anne se tourna dans la direction de son hôtesse et lui sourit timidement, mais aucun mot ne fut prononcé, ni à ce moment-là ni le jour suivant. Anne avait besoin de tranquillité afin de faire le point. Crisentelle le comprenait parfaitement, si bien qu'elle s'activa à ses tâches sans s'occuper de la jeune femme et la laissa libre de ses mouvements, se contentant de lui offrir une miche, de la soupe et du fromage au moment des repas. Elle s'accommodait de son mutisme et parlait pour deux, étant restée trop longtemps seule pour en éprouver de la gêne. D'ailleurs, elle était habituée à s'entretenir avec son loup, sans attendre de réponses en retour.

⋘⋆⋙

À l'aube du neuvième jour, Anne se leva avec beaucoup plus d'entrain. Elle avait repris des couleurs et sa chevelure avait retrouvé son éclat. Néanmoins, ses yeux de braise demeuraient voilés, comme hantés par d'horribles fantômes.

Voulant alléger le fardeau de sa bienfaitrice, Anne entreprit ce matin-là d'aller puiser elle-même de l'eau à la rivière. Crisentelle, qui avait tenu à l'accompagner malgré tout, devisait joyeusement avec elle et se plaisait à lui expliquer les différentes vertus médicinales des plantes environnantes. Anne souriait à ses propos, heureuse de cette diversion.

À vrai dire, elle n'avait eu de cesse depuis son réveil de se torturer les méninges au sujet de ce qui lui était arrivé, mais sans résultat probant. Le nom de «Joffrey» semblait imprégné dans son esprit en lettres de feu et, à la pensée de cet homme, des émotions intenses l'envahissaient. En revanche, songer à un enfant la rendait malheureuse et presque malade, ce qui était incompréhensible.

Elle venait tout juste de terminer de remplir le seau dans l'onde fraîche lorsqu'elle capta inopinément son reflet à la surface de l'eau. En apercevant la cicatrice sur sa joue gauche, elle eut un étrange pressentiment. Au même moment, l'impression qu'une épée s'abattait sur sa nuque s'imposa de force à elle. Bouleversée, Anne recula en poussant un cri d'effroi et tomba à la renverse sur la berge. Son cœur cogna contre sa poitrine et sa respiration se fit laborieuse. Étourdie, elle demeura immobile, le regard perdu dans les nuages. Il lui fallut quelques minutes avant de se resaisir. Puis, aussi soudainement que la sensation était apparue, elle disparut. Abasourdie, Anne fixa Crisentelle d'un regard soucieux.

Désireuse de la détourner des sombres pensées qui l'assaillaient, la vieille femme lui désigna alors du doigt le faucon qui planait d'une manière majestueuse au-dessus d'elles. À la vue du volatile, Anne se détendit et esquissa un sourire empreint de douceur. L'oiseau était si gracieux et si magnifique.

⁓◦⊰⊱◦⁓

Cette nuit-là, les rêves d'Anne furent étrangement troublants. Elle se trouvait dans une chambre spacieuse et à peine éclairée, en compagnie d'un guerrier d'une beauté sauvage. Celui-ci la plaquait avec fougue contre le montant d'un lit, et elle percevait très bien la chaleur qui émanait de son corps viril. L'inconnu prenait possession de sa bouche avec une ferveur outrancière. En pressant son bassin contre le sien, il soulevait l'une de ses jambes afin d'accentuer la proximité entre eux. Tout en se pendant à ses épaules robustes, elle gémissait et se sentait happée par un flot sensuel. L'homme quittait alors ses lèvres entrouvertes pour s'attarder à la pointe érigée de ses seins qu'il mordillait et saisissait avec avidité. De ses mains, il explorait langoureusement son corps, la faisant chavirer avec délices.

Puis il s'accroupissait et poursuivait son odyssée. Ses caresses se faisaient davantage audacieuses. Sa bouche suivait le même parcours affolant que ses doigts. Tout en relevant sa robe, il goûtait goulument à la source de sa féminité tandis qu'elle haletait et s'affalait contre la colonne. Ses jambes tremblaient, menaçant de se dérober sous elle. L'étranger la soutenait par la taille pour la maintenir debout. Perdue dans un tourbillon de plus en plus impérieux, elle vacillait sous l'intensité du désir qui la consumait tout entière. Emporté à son tour, le guerrier émettait un grognement rauque qui la faisait frissonner de la tête au pied. Une dernière fois, il la torturait avec ravissement avant de mettre un terme à son supplice, s'arquant sous la force du brasier qui déferlait en elle.

Le corps en sueur, Anne se redressa brusquement de sa couche sommaire en murmurant le nom «Joffrey». Désorientée, elle promena un regard vaporeux sur le décor. Par la fenêtre, elle apercevait les premières lueurs de l'aube. Il s'agissait d'un simple rêve. L'expérience avait été si réaliste qu'elle en tremblait encore. «Cela dépasse l'entendement! Serait-ce en fait un souvenir?» s'inquiéta celle qui se croyait encore une jeune fille innocente, et non pas une femme. À cette idée, un sentiment d'urgence s'empara de tout son être. Elle devait absolument découvrir la vérité…

Lorsque Crisentelle se leva à son tour ce matin-là, Anne avait déjà pris sa décision. Il lui fallait regagner le village le plus proche et chercher des indices susceptibles de l'aider à retrouver la mémoire. Sa bienfaitrice n'avait pas semblé troublée outre mesure par sa résolution et l'incita même à se rendre au marché de Clisson. Ainsi, elle en profiterait pour échanger ses remèdes contre des éléments de première nécessité et des aliments de base. Le bourg n'était pas si loin, et il était possible d'effectuer l'aller-retour en une journée pour quelqu'un de jeune et de bien-portant. Anne n'eut pas besoin de plus d'encouragements pour se décider.

Trop préoccupée pour relever l'éclat malicieux qui dansait dans le regard de Crisentelle, Anne s'engagea d'un pas alerte dans le sentier abrupt qui menait à Clisson. Juin approchait à grands pas, amenant dans son sillage une brise douce chargée des arômes grisants de la forêt, et cela la revigorait.

⚜

Joffrey semblait visiblement à bout de nerfs, si bien que le chevalier de Dumain hésitait à aborder de nouveau le sujet qui lui tenait tant à cœur. Il était inquiet, car depuis l'affrontement au château de Clisson le seigneur de Knox n'était plus le même. De plus, la disparition d'Anne avait provoqué un immense remous au sein du contingent de soldats. Joffrey refusait d'accepter l'idée que son épouse soit morte, d'autant plus qu'ils n'avaient pas retrouvé sa dépouille. La simple allusion en ce sens déclenchait chez lui une réaction virulente. Ses hommes commençaient à douter de la santé mentale de leur seigneur. Depuis deux semaines, ils ratissaient sans relâche les environs du village, à la recherche de leur châtelaine. Ils avaient trouvé quelques misérables chaumières en bordure de la Sèvre, mais nulle trace de la jeune femme.

Une vieille rachitique, accompagnée d'un loup, avait fait preuve d'une grande curiosité à l'égard de la dame de Knox, mais elle ne leur avait été d'aucune utilité, au contraire. Il faut dire que la pauvresse semblait quelque peu simplette et n'avait eu de cesse de leur répéter qu'une visite au marché mensuel de Clisson pourrait s'avérer profitable. Elle avait tant insisté que Joffrey attendait impatiemment depuis lors l'arrivée de ce fameux jour. De Dumain désespérait de le voir ainsi et craignait que sa déception soit particulièrement vive quand ils regagneraient le campement, bredouilles. Combien de désillusions pourrait-il encore supporter avant de flancher ? Il demeurait persuadé que rien de bon ne ressortirait de cette escapade, mais il savait d'ores et déjà que le seigneur de Knox ne changerait pas d'avis. Il poussa donc un soupir résigné et retourna sur ses pas. Tout en enfourchant sa monture, il marmonnait entre ses dents.

⚜

Anne plissa le nez en décelant l'odeur aigre qui se dégageait des rues encombrées et sales du quartier. Elle considéra ses achats et, satisfaite, trouva qu'elle avait été bien avisée de se rendre au marché. Cette aventure se révélait somme toute assez excitante. Depuis son arrivée, elle déambulait librement et savourait ce moment. Toute cette effervescence l'étourdissait. Absorbée par la découverte des nombreux étalages, elle ne prêta pas attention à l'homme qui la dévisageait avec intensité à l'ombre d'une échoppe, à quelques pas d'elle.

Joffrey était sidéré. En premier lieu, il avait considéré que la ressemblance entre cette paysanne et son épouse n'était que le fruit de son imagination. Il avait si souvent confondu d'autres jeunes filles avec Anne qu'il n'osait croire à sa bonne fortune. Pourtant, c'était bien elle ! Malgré la distance qui les séparait, il reconnaissait sa démarche souple et son port de tête gracieux. Lorsqu'il avait aperçu brièvement son visage, son cœur avait raté un battement. C'était les mêmes yeux de braise, les mêmes lèvres pulpeuses qui ne demandaient qu'à être embrassées, le même petit nez retroussé qui lui donnait un air mutin. « Par tous les saints ! Est-ce possible ? » Figé sur place, il hésitait à l'approcher, de peur de la voir disparaître.

Inconsciente de l'attention soutenue dont elle faisait l'objet, Anne errait entre les étalages, négociant avec plaisir avec les marchands et portant un regard critique sur les produits locaux. Affamée après cet exercice, elle bifurqua sur sa droite en direction d'une auberge du quartier qu'elle avait repérée plus tôt dans la journée. Lorsqu'elle atteignit l'endroit, trois manants complètement soûls lui bloquèrent le passage. Surprise, elle les détailla avec suspicion, avant de les toiser avec hauteur. L'un des hommes releva un sourcil interrogateur et parti d'un rire gras.

— Eh bien, que voilà un beau brin de fille ! Dis-moi, mignonne, t'aurais pas envie de t'amuser un peu ? On serait tout disposé à réchauffer ta couche cette nuit !

Oppressée par un sentiment étrange, Anne tressaillit. Quelque chose dans cette scène lui semblait familier, lui laissant un arrière-goût amer dans la bouche. Nerveuse, elle jeta un regard circonspect sur les alentours.

Profitant de son hésitation, celui qui l'avait abordée s'approcha d'elle. Tendue, Anne le fixa avec méfiance, prête à se défendre s'il le fallait. Avant qu'il ne parvienne à la frôler de ses paumes crasseuses, elle l'atteignit à l'entre-cuisse d'un coup de genou vif. L'impudent s'effondra sur le sol en gémissant, le souffle court. Ne souhaitant pas en rester là, ses deux compères s'avancèrent vers elle la mine sombre, le poignard au poing. Anne esquiva de justesse le premier assaut, mais le deuxième entailla son jupon. Le tissu se déchira avec facilité, dévoilant le galbe de sa jambe. D'un même mouvement, ils se jetèrent sur elle.

Avec habileté, Anne se défila rapidement. Joffrey déboucha sur la place au moment où elle traversait une rue boueuse. Puis un convoi de marchands prit possession des lieux. Joffrey tenta de suivre Anne, mais sans succès, sa progression étant ralentie par la procession de chariots. Il la vit disparaître au détour d'un angle et jura en promenant une main impatiente dans sa chevelure ébouriffée. Ce n'était que partie remise. Elle ne pouvait aller très loin, et il la retracerait sans difficulté. Il avait posté des hommes à chacune des sorties du village. Assurément, l'un d'eux l'apercevrait.

⬥

Anne s'engagea dans le sentier en tremblant. Cette rencontre avec les ivrognes l'avait profondément secouée, réveillant des souvenirs confus dans sa mémoire. Elle avait couru sans arrêt depuis sa fuite. Ses poumons étaient en feu et sa respiration, douloureuse. Le souffle court et les jambes flageolantes, elle se laissa choir au pied d'un immense sapin. Tout en se tenant les côtes, elle chercha à réfréner les images qui l'envahissaient brusquement. Pour ce faire, elle s'obligea à se concentrer sur les sons environnants. Le chant mélodieux des oiseaux et le froissement des feuilles dans le vent l'apaisèrent quelque peu.

Cependant, de petits bruissements furtifs sur le sol et des craquements de branchages la firent sursauter. Elle se tassa spontanément sur elle-même et risqua un bref coup d'œil derrière l'arbre. Quelle stupeur elle eut en apercevant entre les fougères plusieurs guerriers. La peur au ventre, elle se dissimula du mieux qu'elle put dans l'ombre du tronc et ferma les yeux. La vision d'une bataille sanglante s'imprégna dans sa tête. Elle était en danger! Percevant alors le raclement des sabots des chevaux contre les pierres, elle comprit que les hommes avaient mis pied à terre et s'approchaient.

Inspirant profondément, elle se releva et s'élança à corps perdu dans une course effrénée. Derrière elle, un grognement furieux retentit. Elle ne s'en soucia pas. Toute son énergie se focalisa sur un seul objectif: fuir! Fuir le plus rapidement possible. Tout en repoussant les branches basses sur son passage, elle enjamba les obstacles sur la route. Soudain, une voix puissante cria son nom avec une intensité déconcertante. Interdite, elle s'immobilisa abruptement. Une main robuste s'abattit sur son épaule et arrêta son élan avec rudesse. Déstabilisée, elle se raccrocha aux bras de l'inconnu. En apercevant les traits de l'homme à la lumière du jour, elle se pétrifia. Ce regard métallique et sombre lui était familier. Tendue à l'extrême, Anne porta un regard incertain sur les boucles noires et le menton ferme.

Une multitude d'images se bousculèrent dans sa tête. Pliant sous le coup d'une émotion violente, elle ferma les paupières et déglutit avec peine. Secouée par des tremblements incontrôlables, elle chercha à reprendre pied. Ouvrant les yeux, elle fixa de nouveau l'étranger. Son expression trahissait une telle incompréhension qu'elle en fut ébranlée. Approchant sa main du visage de l'homme avec hésitation, elle le frôla d'une caresse légère. À son contact, un voile se leva. Son souffle s'accéléra et ses yeux s'emplirent de larmes.

— Joffrey..., murmura-t-elle d'une voix lointaine. Joffrey..., s'écria-t-elle passionnément en se jetant à son cou.

Une digue céda et les souvenirs refluèrent avec vigueur, dévastant tout sur leur passage. Emportée par ce tourbillon, Anne s'accrocha énergiquement à Joffrey, afin de ne pas sombrer. La sentant sur le point de défaillir, celui-ci l'étreignit avec force. Enfin, il la retrouvait! Comme elle lui avait manqué! Impuissant à se contenir, il agrippa sa nuque d'une main ferme et l'obligea à le regarder. Indifférent à tout ce qui l'entourait, il s'empara de ses lèvres dans un baiser impérieux. Anne ploya instinctivement sous sa fougue. Il semblait incapable de se rassasier d'elle, si bien qu'elle était à bout de souffle lorsqu'il consentit à la relâcher.

— Bon sang! Où étais-tu tout ce temps? Pourquoi n'as-tu pas donné signe de vie? J'ai cru devenir fou…, lâcha-t-il d'une voix rauque.

À son intonation, elle comprit qu'il avait souffert de sa disparition. Les nerfs à vif, elle essayait de s'y retrouver.

— Je… J'ignorais…, commença-t-elle avec confusion. C'est affreux… Je ne parvenais plus à me rappeler…

— Nom de Dieu, Anne! Qu'est-ce que tu racontes?

— C'est en vous voyant que mes souvenirs me sont revenus!

Puis une pensée la traversa. Les enfants… Sous le poids de l'accablement qui la transperçait d'un seul coup, elle tomba lourdement à genoux et enfouit son visage entre ses mains en geignant. Troublé, Joffrey s'agenouilla à ses côtés.

— Anne… Qu'est-ce qui t'arrive?

Incapable de répondre, elle se lova tout contre lui en sanglotant. Son désespoir était si intense que le cœur de Joffrey se serra douloureusement. Tout en la berçant avec tendresse, il chuchota des mots de réconfort à son oreille afin de la calmer. « Seigneur ! Il y a si longtemps qu'on ne m'a pas tenue ainsi et témoigné tant de douceur… » Relevant la tête, elle se perdit dans son regard. Il y avait tant d'amour dans les yeux de son époux qu'elle en fut chavirée. Comment trouver le courage de lui avouer qu'elle n'avait pas su protéger leurs enfants et qu'elle était en partie responsable de leur mort ? De quelle manière lui dire qu'elle avait eu un bébé, mais qu'elle ignorait s'il s'agissait d'une fille ou d'un garçon ? Et comment lui expliquer qu'elle n'était pas en mesure de déterminer ce qui était advenu de la dépouille ? Submergée par les remords, elle s'effondra.

— Je suis désolée… tellement désolée… Pardonnez-moi…

Dérouté, Joffrey marqua une pause. « Pardieu ! À quoi rime toute cette histoire ? » Il aurait voulu l'interroger, mais il voyait bien qu'elle était trop ébranlée pour s'y retrouver. Mieux valait dans ces conditions qu'elle se repose. Après, lorsqu'elle aurait les idées plus claires, ils discuteraient plus longuement. Recouvrant le corps tremblant de sa cape, il la souleva avec aisance et la ramena vers le reste du groupe. Spontanément, elle appuya sa tête contre le cou de Joffrey et ferma les paupières.

Le crépuscule faisait maintenant place à la nuit. Le front soucieux, Joffrey se dirigea à grands pas vers la couche sommaire que ses hommes avaient préparée à l'écart. D'un bref signe, il remercia le chevalier de Dumain d'avoir installé un campement rudimentaire pendant ce temps. Un bon feu crépitait au centre du cantonnement et une odeur agréable se dégageait de la viande qui y grillait. Avec d'infinies précautions, Joffrey déposa Anne sur les branchages de sapin et les peaux de daims. Elle n'opposa aucune résistance et se contenta de l'observer sans mot dire, avec de grands yeux humides où une souffrance intense se reflétait. En silence, Joffrey s'allongea et l'attira à lui.

Longtemps après qu'Anne se fut endormie, Joffrey resta éveillé à caresser les boucles cuivrées de sa femme. Avec douceur, il frôla la cicatrice sur la joue d'un doigt léger et soupira. De leur côté, les hommes étaient demeurés discrets pendant la soirée et avaient regagné leur couche en silence. Certains jetèrent un regard triste en direction de leur châtelaine, alors que d'autres sentaient leur cœur s'emplir d'une colère envers ceux qui l'avaient maltraitée de cette façon. Joffrey, pour sa part, ne savait que penser de la situation.

⁕

Les soldats étaient plus qu'heureux de rentrer enfin chez eux. Après une courte escale à la petite chaumière où avait séjourné Anne, ils avaient dû se résoudre à reprendre la route sans pouvoir remercier Crisentelle de sa sollicitude. La vieille femme était visiblement partie pour l'une de ses excursions et Joffrey refusait de différer leur départ. Maintenant qu'il avait retrouvé Anne, plus rien ne les retenait dans ces contrées hostiles. De toute façon, il était risqué de s'attarder dans le coin. Même si lady Jeanne de Belleville s'était enfuie après l'affrontement à Clisson, le danger n'était pas écarté pour autant, car les Anglais demeuraient encore très présents dans la région. Joffrey avait laissé une bourse de pièces d'or ainsi qu'une missive à l'intention de Crisentelle. Il l'invitait d'ailleurs à regagner le château de Knox afin d'y trouver refuge. C'était le mieux qu'il pouvait faire dans les conditions actuelles.

Ils s'étaient donc ébranlés au petit matin, après un goûter léger, et parcouraient la forêt depuis une bonne partie de la journée déjà. Le château de Knox ne se situait plus très loin, mais Joffrey se refusait à pousser les bêtes. D'autant plus qu'il se doutait qu'Anne nécessitait un répit supplémentaire avant de faire face à leurs gens. La chevauchée avait été longue et pénible pour tous. Anne, toujours silencieuse, s'était tenue à l'écart du petit groupe. Joffrey avait respecté ce besoin de solitude et avait repris la tête de la troupe. Il espérait toutefois qu'elle parviendrait à surmonter ce qui la rongeait. Même s'il devinait plus ou moins ce qu'elle avait enduré depuis un an, il désirait plus que tout qu'elle s'ouvre à lui en toute confiance. C'est seulement par la suite qu'il serait à même de l'aider à oublier et à guérir. Il était déterminé à faire tout son possible pour qu'elle retrouve sa fougue et sa volonté d'antan.

Le chevalier de Dumain, qui chevauchait aux côtés de la jeune femme, lui jetait à l'occasion de brefs coups d'œil en biais. Le pauvre homme était dans tous ses états, partagé entre la culpabilité et le soulagement. C'est lui qui devait assurer sa protection lorsqu'elle avait été enlevée et il ne parvenait toujours pas à se pardonner sa négligence. Cependant, une joie immense l'habitait à l'idée de la savoir enfin saine et sauve. Néanmoins, son mutisme l'inquiétait.

Loin de ressentir la même allégresse, Anne ne cessait de se questionner au sujet de son époux. Il n'avait laissé transparaître aucune horreur face à la balafre qui la défigurait désormais et, surtout, il n'avait eu aucune parole blessante à son encontre à propos du décès de leur fils. Retrouver le réconfort de ses bras avait été un baume en soi. Pour l'une des rares fois depuis bien longtemps, son sommeil n'avait pas été perturbé par d'horribles cauchemars. Malgré toutes les épreuves qu'ils avaient traversées, se pouvait-il qu'une seconde chance s'offre à eux? Pouvait-elle réellement prétendre au bonheur à nouveau? Cela lui semblait si invraisemblable, mais si invitant en même temps… «Dieu du Ciel! Si seulement je pouvais trouver le courage de tout lui avouer, mon fardeau serait moins lourd à porter», songeait-elle avec regret.

Cette nuit-là, quand ils dormirent encore une fois à la belle étoile, Joffrey éprouva un tourment affligeant. Anne reposait confiante entre ses bras, mais demeurait malgré tout inaccessible. Son unique concession avait été d'accepter de s'allonger tout contre lui; mais encore là, il suspectait que c'était plus par besoin de sécurité que pour partager sa couche. Toute la journée, il s'était questionné à son sujet, en s'exhortant au calme. Mais la patience n'était pas l'une de ses vertus, et le fait de sommeiller chastement près d'elle constituait une vraie torture. Durant l'année écoulée, il lui était resté fidèle et ressentait plus que jamais le désir de la faire sienne. Son odeur enivrante le grisait et la douceur de ses cheveux entre ses doigts lui causait une délicieuse souffrance. Il aurait voulu l'éveiller en capturant ses lèvres et en parcourant son corps de baisers enfiévrés. «Crénom de Dieu! La nuit risque d'être longue et pénible!» jura-t-il amèrement. Car il était certain d'une chose: Anne répugnait pour l'instant tout contact charnel entre eux, et lui refusait de la brusquer, même si en tant qu'époux il était de son droit de l'exiger. Poussant un juron étouffé, il serra les dents et se crispa. Il aurait volontiers étripé les responsables de cette situation de ses propres mains. Qui aurait cru que le seigneur de Knox se plierait de si bonne grâce au fait de devoir courtiser sa propre épouse afin de pouvoir regagner ses faveurs et partager sa couche? Quelle ironie! C'était pourtant ce qu'il ferait, puisqu'elle représentait tout ce qu'il avait de plus précieux dans le monde…

⟡

Ils avaient de nouveau chevauché toute la journée en silence et, par bonheur, ils se rapprochaient du château. D'ailleurs, ils entrevoyaient les tourelles entre les branches des arbres. À cette vision, un soulagement évident s'empara de la troupe. Anne, à la pensée de la pouponnière vide qui les attendait à leur arrivée, faillit quant à elle s'effondrer. Incapable de faire face à la réaction de Joffrey lorsqu'il apprendrait la disparition de son fils, elle saisit les brides de son cheval et s'arrêta net au beau milieu du sentier.

— Non…, cria-t-elle d'une voix cassée.

Surpris, Joffrey se retourna dans sa direction et la scruta avec attention. Déchiré par l'ampleur de la souffrance qu'il lisait sur le visage de son épouse, il s'approcha d'elle et l'étreignit avec détermination. Il pouvait sentir le goût salé des larmes sur ses lèvres.

— Nom de Dieu, Anne! Qu'est-ce qui se passe?

Il avait le cœur en miettes et ne savait comment l'atteindre. Il ressentait la douleur d'Anne dans chacune des fibres de son corps. Emprisonnant la tête de sa femme entre ses paumes, il l'obligea à le fixer.

— Anne, dis-moi ce que tu as, la supplia-t-il.

Elle tourna vers lui un regard chargé d'appréhension et ne laissa tomber que deux mots:

— Notre fils…, dit-elle, complètement éplorée.

Empli d'inquiétude, Joffrey resta sidéré quelques instants avant de s'élancer vers le château, abandonnant Anne. Arrivé dans l'enceinte du château, il fut accueilli par son beau-frère qui venait à sa rencontre avec empressement. De retour de sa mission en Angleterre, celui-ci avait hâte de lui annoncer qu'Anne avait donné naissance à une fille pendant sa captivité. En voyant Joffrey arriver seul, l'air catastrophé, Jean de Vallière craignit le pire. Joffrey remarqua la mine soucieuse de son beau-frère et comprit alors que quelque chose s'était produit pendant son absence. Il sauta de sa monture d'un bond vif et s'élança vers Jean. Arrivé à sa hauteur, il le pressa aussitôt de questions. Au fur et à mesure que la situation s'éclaircissait, l'expression de Joffrey se modifia. À la fin de leur discussion, il s'engouffra en toute vitesse dans la grande salle, puis grimpa quatre à quatre les marches de l'escalier en colimaçon qui menait aux chambres.

Quelques minutes plus tard, le reste de la troupe franchissait les murs de la forteresse en traînant Anne dans son sillage. Jean s'avança vers sa sœur en lui tendant les bras. Inspirant profondément, elle offrit un pauvre sourire à son frère tandis qu'il l'aidait à descendre de sa monture. Après une brève étreinte, Jean se recula et l'observa avec insistance. Mal à l'aise, Anne baissa ses yeux bouffis. En soupirant, Jean lui prit le menton avec délicatesse.

— Anne…, murmura-t-il en caressant sa joue balafrée du pouce. Tout ira bien !

Surprise, elle releva la tête. Sur un signe de son frère, elle dirigea alors son attention vers le donjon. Joffrey en ressortait, un garçonnet d'un peu plus d'un an à ses côtés. Au creux de son bras reposait un petit paquet qui gigotait avec frénésie. Immobile, Anne ne cessait de les dévisager tour à tour, incapable de réfléchir de façon cohérente. Sous le coup d'une émotion vive, elle porta une main à ses lèvres tremblantes et détailla le bambin avec un regard empli de larmes.

Voyant son état de confusion, Jean s'empressa de lui expliquer la situation.

— Anne… tu as mis au monde une magnifique petite fille pendant ton emprisonnement à la tour Beauchamp. Malgré le sort qui t'était réservé, la reine n'a pu se résoudre à tuer cet être si fragile. J'étais en Angleterre à ta recherche, à la demande de ton époux. La souveraine le savait et me l'a confiée dès sa naissance. Pétronille nous a accompagnés jusqu'au château de Knox et lui a servi de nourrice.

À ces mots, Anne s'affala contre son frère.

— Mon Dieu… Ils sont vivants…, murmura-t-elle d'une voix cassée, le cœur empli d'une joie presque douloureuse.

En la voyant sur le point de défaillir, Joffrey s'empressa de déposer son précieux fardeau entre les mains de Pétronille et céda son fils aux bons soins de la vieille Berthe. En quelques foulées, il fut près d'Anne et la releva tout en l'enserrant dans ses bras massifs.

— Anne… Seigneur Dieu! Tu croyais donc que notre fils était mort également? demanda-t-il d'une voix rauque.

Incapable de répondre, elle secoua affirmativement la tête et laissa échapper un sanglot poignant.

— Anne…, reprit-il avec insistance, lorsque tu m'as demandé de te pardonner, tu faisais référence à nos enfants, n'est-ce pas?

— Oui! sanglota-t-elle. Je croyais… avoir manqué… à mon serment en ne parvenant pas… à les sauver. Selon sir John… ils étaient tous les deux… m… morts… d'une façon si horrible, balbutia-t-elle avec peine. J'avais l'impression de n'être plus qu'un être misérable… aveuli et déchu. Je craignais que vous… que vous… n'éprouviez plus que honte et dégoût à mon égard, hoqueta-t-elle enfin.

Voulant enrayer la culpabilité atroce qui semblait étouffer son épouse, Joffrey captura ses lèvres, afin qu'elle ressente toute l'intensité de ses émotions. Anne avait le souffle court sous les baisers désespérés et s'accrochait à ses épaules.

— Anne! Je t'aime… Rien au monde ne pourrait changer cela. Regarde-moi! insista-t-il avec vigueur. Je t'aime!

Ébranlée par cette conviction profonde, elle fixa les prunelles de Joffrey dans les siennes et fut bouleversée. Rasséréné, il l'embrassa derechef, mais cette fois-ci avec beaucoup plus de tendresse. La jeune femme répondit à cette étreinte bien malgré elle et fut happée par sa douceur. Joffrey se détacha avec difficulté de la bouche d'Anne et posa son front contre le sien.

— Que Diable! Anne! Ne comprends-tu donc pas que c'est moi-même que je déteste pour avoir permis qu'une pareille aberration t'arrive? Si quelqu'un a failli, c'est bien moi! J'aurais dû prévoir qu'Édouard chercherait à se venger par tous les moyens pour ma traîtrise. J'aurais dû être plus vigilant encore... Loin de moi l'idée de te juger! Anne, tu as fait preuve d'un tel courage, que même le plus valeureux de mes chevaliers ne pourrait t'égaler. Tu as tenu tête à cet abject sir John. Tu as affronté le billot avec une assurance désarmante, si j'en crois les propos de ton frère.

Tu as effectué la traversée de la Manche à deux reprises, dans des conditions extrêmement pénibles, et tu as enduré le cachot et ses ignominies. Tu as vécu en captivité pendant plusieurs mois et tu as échappé aux flots déchaînés de la Sèvre après un plongeon vertigineux. Et, au cours de toutes ces épreuves, tu as mis au monde notre fille. Comment pourrais-je te haïr ? Je t'aime Anne ! Je n'ai eu de cesse de te rechercher et d'espérer, car j'avais confiance en toi. Je savais pertinemment que tu survivrais ! Tu es digne d'être l'épouse d'un guerrier tel que moi, et cette balafre que tu affiches sur la joue gauche n'a rien de disgracieux à mes yeux. Au contraire, c'est la preuve de ton courage et de ta détermination. Jamais je n'aurai plus fidèle vassal que toi, ma belle. Juste Ciel ! Si tu savais à quel point tu m'as manqué ! lâcha-t-il avec ardeur, avant de s'emparer de ses lèvres avec une ferveur décuplée.

Anne était désorientée par la tournure des événements. Son fils était toujours vivant, et il avait tant grandi. Elle avait mis au monde une petite fille, et celle-ci se trouvait auprès des siens depuis sa naissance. Elle-même avait survécu et était maintenant soutenue par son époux, protégée par ses hommes. Chavirée par la passion qui se déchaînait en Joffrey, elle eut l'impression d'être emportée par un raz-de-marée dévastateur. Tout en s'accrochant désespérément au cou de son mari, elle chercha à reprendre son souffle. Mais Joffrey semblait incapable de se détacher d'elle et de se rassasier. Prisonnière de son étreinte, elle gémit faiblement, n'arrivant pas à aligner ses pensées de façon cohérente.

Conscient qu'il la bousculait, Joffrey s'éloigna à contre-cœur et plongea son regard troublé dans le sien. Puis il éclata d'un rire tonitruant tout en la faisant virevolter dans les airs, transporté d'un bonheur sans égal à l'idée de l'avoir retrouvée. Sa joie évidente se communiqua à Anne. Un timide esclaffement s'échappa de sa gorge nouée, alors qu'une nouvelle lueur illuminait ses yeux de braise. Ils demeurèrent ainsi enlacés, soudés l'un à l'autre pendant quelques instants. Avec douceur, Joffrey la déposa sur le sol et la retourna vers leurs enfants. En la libérant de son étreinte, il se pencha à son oreille.

— Va, mon amour! Notre fils t'espère depuis si longtemps, et notre fille attend depuis sa naissance le moment où elle pourra enfin faire connaissance avec sa mère, murmura-t-il avec tendresse.

Ces mots sidérèrent Anne, qui serra la main droite de Joffrey avec appréhension. Que dire à un petit garçon d'un an et demi qui ne la reconnaîtrait pas? Quelle serait sa réaction face à sa fille, elle qui n'avait aucun souvenir de l'accouchement et qui ignorait même son existence jusqu'à ce jour? Tant d'événements malheureux l'avaient marquée depuis cette nuit fatidique où elle avait été enlevée. Retrouverait-elle suffisamment sa sérénité pour reprendre sa place et assumer ses rôles d'épouse, de mère et de châtelaine? Suffoquant sous le poids des responsabilités qui l'attendaient et la lourdeur de la tâche, elle demeura pétrifiée. Percevant tout du débat qui se livrait dans le cœur, l'âme et l'esprit d'Anne, Joffrey l'étreignit brièvement et déposa un baiser léger sur sa tempe.

— Courage, mon amour! Tu n'as pas survécu à toutes ces épreuves pour t'effondrer à la fin, et devant tous nos gens de surcroît! la taquina-t-il affectueusement.

Anne leva les yeux vers lui et le fixa avec gravité. L'expression espiègle qu'il affichait la ragaillardit. Retrouvant sa fierté et sa combativité, elle se retourna et inspira profondément. D'un pas décidé, elle s'avança en direction de ses enfants.

Intimidé par cette dame étrange, Charles-Édouard se réfugia derrière la jupe de Berthe. Celle-ci le gronda avec gentillesse dans un premier temps, puis le poussa avec douceur vers sa mère. Le voyant toujours aussi farouche, Anne s'agenouilla sur la terre aplatie et pencha la tête sur le côté. Un tendre sourire flottait sur son visage, alors que son regard se faisait aimant et affectueux. Une telle fragilité se dégageait de sa personne que Berthe en eut la gorge nouée. De grosses larmes roulèrent sur ses joues fripées et rebondies. Intrigué, mais non rassuré pour autant, Charles-Édouard observa l'arrivante, tout en demeurant lové contre les jambes de la vieille femme. Lentement, afin de ne pas l'effrayer, Anne tendit la main vers lui et frôla ses doigts avec délicatesse. Craintif, il replia son avant-bras sur son ventre et la détailla avec circonspection. Comme nulle menace ne semblait poindre, il lui permit de le toucher à sa deuxième tentative.

Anne éprouva un pincement au cœur en effleurant la douceur du petit bras potelé. Apaisé, Charles-Édouard prit appui sur son poignet et avança d'un pas maladroit dans sa direction. Anne retint son souffle de crainte de l'effaroucher. Puis, contre toute attente, il s'abandonna contre sa poitrine, tout en enfouissant son visage dans son cou. La gorge nouée, elle l'étreignit avec amour tout en le berçant. Émue par la scène, la vieille Berthe sanglota, ainsi que Pétronille. Plus d'un soldat détournèrent les yeux pour cacher leur trouble. Pour sa part, Joffrey ne pouvait se détacher de ce spectacle attendrissant. En se raclant la gorge, il s'approcha d'Anne. Au passage, il caressa affectueusement la chevelure ébouriffée de Charles-Édouard.

Après quelques instants, il prit la petite et s'accroupit près de sa jeune épouse en silence. Avec douceur, il découvrit le visage du bébé. Tout en serrant Charles-Édouard contre son cœur, Anne leva un regard voilé sur sa fille et l'admira. Ébranlée, elle se mordit la lèvre inférieure. Trop d'émotions se bousculaient en elle simultanément! Avec une certaine hésitation, elle frôla le fin duvet sur la tête du poupon. Conscient qu'Anne devait aussi nouer des liens avec la petite, Joffrey éloigna Charles-Édouard et déposa l'enfant entre ses mains. Heureux de retrouver son père, Charles-Édouard sauta dans les bras de Joffrey avec un cri de joie. Après quelque temps, Anne se releva avec lenteur et s'écarta du groupe, sans cesser de contempler sa fille. N'osant croire à un tel miracle, elle oscillait entre son désir de l'étreindre et celui de se préserver. La petite avait vu le jour dans des conditions épouvantables, puis avait été arrachée à sa mère. Elle avait survécu à la traversée de la Manche et à plusieurs journées de cheval. «Doux Jésus! Elle est sans contredit la digne descendante de Joffrey de Knox.» Anne devina un tempérament déterminé et farouche sous cette frimousse resplendissante de santé. Avec tendresse, elle la dénuda légèrement et captura au vol ses poings minuscules.

Ses pas la conduisirent vers le jardin. Encore mal remise de ses mésaventures, Anne prit place sur le banc et berça la fillette avec amour, tout en fredonnant une comptine de sa jeunesse. Et c'est uniquement à cet instant qu'elle se permit d'espérer…

⁂

La nuit avait enveloppé le château de son manteau étoilé, plongeant les deux enfants dans un sommeil profond. Anne ne se lassait pas de les contempler. Joffrey, qui l'avait rejointe, l'encercla de ses bras et frôla sa tête d'un baiser.

— Merci, Anne, de m'avoir offert un si merveilleux cadeau, murmura-t-il à son oreille en désignant leur fille.

Rassérénée, Anne se laissa aller contre le torse de Joffrey et recouvrit ses mains des siennes en soupirant de bonheur. C'était si bon de se retrouver ainsi, au chaud dans son étreinte. Malgré le bien-être qui l'habitait, elle ressentait les contrecoups de la fatigue. La journée avait été longue et riche en bouleversements. Elle aspirait à un peu de repos et de tranquillité. Percevant la lassitude de sa partenaire, Joffrey l'entraîna à sa suite. Elle ne se fit pas prier et l'accompagna de bonne grâce.

Parvenue au seuil de leur chambre conjugale, un sentiment de panique et d'incertitude la gagna. Que ferait-elle si Joffrey cherchait à la séduire ? Elle ne se sentait pas prête à franchir cette ultime étape. Trop d'émotions contradictoires se bousculaient en elle et le souvenir des gestes dégradants de sir John à son égard obnubilait toujours ses pensées. Elle devait, dans un premier temps, se départir de ses angoisses et retrouver sa sérénité.

Détournant la tête, elle croisa le regard profond de Joffrey. Il affichait une expression tranquille. Sans nul doute avait-il tout deviné du débat qui se livrait en elle. Ne sachant quelle attitude adopter, elle appuya une main délicate sur son torse et le fixa avec embarras.

— Joffrey…, parvint-elle à murmurer.

— Chut, ma belle ! Je sais…, répondit-il simplement tout en déposant un doigt léger sur ses lèvres. Tu es épuisée, Anne ! Maintenant que tu es en sécurité et rassurée sur le sort de nos deux enfants, tu dois désormais songer à toi. Tu as traversé de rudes épreuves, poursuivit-il en repoussant avec douceur une mèche bouclée sur son front. Il te faut récupérer et ne plus t'inquiéter. Aie confiance en moi ! Tu n'as rien à craindre de ma part… j'attendrai ! Je veux seulement dormir à tes côtés et te serrer tout contre moi. C'est tout!

Soulagée, Anne sentit monter des larmes à ses yeux. Elle devenait beaucoup trop sensible et devrait à l'évidence se ressaisir et retrouver son assurance d'antan. Comme un écho à ses pensées, Joffrey releva son visage du bout des doigts et la contempla avec amour.

— Sous peu, la vie reprendra son cours normal et ce cauchemar ne sera plus qu'un mauvais souvenir. Profite de chaque instant et regarde vers l'avant. La souffrance qui fut la tienne n'a plus lieu d'être! Désormais, tu es entourée par nos gens et chacun d'eux t'aime à sa façon. Ils feront tout ce qui est en leur pouvoir pour te soutenir. Tu es en sécurité dorénavant! Si cela peut te tranquilliser, sache que, depuis ton enlèvement, j'ai fait poster des soldats aux entrées secrètes du donjon. Plus personne ne pourra s'y infiltrer à notre insu. De plus, tant que durera cette maudite guerre, tu ne pourras plus t'éloigner du château sans ma présence ou celle d'une escorte imposante. Tu ne pourras plus aller au-delà du village, même pour assister l'un de nos métayers. De Dumain m'a informé de votre mésaventure avant le siège, dit-il d'une voix enrouée en frôlant son épaule blessée par une flèche. Je ne veux plus que tu prennes de tels risques! Est-ce que tu comprends, Anne? Je ne le tolérerai pas! Des hommes à moi se chargeront à l'avenir d'aider les paysans en bordure du domaine. Je n'accorderai aucune concession à ce sujet! Ta vie m'est trop précieuse! Je refuse qu'elle soit mise en péril encore une fois. Durant mes absences, les chevaliers de Dumain et de Coubertain veilleront sur toi, et ils ont reçu comme directive de te ligoter à un fauteuil si jamais tu contrevenais à mes ordres. Ils en répondront de leur vie…, termina-t-il avec vigueur.

Anne blêmit face à la fureur qui couvait sous ce calme apparent. Elle retrouvait bien là l'homme intransigeant et autoritaire qu'il était. Elle savait que Joffrey tenait énormément à elle et qu'il agissait ainsi parce qu'il était inquiet. Sous ses manières rudes et directes se cachait un cœur tendre. Du reste, elle avait traversé trop de périls pour s'effrayer de si peu. Néanmoins, elle ferait preuve de plus de prudence à l'avenir. Confiante, elle suivit la courbe de la mâchoire de Joffrey de la paume de sa main.

— Soyez rassuré, mon cher époux ! Je n'éprouve plus le moindre goût pour les aventures dangereuses. Je n'aspire plus qu'à une vie paisible auprès de vous, entourée de nos enfants ainsi que de nos futurs petits-enfants.

Joffrey éclata d'un rire sonore, avant de l'embrasser avec fougue. Lorsqu'il la relâcha, Anne vacilla légèrement et leva un regard mitigé vers lui.

— Jamais tu ne deviendras l'une de ces créatures frêles et effacées. Tu es beaucoup trop passionnée et intrépide ! Et c'est ainsi que je t'aime ! Toi seule me tiens tête avec autant de détermination, et ni ton emprisonnement à la tour Beauchamp ni les sévices endurés de la part de sir John ne pourront rien y changer. Tu es une femme de caractère et emplie de noblesse. Voilà pourquoi Édouard n'a pu se résoudre à faire tomber ta jolie petite tête. Il voulait t'effrayer, certes, mais il n'aurait pu s'y abaisser. J'en suis certain ! Il faudrait être fou pour oser te défier ! Car tu serais capable de poursuivre jusqu'en enfer les infâmes qui s'y risqueraient !

Surprise, Anne ouvrit grand les yeux et le contempla, médusée. « Seigneur ! Quelle vision étrange et étonnante a-t-il de moi ! » Trop abasourdie pour répliquer, elle ne savait si elle devait se sentir flattée ou non par de tels propos.

Devinant son hésitation, Joffrey afficha un sourire mi-taquin, mi-charmeur et la plaqua étroitement contre le désir évident qui l'habitait.

— Ne doutez jamais de mes sentiments à votre égard, ma dame, car ils sont vifs et sincères.

Sans réfléchir, Anne accentua leur contact. Joffrey retint sa respiration et étreignit son épouse avec plus de force encore. Percevant son appétence dans chacune des fibres de son corps, Anne se perdit dans son regard assombri par la convoitise, et ce qu'elle y lut réveilla chez elle des sensations depuis fort longtemps oubliées. Guidée par un besoin impératif et primitif, elle frôla son bas-ventre et enroula ses bras tout autour du cou de son mari, pressant ses seins contre le torse dur. Joffrey se crispa, le souffle court, et émit un grognement sourd.

— Si tu n'as pas le courage d'aller plus loin, Anne, il serait préférable dans ce cas d'en rester là, murmura-t-il gravement.

— Et si, au contraire, je souhaitais tester vos limites et vous pousser dans vos retranchements, mon seigneur ? avança-t-elle malicieusement. Que diriez-vous ?

— Je rétorquerai que tu joues dangereusement et que tu risques de te brûler. Il y a trop longtemps que je me languis de toi pour demeurer de marbre…

Son intonation chaude fit disparaître les dernières appréhensions d'Anne. Aspirant à vibrer de nouveau entre ces bras, elle se releva sur la pointe des pieds et l'embrassa à son tour avec audace. Joffrey lui répondit en l'empoignant à pleines mains. Anne perdit tout sens de la retenue et gémit contre ses lèvres. Joffrey chercha à ouvrir la porte de leur chambre d'une main fébrile, consumé par un feu ardent.

— Par pitié, Anne! Surtout, ne recule pas! haleta-t-il contre sa bouche.

À ces mots, elle éclata d'un rire cristallin, libre enfin de toutes les entraves. «Oh, non! Je ne me déroberai certainement pas!» pensa-t-elle. Elle avait besoin de sa chaleur, de sa fougue et de son désir impérieux. Elle voulait revivre...

— Alors faites-moi vôtre, mon seigneur! souffla-t-elle contre son oreille.

Joffrey eut un grognement de victoire et se précipita dans la pièce. D'un coup de pied puissant, il referma le battant et la transporta jusqu'à leur lit.

⚜

Le lendemain, Anne dormit jusqu'en après-midi. Une collation légère avait été déposée sur l'un des coffres, afin qu'elle puisse se restaurer en toute tranquillité au moment de son réveil. Joffrey avait donné l'ordre de ne la déranger sous aucun prétexte pendant les jours à venir. Lui-même se promettait de la laisser se reposer. La nuit dernière, il avait répondu à un besoin urgent, mais il entendait bien brider son appétit dans les jours à venir. Il ne serait pas aisé cependant de garder ses distances. Il avait une telle soif d'elle que c'en était presque douloureux. Lorsqu'il l'avait quittée au petit matin, elle sommeillait paisiblement. Il l'avait contemplée, le cœur débordant de bonheur. Ce n'est qu'à contrecœur qu'il s'était résigné à regagner son bureau pour s'acquitter de ses tâches.

Lorsqu'il fut averti qu'Anne était enfin éveillée, Joffrey se précipita dans l'escalier de pierre et déboula dans la chambre, entraînant avec lui l'odeur corsée de la forêt et du cuir. Il avait ferraillé avec ses hommes et parcouru les bois une bonne partie de la journée, sachant pertinemment qu'il ne disposait que de peu de temps avant de devoir rejoindre le roi avec son contingent. Charles de Blois souhaitait reprendre Roche-Derrien aux Anglais et plusieurs seigneurs français se regroupaient d'ailleurs dans ce but précis à Nantes. Joffrey appréhendait le pire à ce propos. Il avait tenté de raisonner Philippe, mais peine perdue. Pour compliquer la situation, il soupçonnait sir Thomas Dagworth de prendre position dans les environs de Roche-Derrien, de façon à mieux surprendre l'armée française. La bataille de Crécy avait été un vrai massacre! En serait-il de même à Roche-Derrien? Joffrey le craignait par-dessus tout.

Avisant l'expression perplexe d'Anne, il chassa ses sombres pensées de son esprit et reporta toute son attention sur elle. Il ne désirait pas l'inquiéter inutilement et préférait retarder l'instant où il lui annoncerait son départ. Dans l'immédiat, il voulait surtout l'informer du fait que le prêtre se présenterait sous peu au château afin de baptiser leur fille. Lors de l'un de leurs rares moments d'accalmie la nuit dernière, ils avaient opté d'un commun accord pour le nom de Marguerite, en l'honneur de la sainte patronne des accouchements.

Étonnée que Joffrey fasse irruption si abruptement dans leur chambre, Anne demeura immobile, dans l'attente d'une explication de sa part. En constatant qu'il la fixait avec convoitise, elle remonta vivement le drap jusqu'à son cou, afin de se soustraire à son regard sous la lumière vive du jour. Elle venait tout juste de terminer de se sustenter et se prélassait toujours dans leur lit, nue. Un sourire gogue-nard étira les lèvres de Joffrey, alors qu'une étincelle malicieuse traversa ses iris assombris. En éclatant de rire, il s'élança avec vivacité vers leur couche et souleva le drap sans équivoque. Anne faisait preuve d'une soudaine retenue et son comportement ne faisait qu'attiser encore plus l'instinct de chasseur de son partenaire.

— Debout, femme! Le soleil pointe à l'horizon depuis fort longtemps déjà. Il est plus que temps de te lever.

Après un bref moment d'hésitation, Anne reprit conte-nance et se leva. Elle était mal à l'aise de déambuler ainsi devant lui, mais à l'évidence Joffrey semblait se régaler de cette vision. Décidée à ne pas se laisser déstabiliser, elle redressa la tête avec hardiesse et carra les épaules. Puis elle se dirigea vers la cuvette d'eau en ondulant les hanches de façon suggestive. Elle y fit une toilette sommaire et exhiba ses attraits sans pudeur. Joffrey ne perdit pas un seul instant de ce spectacle enchanteur. Sentant le désir poindre de nouveau, il grogna. En deux enjambées, il fut derrière elle. Tout en lui administrant une petite claque sur le postérieur, il se pencha vers son cou, là où palpitait rapidement une veine.

— Attention, ma dame! Sinon vous risqueriez de déclencher une réaction véhémente de ma part. Vous pourriez vous retrouver prisonnière entre les draps de ce lit pour le restant de la journée. Et vous n'auriez de cesse de crier en me suppliant de vous accorder grâce. Vous devriez réfléchir avant de me provoquer si effrontément, souffla-t-il d'une voix rauque.

Anne frémit, troublée par la proximité du corps de Joffrey. Elle percevait sa chaleur et son désir dans le creux de ses reins et cela l'enflamma. Embarrassée par l'intensité de ses émotions, elle se racla la gorge et frissonna. Ému par la vulnérabilité de sa douce, Joffrey réfréna ses ardeurs et frôla sa nuque du bout des doigts.

— Ma vie t'appartient, ma belle ! susurra-t-il avec passion contre son oreille.

Bouleversée jusqu'au plus profond de son être, Anne fit volte-face et se blottit entre ses bras.

— Je vous aime, Joffrey ! murmura-t-elle à son tour d'une voix éraillée.

À ces mots, Joffrey l'étreignit avec force et s'empara de ses lèvres dans un baiser pressant et empli de promesse.

⚜

Ce jour-là, au château, une agitation vive régnait. D'ailleurs, les hommes étaient plusieurs à défiler à la forge afin de faire redresser leur lame ou aiguiser leur dague. Pendant la semaine qui venait de s'écouler, ils s'étaient entraînés à l'épée et à la quintaine. Anne les avait épiés chaque jour de sa fenêtre et n'avait pu détacher son regard de Joffrey. Il croisait le fer avec tant de vigueur et de détermination qu'elle en frissonnait. Son habileté et sa puissance en faisaient un adversaire redoutable. Et malgré l'expression neutre qu'il affichait en permanence, elle décelait une certaine préoccupation chez lui. Certes, il n'en laissait rien paraître, mais Anne le connaissait trop bien. Ce qui l'inquiétait d'autant plus qu'il refusait de lui parler de quoi que ce soit. Troublée, elle se promit alors de le questionner à ce sujet le soir même. Pour cela, elle devait pouvoir l'approcher. Malheureusement, Joffrey se contentait d'une relation chaste entre eux depuis leur nuit enfiévrée, ce qui ne facilitait pas les choses.

Elle le suspectait au demeurant d'agir de la sorte pour la ménager afin qu'elle puisse reprendre des forces rapidement. Cette abstinence forcée et cette passivité imposée commençaient pourtant à l'irriter. Elle avait besoin d'effectuer les tâches qui lui étaient allouées en temps normal pour être en mesure de retrouver son entrain. Et ce n'était certainement pas en restant assise des jours entiers près de l'âtre à lire, broder ou manger tout en ruminant sur son passé qu'elle y parviendrait. Que cela lui plaise ou non, Joffrey serait obligé de s'en accommoder. De plus, il devrait honorer sa couche de nouveau, sinon elle ne répondait plus de rien.

Dès son entrée dans la grande salle, Joffrey prit conscience du changement d'humeur qui s'était produit chez sa jeune épouse. Anne affichait cette expression butée et belliqueuse qui lui était si propre. Dissimulant un sourire, il s'approcha d'une démarche singulière et nonchalante, faisant semblant de ne pas remarquer les lèvres pincées et le nez plissé de sa douce. De tempérament joyeux ce soir-là, il l'embrassa brièvement sur le front avant de regagner sa place à la table. En se lavant les doigts dans l'eau de rose, il engagea une discussion animée avec le chevalier de Dumain. Piquée à vif par l'indifférence flagrante de son mari, Anne le rejoignit d'un pas saccadé et rapide. «Oh! Il dépasse les bornes!» Elle était plus que jamais décidée à lui faire entendre raison. Parvenue à sa hauteur, elle mit les mains sur ses hanches et adopta une attitude déterminée. Comme Joffrey ne daignait toujours pas lui accorder son attention, elle s'agita. C'est alors qu'il consentit enfin à la regarder en relevant un sourcil interrogateur, voyant sa frustration évidente. « Sapristi ! Elle est tout simplement adorable ainsi ! » Comme il était bon de la voir s'emballer de la sorte. C'était un vrai régal et, de plus, fort prometteur !

Remarquant l'expression satisfaite de son époux, Anne s'emporta et perdit patience. Le goujat, il semblait bien s'amuser à ses dépens.

— Joffrey, je refuse de demeurer alitée un jour de plus. Cela suffit maintenant ! Je ne peux plus supporter d'être traitée comme une pauvre petite chose frêle ! J'exige que vous me laissiez reprendre mon rôle de châtelaine ! lâcha-t-elle avec fougue.

Ravi de l'entendre l'appeler par son prénom en présence de tous leurs gens, Joffrey chercha à la provoquer plus encore, poussant même l'audace jusqu'à s'appuyer avec nonchalance au dossier de son fauteuil. Tout en étirant négligemment ses longues jambes devant lui, il cala ses coudes sur les accotoirs du siège et croisa les mains. Il affichait une telle suffisance qu'Anne dut faire preuve d'une retenue démesurée pour ne pas le houspiller davantage comme une vieille mégère.

— J'ignore ce qui vous amuse autant dans ma demande, monseigneur, mais sachez que je suis déterminée à faire respecter mon opinion, poursuivit-elle avec emphase. En outre, si vous persistez à déserter le lit conjugal, je me verrai dans l'obligation de trouver quelqu'un parmi vos soldats qui sera à même de me satisfaire pleinement !

Puis, sans un mot de plus, elle s'éloigna, les joues en feu. « Juste Ciel ! Qu'ai-je dit ? » songea-t-elle avec stupeur. Son tempérament vif avait pris le dessus sur son bon sens, la plaçant dans une situation précaire. Quelle serait la réaction de Joffrey après de tels propos ? Elle l'avait nargué, et devant ses hommes en plus. N'osant regarder dans sa direction, elle se força à regagner le foyer aussi calmement que possible.

— Ici, femme ! tonna aussitôt Joffrey de son siège.

Anne marqua un temps d'arrêt, puis décida de poursuivre son chemin. Au point où en étaient les choses, elle pouvait bien le défier ouvertement.

En réponse à son insurrection, un bruit sourd retentit dans la salle lorsque Joffrey repoussa son fauteuil avec brusquerie, le faisant tomber à la renverse sur le sol. En trois pas, il bondit sur elle et la retourna avec vigueur. Puis, sans ambages, il la souleva par la taille et la bascula sur son épaule. De sa large main, il lui administra une claque sonore sur les fesses.

— Femme rebelle ! Tu verras si je suis inapte à te satisfaire ! Quand j'en aurai terminé avec toi, tu ne pourras plus m'invectiver ni marcher.

Sous les rires de ses hommes et les plaisanteries grivoises, il l'emporta sans plus tarder vers leurs quartiers. Anne était déstabilisée. L'étreinte de Joffrey était ferme autour de ses hanches et la douleur cuisante éprouvée à son postérieur lui avait arraché une larme traîtresse. Lorsqu'il pénétra dans la chambre, la vieille Berthe quitta précipitamment les lieux en gloussant. Anne n'arriva pas à déterminer si elle devait s'en offusquer ou non. Quand Joffrey se décida à la reposer au sol, ils étaient seuls et la porte était refermée. Il affichait une satisfaction frôlant l'impudence. Consciente qu'il la narguait, Anne croisa les bras sur sa poitrine en signe de défi et le toisa de haut.

Joffrey eut un grognement menaçant et la captura de ses mains puissantes. Tous deux retombèrent sur le lit avec fracas, riant allègrement.

⁓⧸⧹⁓

En ouvrant les yeux le lendemain matin, Joffrey savait pertinemment qu'il devrait informer Anne de ses plans. Son départ pour la Loire, au château de Derval, était prévu pour l'après-midi. Sa jeune épouse n'apprécierait pas du tout avoir été ainsi tenue dans l'ignorance. Mais il devait absolument y rejoindre le seigneur de Derval, afin d'élaborer avec lui une stratégie adéquate, avant de gagner Roche-Derrien avec son contingent. Le vicomte de Tonquédec et son fils, le vicomte de Langarzeau, devaient d'ailleurs s'y rendre eux aussi.

À l'instant où le regard de Joffrey se posa sur elle, Anne devina qu'il la quitterait sous peu. Joffrey avait cette façon à lui de la détailler, comme s'il cherchait à graver son image dans son esprit. Tout en refoulant l'émotion vive qui l'étreignait et qui menaçait de l'engloutir, elle ferma les yeux et inspira profondément. Saisissant le désarroi de sa belle, Joffrey la serra tout contre lui.

— Je dois m'absenter pour quelques jours, Anne, et j'ignore quand je reviendrai. Une nouvelle bataille se dessine à Roche-Derrien et il me faut d'abord discuter avec le seigneur de Derval. Je ne désire pas envoyer mes hommes à l'abattoir. Je dois donc savoir ce qui se trame auparavant. Cette guerre prend des proportions drama-tiques et j'appréhende le pire ! Nous n'arriverons jamais à expulser les Anglais de nos terres de cette manière !

— Dans ce cas, si vous allez à Derval, pourquoi ne pas me permettre de vous accompagner ? Je vous promets de n'être d'aucune gêne. Je m'adapterai à votre rythme.

— C'est hors de question, Anne ! Il est inutile de t'exposer de la sorte. Tu as déjà eu ton lot de mésaventures !

— Mais je refuse de rester cloîtrée ici. Nous venons tout juste de nous retrouver, et je devine à votre attitude que vous repartirez dès votre retour de Derval. Je ne vivrai pas une journée de plus sans vous ! Si je peux profiter de votre compagnie pendant ce périple, du moins aurai-je pu voler quelques instants de bonheur. Ce voyage ne représente aucun danger. Le chemin qui mène à Derval est sous domination française et ce village se trouve loin de l'agitation de la guerre. Je vous en conjure, Joffrey ! Laissez-moi vous accompagner !

Joffrey se sentit fléchir au moment même où son regard croisa le sien. Dans les yeux d'Anne se lisait un tel espoir qu'il n'eut pas le courage de la repousser. D'une certaine façon, elle avait raison. La route jusqu'à Derval s'avérait sûre et un groupe d'hommes armés l'escorterait. Quel mal y avait-il en effet ? D'ailleurs, il avait appris que Marie de Dinan, l'épouse du vicomte de Langarzeau, risquait de l'accompagner aussi. Veuf depuis quelques années déjà, le seigneur de Derval verrait probablement d'un bon œil la compagnie de si belles dames à sa table.

— Si tu m'accompagnes, il faudra que tu m'obéisses en toute circonstance et que tu demeures à mes côtés. Par contre, si nous croisons une troupe anglaise, tu devras rester à l'écart et ne rien tenter de périlleux. C'est seulement à ces conditions que j'accepterai, Anne !

— Je vous promets d'être docile et pondérée dans ce cas !

— Que Dieu m'en garde, ma dame ! Je n'aurais que faire d'une péronnelle craintive et effacée !

Anne était si heureuse qu'elle se jeta au cou de Joffrey et l'embrassa avec fougue, au point qu'il faillit se laisser séduire de nouveau. Mais il devait préparer ses hommes et s'assurer qu'Anne ne manquerait de rien durant leur périple. C'est donc à contrecœur qu'il se détacha d'elle. La jeune femme poussa un rire cristallin en remarquant son expression. Joffrey s'extirpa des draps en ronchonnant et se rhabilla en hâte, alors qu'elle demeurait dans leur lit, parcourant du regard sans vergogne son seigneur. Joffrey se retourna vers elle et nota sa posture aguichante.

— Je vous ferai regretter ce petit moment de gloire, ma dame.

Anne s'étrangla en constatant sa détermination. Sous son regard de braise, elle rougit et se releva prestement. Joffrey sortit de la chambre, le sourire aux lèvres et le corps en feu. Sa charmante épouse se montrait de plus en plus audacieuse, et cela n'était pas pour lui déplaire. Au cours de la dernière année, elle avait perdu sa naïveté et son innocence. Mais cette nouvelle maturité lui seyait à merveille et l'incitait à faire preuve de beaucoup plus d'assurance dans leur relation amoureuse. En songeant à la façon dont elle l'avait nargué la veille devant ses hommes, il éclata d'un rire tonitruant. Décidément, il ne risquait pas de s'ennuyer ! Elle était si rafraîchissante et si impulsive… et cela le satisfaisait, tout en le stimulant outrageusement. Soudain, la petite escapade à Derval ne lui sembla plus aussi pénible maintenant qu'il avait accepté qu'Anne les accompagne. Toutefois, il faudrait la surveiller de près. Avec les Anglais en sol français, tout était possible. Il ne voulait surtout pas la perdre encore.

⚜

Ses attentes furent au-delà de ce qu'il espérait. Anne se révéla d'une agréable compagnie. Visiblement, elle prenait plaisir à cette excursion. Sa bonne humeur était contagieuse. Néanmoins, ses hommes demeuraient sur leurs gardes, prêts à intervenir en cas de danger.

Avec gaieté, Joffrey adopta le rythme tranquille d'Anne et en profita pour échanger avec elle sur différents sujets, tout en lui jetant à l'occasion des regards appuyés et lourds de sous-entendus, ce qui avait pour effet de la faire rougir délicieusement. Plus que tout, il était étonné de l'étendue de ses connaissances et son érudition le surprenait. Elle avait des opinions arrêtées sur certains événements et il prenait plaisir à leurs débats. En sa compagnie, le temps filait avec une rapidité effarante.

Les nuits n'étaient pas dépourvues de tout charme non plus. Évidemment, Anne avait opposé une vive résistance quand il lui avait fait part de son désir de la posséder en plein cœur de la forêt. La proximité des hommes d'armes et le risque d'être surpris avaient inhibé les ardeurs de la jeune femme. Bien entendu, Joffrey se faisait un point d'honneur de pousser dans le sens inverse. Indifférent aux airs amusés des soldats, il l'avait entraînée le premier soir dans les bois. Avant qu'elle ne puisse réaliser ce qui lui arrivait, il avait déjà entrepris de lui échauffer les sens. Bientôt, elle en avait oublié toute retenue et s'était donnée entièrement à lui. Joffrey avait bu ses cris de plaisir à même ses lèvres. Lorsqu'ils furent de retour au campement, la tenue froissée d'Anne et ses boucles ébouriffées n'avaient laissé planer aucun doute sur la raison de leur «promenade». Mais par respect, les hommes firent comme si rien ne s'était produit, trop heureux de pouvoir témoigner de la bonne entente entre leur seigneur et sa jeune épouse.

Les jours suivants, Joffrey la couva continuellement de regards ardents et ne manqua aucune occasion de frôler sa poitrine lorsqu'il l'aidait à descendre de sa jument ou de déposer de légers baisers lascifs dans son cou dès que l'occasion se présentait. Ses mains s'attardaient sans relâche sur la taille, sur les cuisses et dans l'abondante chevelure de sa douce moitié. Si bien que les sens d'Anne se retrouvaient sans cesse en éveil. Il faut dire que Joffrey avait une telle soif d'elle que résister eut été impossible.

Anne n'appréciait pas uniquement ces instants passionnés entre eux. À tout moment, Joffrey l'entourait d'attentions délicates et devisait amicalement avec elle. Elle chérissait ces moments avec d'autant plus de bonheur qu'elle ne se rappelait pas avoir jamais passé autant de bon temps avec lui. Ici, ils pouvaient s'en remettre aux guerriers qui les accompagnaient sans se soucier du bon fonctionnement du château. Ils étaient libres de se consacrer l'un à l'autre, se découvrant sous un jour nouveau.

Les journées filèrent donc agréablement, et le temps radieux était au rendez-vous. Le soir, ils avaient droit à un succulent repas, résultat de la chasse des hommes. Le fait pour Anne de se retrouver assise au milieu d'eux, à écouter leurs histoires autour d'un feu de camp, lui permit de les connaître beaucoup mieux. À l'occasion, certains chantaient ou récitaient des vers, ce qui la surprit. Chaque fois qu'elle rigolait de plaisir, Joffrey la fixait d'un œil pétillant, un sourire heureux sur les lèvres. Et malgré l'inconfort de leur couche sommaire, elle éprouvait un plaisir infini à dormir entre ses bras, sous le ciel étoilé.

⁓⚜⁓

Ils avaient parcouru l'essentiel du trajet et approchaient de Derval. Anne suivait leur rythme sans problème et Joffrey se montrait fort satisfait de leur avancée. La forteresse étant située plus au nord du village, ils se préparaient à bifurquer sous peu. Ayant chevauché une bonne partie de la journée à découvert dans les champs et les clairières, ils appréciaient tous la fraîcheur du sous-bois. Comme toujours, Joffrey restait aux aguets lorsqu'ils traversaient une forêt. Il était plus aisé d'attaquer par surprise sous le couvert des arbres. Et ils offraient une cible facile pour des archers expérimentés. S'ils tombaient dans une embuscade, leur fuite serait entravée et ils ne pourraient pas se protéger adéquatement. Ses hommes gardaient une main sur le pommeau de leur épée et demeuraient à l'affût du moindre bruit suspect, alors que certains avaient encoché une flèche à leur arc, prêts à riposter au besoin.

Anne percevait très bien la nervosité qui émanait des soldats et des chevaliers qui traversaient le terrain boisé et elle trouvait que Joffrey semblait plus tendu que d'ordinaire. Inquiète à son tour, elle coula un regard incertain vers de Dumain. Celui-ci posa un doigt sur ses lèvres et se rapprocha doucement d'elle. Anne retint son souffle. Simultanément, Joffrey ralentit le pas et vint se poster de biais devant elle. Le groupe se referma tout autour d'eux, si bien qu'elle parvenait difficilement à voir au-delà des guerriers. Un sifflement vibra dans l'air au même moment. Joffrey jura lorsque la pointe d'une flèche transperça son haubert et se ficha dans son épaule gauche. Par chance, le projectile avait à peine perforé la chair. Sans hésitation, il cassa l'empennage et extirpa l'extrémité d'un coup sec en grimaçant. Un peu de sang s'écoula de la blessure. Anne eut un cri d'horreur en apercevant l'estafilade. Déchirant vivement un morceau de tissu dans l'étoffe de son jupon, elle le lui tendit, la peur au ventre. Il banda sommairement son épaule et parcourut les environs d'un regard perçant.

Une deuxième flèche fut décochée et frôla Anne de peu, la faisant sursauter. Bouclier en main, les chevaliers essayèrent de l'abriter du mieux qu'ils le purent alors que les archers répondaient à l'attaque à l'aveuglette. Joffrey réfléchissait en toute hâte. Ils devaient sortir du couvert des arbres. Rien ne servait de rebrousser chemin, car leurs bêtes, sensiblement épuisées après une journée de cavalcade, ne sauraient distancer leurs poursuivants sur un aussi long trajet. Ils n'avaient donc d'autre choix que de tenter de gagner le château de Derval. Pour ce faire, ils devraient mener un train d'enfer. Leurs destriers pourraient sans nul doute tenir cette cadence endiablée pendant une courte période de temps, mais certainement pas la jument d'Anne. Joffrey songeait qu'il lui faudrait dans ces conditions prendre sa femme avec lui, mais de manière à ne pas le gêner s'il devait combattre. « Bon sang ! Pourquoi l'ai-je autorisée à nous accompagner ? »

Jetant un bref regard vers Anne, il s'en voulut davantage en constatant ses yeux agrandis d'effroi. Les souvenirs de sa récente captivité demeuraient trop vifs encore à sa mémoire. En approchant le flanc de sa monture, il chercha à rassurer la bête qui commençait à s'agiter nerveusement. Anne parvenait d'ailleurs à la maîtriser avec peine. Avisant la situation précaire de la châtelaine, le vieux chevalier s'empara des rênes et imposa sa volonté à l'animal récalcitrant. Joffrey en profita pour tendre le bras en direction de sa jeune épouse.

— Anne ! Tu devras grimper derrière moi et t'accrocher à ma taille avec toute l'énergie dont tu disposes. Nous tenterons de semer nos assaillants en fonçant tout droit en direction de la clairière. Tu devras te débrouiller par toi-même pour demeurer en selle. J'aurai besoin de mes deux mains pour contrôler mon destrier et nous défendre en cas d'attaque, et avec mon épaule blessée je serai déjà moins habile.

Pour toute réponse, Anne hocha la tête d'un mouvement à peine perceptible et s'appuya sur l'avant-bras de son compagnon d'un geste tremblant. Lorsqu'elle essaya de monter derrière lui, sa jument fit un léger écart, manquant de la désarçonner. Elle laissa fuser un cri de surprise et de crainte, mais Joffrey la soutint solidement. Dès qu'elle fut installée, elle se lova contre le dos de son époux. Il enserra brièvement ses doigts pour la réconforter. Pressant sa joue gauche contre la surface rêche du haubert, elle ferma les yeux et prit une profonde inspiration. Puis Joffrey donna le signal du départ. Dans un bruit assourdissant, ils poussèrent leurs destriers vers l'avant. En guise de réplique, une pluie de flèches fut lancée dans leur direction. Les chevaliers de Dumain et de Coubertain vinrent se placer de chaque côté de la croupe de l'étalon de Joffrey afin de protéger Anne de leur bouclier. Deux hommes furent atteints lorsque les projectiles s'abattirent sur eux. L'un d'eux tomba inerte au sol, transpercé au cœur, et l'autre hurla de douleur quand la pointe de la flèche se ficha dans sa jambe droite. Sans hésitation, le soldat brisa l'empennage et serra les dents en forçant sa monture à poursuivre, la pointe toujours plantée dans sa chair.

Anne percevait très bien le jeu des muscles de la bête puissante sous ses cuisses. Rien à voir avec sa fougueuse jument. Peu habituée à ce rythme effréné, elle redoutait à tout moment d'être désarçonnée. Ses membres étaient endoloris à force de les contracter. Le souffle court, elle n'osait ouvrir les yeux tant le paysage défilait à une vitesse vertigineuse. À quelques reprises, des branchages lui fouettèrent les mollets, les bras et le visage. En outre, la dernière fois, il s'en fallut de peu qu'elle perde l'équilibre. Elle sentit Joffrey, qui percevait la précarité de sa position, se crisper au même moment. Le seigneur n'avait qu'une seule idée en tête : rejoindre la clairière avant que tous ne fussent transpercés. Comme pour appuyer ses pensées sinistres, une seconde volée de flèches les atteignit impitoyablement. Il entendit des grognements de souffrance, mais tous demeurèrent en selle malgré leurs blessures.

Le groupe déboula dans les prés à toute vitesse. Libéré des entraves naturelles de la forêt, Joffrey donna l'ordre à ses hommes de se déployer et d'accélérer la cadence. Un tonnerre assourdissant résonna derrière eux lorsque l'ennemi émergea à son tour des bois. Le cœur au bord des lèvres, Anne arrivait difficilement à garder son emprise autour de la taille de Joffrey. Elle était fatiguée et ses membres se faisaient lourds. Joffrey jura en la sentant mollir dans son dos. Serrant les dents, il se força à bouger son bras blessé et agrippa les avant-bras d'Anne d'une poigne solide. Talonnant sa monture, il la poussa avec fureur en priant pour qu'ils parviennent au château de Derval avant que la troupe anglaise ne les rejoigne.

Il ne redoutait pas l'affrontement, loin de là. C'était pour Anne qu'il s'inquiétait. Pour rien au monde il ne permettrait qu'elle retombe aux mains de l'ennemi. Il savait pertinemment qu'elle n'y survivrait pas une seconde fois. Il devait la mettre en lieu sûr, et le plus tôt serait le mieux. Les Anglais gagnaient du terrain, l'écart faiblissait considérablement. Il leur faudrait donc engager le combat. Anne offrirait une cible de choix, car elle était sans défense dans son dos. Il lui serait difficile de la protéger, surtout avec une épaule blessée. Joffrey rageait de son impuissance et de ce nouveau coup du sort.

Les Anglais étaient presque sur eux lorsqu'un de ses chevaliers repéra un monastère au loin. Joffrey eut un regain d'espoir. S'ils avaient une chance d'atteindre l'endroit avant d'être rejoints par les Anglais, ils pourraient y laisser Anne et affronter l'ennemi en toute quiétude. Même les Anglais n'oseraient fouler le sol béni d'un cloître constitué uniquement de femmes, sous peine de s'attirer les foudres de Sa Sainteté le pape. Les sœurs ne pouvaient s'impliquer dans un conflit opposant des guerriers, mais elles étaient en mesure d'offrir l'asile à une dame en détresse. Anne n'apprécierait pas d'y être abandonnée, mais c'était la meilleure solution que Joffrey voyait dans l'immédiat pour la protéger.

Déterminé, il accéléra la cadence. Les destriers commençaient à se fatiguer, mais, par chance, ces bêtes étaient solides. Ils étaient aux portes du monastère lorsque les Anglais s'abattirent sur eux. Ayant compris les intentions de leur seigneur, les hommes tentèrent de refouler la vague ennemie. Quelques Anglais parvinrent néanmoins à franchir leurs rangs et se dirigèrent tout droit sur Anne et Joffrey. Celui-ci dégaina son épée de son fourreau avec un cri de rage et entreprit de contrôler sa monture avec ses jambes afin de libérer son bras droit. Habitué à répondre à son maître, l'étalon fit face à l'adversaire sans hésitation. Le bruit assourdissant des deux lames qui s'entrechoquaient fit sursauter Anne. Visiblement, l'Anglais cherchait à atteindre la jeune femme et Joffrey peinait à le repousser d'une seule main. Conscients de leur vulnérabilité, les chevaliers de Dumain et de Coubertain essayaient par tous les moyens de parer les coups des autres soldats anglais qui s'étaient regroupés autour d'eux. Anne pâlissait à vue d'œil. Joffrey ferraillait avec ardeur tandis que son destrier s'agitait. La bête se cabra brusquement et Anne fut projetée dans les airs. Elle atterrit rudement et laissa échapper une complainte douloureuse en percutant le sol rocailleux. En roulant sur elle-même, elle se recroquevilla afin de se protéger au mieux.

Joffrey fit faire demi-tour à sa monture et se précipita vers Anne. Il hurla son nom dans un mugissement de terreur. Alors qu'elle se relevait, il l'a saisit par la taille de son bras valide et la jeta en travers de son cheval, lui épargnant de justesse la lame qui s'apprêtait à s'abattre sur elle. Sous la force de l'impact, Anne eut la respiration coupée. Sans vérifier ses arrières, Joffrey fonça vers le monastère en poussant un puissant cri de ralliement. Tous se regroupèrent aussitôt derrière lui afin de faire front. Les soubresauts de la bête mirent Anne au supplice. Prise de violentes nausées, elle faiblissait à vue d'œil.

Dès qu'ils arrivèrent à l'entrée du cloître, Joffrey sauta avec célérité à terre et arracha Anne de son cheval. Il la propulsa sans ménagement dans les airs. Elle atterrit devant la grille, le souffle court et le cœur en déroute. La mère supérieure, qui veillait déjà à la porte, l'entrebâilla de façon à laisser passer la visiteuse. Joffrey étreignit brièvement la main de sa femme avant de l'abandonner. Il répugnait à agir de la sorte, mais il n'avait pas d'autres choix.

Tout en enfourchant son destrier, il hurla avec force et fonça dans la mêlée. Dès qu'il parvint à la hauteur de ses hommes, il les enjoignit de le suivre afin d'éloigner le combat du monastère.

De son côté, la mère supérieure entraînait une dame désorientée à sa suite. C'était la deuxième femme qui trouvait abruptement refuge entre leurs murs protecteurs en deux jours. Il y avait eu tout d'abord Marie de Dinan, l'épouse du vicomte de Langarzeau la veille, et maintenant celle-ci. Par chance, étant sur le qui-vive après le sauvetage *in extremis* de la dame de Langarzeau, la religieuse avait réagi avec efficacité dès les premiers échos de l'affrontement. Il lui avait d'ailleurs semblé reconnaître les atouts d'une noble dans la mêlée. Elle avait deviné que les guerriers qui l'accompagnaient chercheraient par tous les moyens à la mettre à l'abri. Voilà pourquoi elle était demeurée cachée près des grilles, de façon à pouvoir lui porter secours en temps et lieu. Mais même si les hommes s'étaient éloignés, elle redoutait qu'un malheur survienne. Il était donc préférable dans ces conditions de regagner le cloître.

Cependant, sa nouvelle pensionnaire ne cessait de fixer la clairière. Anne était ébranlée. Elle croyait à peine ce qui arrivait. Tout s'était déroulé si vite. Un amalgame d'émotions se bousculaient en elle et c'est dans un brouillard qu'elle ressentit des doigts légers sur son épaule.

— Venez, mon enfant! Nul besoin pour vous de rester exposée au danger. Rentrons!

Telle une somnambule, Anne suivit la femme entre deux âges jusqu'au monastère. Une pénombre apaisante régnait en cette enceinte hors du temps. Les pierres usées et polies témoignaient du passage des années. Des bougies éclairaient faiblement l'intérieur, accentuant la sobriété de l'endroit. Le plafond en voûte était à peine visible et une galerie particulièrement austère s'ouvrait sur la droite. À pas mesurés, la mère supérieure traversa la salle commune sous le regard ébahi des sœurs et poursuivit son chemin vers les cellules qui se trouvaient dans le cloître réservé aux dames de la haute noblesse. Consciente d'être le point de mire, Anne releva la tête avec cran. Une femme eut un hoquet de stupeur en l'apercevant, mais la châtelaine ne s'en rendit pas compte. Parvenue à l'un des lourds battants de bois massif, Anne fit une brève pause pendant que la religieuse entrouvrait la porte. La chambre qui apparut était à l'image même du reste du monastère : sombre et rudimentaire. Au moins, une bonne odeur de lavande s'en dégageait et la pièce semblait rutilante de propreté. L'endroit ne contenait qu'un petit lit simple, encadré de deux chandeliers au mur. Un coffre, placé au pied du lit, complétait l'ameublement.

Fourbue, Anne se débarrassa de sa pèlerine, qu'elle déposa machinalement sur le coffre, et se laissa tomber sur le matelas. Ses vêtements ainsi que ses bottes, déchirés et poussiéreux, étaient dans un état aussi lamentable que sa coiffure échevelée et ses joues barbouillées. Une fine estafilade avait cessé de saigner à son bras droit et différentes éraflures marquaient son front et ses jambes. Des brindilles demeuraient encore prisonnières de ses mèches indisciplinées. Elle était abattue et torturée par le doute. Quel sort attendait Joffrey ? Quelle chance lui et ses hommes avaient-ils de s'en sortir indemnes en présence d'un pareil attroupement ? Enfouissant son visage entre ses mains, elle secoua la tête. La mère supérieure vint s'asseoir à ses côtés en silence et lui pressa chaleureusement l'avant-bras.

Sur ces entrefaites, Marie de Dinan apparut dans l'encadrement de la porte. Se rappelant sa frayeur éprouvée la veille, quand elle et son époux avaient été attaqués par les mêmes Anglais, elle s'élança vers Anne. Arrivée à sa hauteur, elle s'agenouilla en face d'elle et prit ses doigts glacés entre les siens.

— Dame de Knox, il ne faut pas permettre au désespoir d'envahir ainsi votre cœur, c'est indigne d'une dame telle que vous.

Surprise, Anne releva les yeux et croisa le regard tranquille de la vicomtesse de Langarzeau. Face à l'étonnement de la visiteuse, Marie éclata d'un rire joyeux.

— Nul besoin d'afficher une pareille incrédulité! Tout comme vous, j'ai dû trouver refuge au monastère. Nous étions en route pour le château de Derval lorsque nous avons été poursuivis par une troupe anglaise. Mon époux et ses hommes l'ont entraînée en direction de la forteresse du seigneur de Rougé-Derval, tout en escomptant y trouver du renfort. Soyez sans crainte pour votre époux! Il tentera très certainement la même manœuvre. S'ils regroupent leur garnison, peut-être parviendront-ils finalement à débarrasser la région de ces barbares. Mais je parle alors que vous, ma pauvre, devez aspirer à un bain et à un repas substantiel, lança Marie avec entrain.

— Oh, non! Au contraire! s'empressa de répondre Anne, ravie de retrouver un visage connu. Votre présence m'apporte du réconfort. Vous amenez de l'espoir dans mon cœur. Je dois avouer que l'attaque fut si soudaine que j'arrive encore difficilement à le réaliser. Mon époux est disparu à une telle vitesse que je n'ai pas eu le temps de lui dire au revoir. J'ai eu si peur et j'étais si inquiète pour lui... Maintenant que je suis assurée que Joffrey et ses hommes trouveront de l'aide, je suis soulagée.

— Eh bien, dans ce cas, je vais vous faire quérir de l'eau chaude et des vêtements propres sans plus tarder, s'exclama à son tour la mère supérieure. Nous sommes très honorées de votre présence parmi nous, dame de Knox. Sachez que vous êtes désormais en sécurité ! Nous ne possédons pas le luxe de la cour, mais nos sœurs prennent soin avec cœur de celles qui trouvent refuge et protection entre nos murs. Il nous fera plaisir de partager le peu que nous possédons avec vous.

Après s'être relevée avec grâce, elle s'inclina avec déférence devant Anne et la dame de Langarzeau. Dès le départ de la religieuse, Marie tapota gentiment la main de sa compagne.

— Si vous le voulez, oublions le protocole. Appelez-moi par mon prénom et j'en ferai de même pour vous. Maintenant, je vous laisse vous rafraîchir un peu. Nous aurons tout le temps nécessaire pour faire plus ample connaissance lors du repas en fin de soirée. Je vous attendrai dans la salle capitulaire, ajouta-t-elle avec gaieté avant de s'éclipser.

Restée seule, Anne demeura songeuse quelques instants. Quelle étrange rencontre que celle-ci ! Qui aurait cru qu'elle se retrouverait pensionnaire dans un monastère de sœurs, en compagnie de la dame de Langarzeau, à fuir la persécution d'une troupe anglaise ?

5
La rédemption

Assise à la table d'honneur de la salle capitulaire, Anne dégustait son maigre goûter avec appétit. La longue chevauchée imposée par Joffrey pendant la journée lui avait donné faim. Mordant avec bonheur dans une miche de pain, elle posa un regard intrigué sur la mère supérieure. Consciente des épreuves qu'Anne venait de traverser, la religieuse avait fait dresser le couvert dans cet endroit afin que la jeune femme puisse y manger en toute tranquillité. La vicomtesse de Langarzeau s'était jointe à elles. La conversation durant le repas avait essentiellement porté sur les règles de vie du monastère. Anne avait été soulagée d'apprendre qu'on l'exemptait du service des matines à minuit, de l'office de prime et du chant des laudes à l'aurore. Par contre, elle devrait assister à la messe au lever du jour et à l'office de sexte. Le reste du temps, elle pourrait circuler librement dans le cloître, à condition de ne pas nuire au travail des sœurs. De plus, la petite cour intérieure lui demeurait accessible, ainsi que la chapelle si elle désirait s'y recueillir. À aucun moment elle ne devait sortir de l'enceinte du bâtiment.

Dès le lendemain, elle prendrait ses repas en compagnie de la dame de Langarzeau et des religieuses dans la salle commune. En dépit de la présence intéressante des deux femmes à sa table, Anne restait en dehors de leur conversation. Elle fixait d'un air absent l'ouverture qui donnait sur l'une des alcôves et songeait à son époux. L'obscurité enveloppait l'endroit de son manteau étoilé, apportant un silence presque lourd. Au loin lui parvenait le chuchotement à peine perceptible des sœurs qui mangeaient au réfectoire. Bien malgré elle, Anne soupira. La mère supérieure la détailla avec attention. Habituée à déceler les blessures de l'âme humaine, elle devinait que la dame de Knox avait beaucoup souffert par le passé, cela se voyait à la sensibilité qui se reflétait sur tout son visage. Dieu, dans Son infinie sagesse, l'avait probablement conduite en ces lieux afin qu'elle puisse goûter à la plénitude qui y régnait. «Je suis certaine qu'un rapprochement avec le Seigneur tout-puissant lui sera bénéfique.» Consciente qu'une grande agitation devait encore habiter sa pensionnaire après les événements précipités de la journée, la mère supérieure congédia la vicomtesse de Langarzeau en lui souhaitant bonne nuit et invita la dame de Knox à l'accompagner jusqu'à la chapelle.

Non sans une pointe d'agacement, Anne se mit à sa suite en réfrénant un soupir. La contrariété évidente de la jeune femme n'échappa pas à la religieuse et lui arracha un sourire amusé. Faisant semblant de ne rien remarquer, elle poursuivit sa route. Anne aurait préféré retrouver la tranquillité de sa chambre, mais elle ne pouvait raisonnablement refuser une directive de l'abbesse. Alors qu'elles arpentaient le couloir principal, elle fut surprise par le silence révérencieux qui s'en dégageait. En pénétrant dans le lieu de culte, elle éprouva un choc. L'endroit était nimbé d'une atmosphère réconfortante et une agréable odeur de cire flottait dans l'air. Imitant sa compagne, elle s'agenouilla et entrecroisa ses doigts sur la croix en bois qu'elle portait au cou. Dans un doux murmure, elle unit sa voix à celle de la femme sur sa gauche et récita plusieurs prières à l'intention de la Vierge Marie. Elles demeurèrent ainsi prosternées pendant un long moment. Dès lors, un sentiment apaisant enveloppa Anne, allégeant le fardeau de son âme. Lorsqu'elle se retira dans sa cellule ce soir-là, une nouvelle sérénité l'habitait.

꧁꧂

Le lendemain matin, Marie rejoignit Anne dans le petit jardin intérieur. Les chauds rayons du soleil inondaient les plates-bandes de sa lumière. En silence, elle s'approcha d'Anne et s'assit à ses côtés. L'heure du déjeuner s'était déroulée dans une ambiance chaleureuse dans la salle commune et Anne avait été touchée par la gentillesse des sœurs envers elle. Cependant, en proie à une agitation profonde après le repas, elle avait préféré quitter la pièce et s'était dirigée vers la cour. Devinant la raison des tourments de la châtelaine, Marie prit sa main droite entre les siennes et la pressa amicalement.

— Chère Anne, il me tarde moi aussi d'entendre les exploits de nos valeureux époux, car nul doute qu'ils auront repoussé cette vermine anglaise hors de la région. Les raids ennemis ont été si dévastateurs. Ils n'avaient de cesse de piller les villages sans défense, violant les femmes, égorgeant leurs enfants et pourfendant leur mari sous leur regard horrifié. Ils brûlaient tout sur leur passage, ne laissant qu'une terre ravagée derrière eux. Et tous tremblaient devant ces barbares sanguinaires ! Il était grand temps que quelqu'un y mette bon ordre.

— J'envie votre assurance, s'exclama Anne.

— Ne vous y trompez pas, très chère. Tout comme vous, je suis inquiète et je prie constamment pour que mon époux me revienne sain et sauf. Ayez foi, Anne !

— Seigneur…, souffla celle-ci en fermant les yeux.

Sachant que nulle parole ne réussirait à l'apaiser, Marie l'invita à la suivre et l'entraîna vers la chapelle afin qu'elles implorent la miséricorde de Dieu.

⌐◦⟨⟩◦⌐

Au bout de quatre jours, il parut évident à Anne qu'elle devait absolument se changer les idées. Elle n'avait toujours pas reçu de nouvelles de Joffrey. L'incertitude la rongeait et son isolement forcé lui devenait de plus en plus difficile à supporter. Connaissant l'état d'esprit de son invitée, la mère supérieure lui proposa d'œuvrer à l'infirmerie. Désireuse de s'étourdir, Anne apportait depuis une semaine maintenant son soutien aux plus faibles et aux plus démunis qui souffraient dans leur chair et leur âme. Influencée par cette fougue et cette audace, Marie n'avait pas tardé à se joindre à elle.

Elles accomplissaient un travail phénoménal. Dorénavant, les mal portants attendaient leur visite avec impatience. Côtoyer ces miséreux était un vrai crève-cœur et Anne saisissait mieux désormais toute l'ampleur des répercussions que la guerre avait sur le peuple. La famine s'insinuait dans les villages, entraînant dans son sillage la maladie, le désespoir et la mort. Plusieurs femmes violentées par des soldats anglais demeuraient repliées sur elles-mêmes. Anne comprenait trop bien leur souffrance, pour l'avoir déjà éprouvée. Ces malheureuses avaient tout perdu : époux, enfants et foyer. Quel serait leur sort après de pareils événements ? Où iraient-elles ? Consciente de la chance qu'elle avait eue de se retrouver sous la protection d'un homme tel que Joffrey de Knox, elle se promit de faire le nécessaire pour aider ces pauvresses en demandant à Joffrey de soutenir pécuniairement le monastère. Anne souhaitait venir en aide aussi aux enfants. Les fillettes pourraient rester au cloître et espérer une vie meilleure. Pour les garçons, elle se promit d'intercéder auprès de son mari afin de leur trouver des places au château ou dans les villages avoisinants.

Elle berçait un jeune orphelin en pleurs d'à peine deux ans quand une religieuse s'engouffra dans l'infirmerie d'un pas précipité, le souffle court. La mère supérieure demandait Anne et Marie immédiatement dans la salle capitulaire. Avec douceur, Anne déposa le petit dans les bras de la nouvelle arrivante et dévala le couloir principal avec empressement. Appréhendant le pire, elle pressait ses paumes avec nervosité l'une contre l'autre.

Lorsqu'elles pénétrèrent dans la pièce, l'abbesse remarqua l'expression inquiète des deux femmes et leur pâleur. S'avançant vers elles, elle les gratifia d'un sourire rassurant.

— Un messager vient d'arriver du château de Derval afin de nous annoncer l'approche imminente d'une troupe de soldats français. Nul nom n'est mentionné dans la missive, cependant on y indique que deux seigneurs les accompagnent.

À ces mots, Anne chancela et se rattrapa de justesse à l'une des colonnes de pierre qui soutenait la voûte. Se pouvait-il que ses prières fussent enfin exaucées ? Envahie d'un pressentiment bienheureux, elle leva un regard brillant vers la mère supérieure. Celle-ci déposa une main chaleureuse sur sa tête.

— Filez vous rafraîchir, mes dames ! Si vos époux sont bien les deux seigneurs qui sont escortés par ces hommes, il faut les accueillir avec déférence. Allez, je vous envoie sœur Bernadette afin qu'elle vous seconde dans vos préparatifs.

Anne n'eut pas besoin de se faire prier davantage. Oubliant la bienséance, elle se dirigea vers sa cellule avec hâte, le cœur en déroute. Marie lui emboîta aussitôt le pas. Leur empressement arracha un hochement de tête indulgent à l'abbesse.

⁕

Anne trépignait d'impatience, rendant la tâche délicate à la pauvre sœur Bernadette qui tentait, tant bien que mal, de discipliner les boucles rebelles. À peine mettait-elle une touche finale à la coiffure qu'Anne se relevait avec précipitation. On percevait des bruits de sabots au loin. Pressant sa poitrine à deux mains, elle eut une dernière supplique pour son époux. « Ô mon Dieu! Faites qu'il soit parmi eux! Je vous en supplie! » pria-t-elle tout en fermant les yeux avec ferveur. Inspirant profondément, elle se dirigea d'une démarche incertaine vers la salle commune. La mère supérieure s'y trouvait déjà, ainsi que la vicomtesse de Langarzeau. Tout comme Anne, Marie ne savait que penser et se morfondait.

C'est à cet instant qu'un appel vigoureux leur parvint du grillage. Au son de cette voix puissante, Anne s'étrangla et s'élança vers la porte. Elle s'immobilisa en apercevant Joffrey. Dressé fièrement sur son étalon, il arborait l'un de ses sourires ravageurs. Le cœur de la jeune femme rata un battement. Portant ses doigts tremblants à ses lèvres, elle le dévora du regard, n'osant croire à ce miracle. Puis, habitée par un besoin pressant, elle souleva sa jupe et courut vers le portail avec un cri d'allégresse. Elle arriva à la hauteur des chevaux au moment même où Joffrey sautait avec aisance en bas de sa monture. Il la reçut avec joie tout contre lui.

Au comble du bonheur, Anne enroula ses bras autour du cou de son mari et l'embrassa sans retenue. Heureux de cette réaction, Joffrey enserra fermement la taille de sa compagne et répondit à son baiser avec ardeur. Quand il quitta la douceur de sa bouche, un éclair malicieux traversa ses prunelles. Tout en éclatant de rire, il la fit virevolter dans les airs. Nullement rassasié d'elle, il la déposa sur l'herbe humide et captura son visage entre ses mains calleuses. Son regard la pénétra jusqu'au plus profond de son être et la chamboula. Se penchant vers elle, il s'empara de nouveau de ses lèvres dans une étreinte impérieuse. À bout de souffle, Anne gémit faiblement et s'accrocha à lui. Percevant alors l'agitation de la jeune femme, Joffrey la libéra de son emprise et murmura tendrement son nom contre sa tempe. Anne frémit au son de cette voix sensuelle et se lova tout contre lui. Avec délices, elle s'emplit de son odeur enivrante qui lui était si particulière. Soulagé de la retrouver saine et sauve, Joffrey la pressa tout contre son cœur.

Attendrie par la scène, la mère supérieure s'avança vers eux d'un pas chaleureux. « Mes deux pensionnaires retrouvent finalement leur sérénité. » Tout comme Anne, la dame de Langarzeau se blottissait avec enthousiasme dans les bras de son époux. Quoique plus discrète que la dame de Knox, elle n'en demeurait pas moins touchante. C'était un spectacle tout à fait réjouissant en ces temps de douleur et d'affliction.

— Comte de Knox et vicomte de Langarzeau, je suis heureuse de constater que les Anglais n'ont pu vous surpasser. Enfin, les habitants de cette région pourront vaquer à leurs occupations en toute tranquillité. Nous vous remercions de nous avoir libérés de cette oppression. Sans votre soutien, le seigneur de Rougé-Derval n'aurait pu en venir à bout. Que la main du Tout-Puissant soit sur vous et vous bénisse !

— Ma bonne sœur, ce fut un plaisir de bouter l'ennemi hors de cette terre et d'envoyer en enfer plusieurs d'entre eux, s'exclama Joffrey avec vigueur.

La mère supérieure fut abasourdie par une pareille réponse. Même si la réputation particulière du comte de Knox le précédait, des propos aussi radicaux frôlaient presque l'hérésie. Elle se ressaisit en se disant que ces paroles se voulaient légères et non offensantes. Tel était ce guerrier. Et Anne de Knox lui était très bien assortie.

— J'aurais souhaité pouvoir vous offrir ce soir le gîte et le couvert, mes seigneurs, mais il serait malavisé et inapproprié que des hommes foulent le parquet sacré d'un monastère réservé aux femmes. De plus, je crains hélas que nos réserves soient insuffisantes pour sustenter un contingent de cette envergure. Nous parvenons déjà difficilement à subvenir à nos besoins.

— Ma sœur, soyez rassurée, nous n'avions pas l'intention de nous éterniser plus longuement. Il nous tarde de rejoindre nos terres, afin de préparer nos troupes pour l'affrontement à venir. Pour ce qui est de vos coffres, voici une bourse remplie d'écus. Utilisez cet argent à bon escient et acceptez-le en guise de dédommagement. Pour ma part, je serai toujours votre débiteur. Sans vous, qui sait ce qui serait advenu de ma dame ? Votre vivacité d'esprit et votre grande générosité ont permis de la mettre rapidement en lieu sûr lorsque l'ennemi fonçait sur nous. Merci infiniment ! termina Joffrey en s'inclinant.

— Comte de Knox, ce fut un plaisir pour nous. Votre épouse est une jeune femme merveilleuse, dotée d'une personnalité exceptionnelle. Elle fut d'un immense réconfort pour les pauvres malheureux qui ont trouvé refuge entre nos murs.

Joffrey éclata d'un rire franc et fixa Anne avec attention. Elle était pourvue d'un tempérament de feu qui s'accordait difficilement avec la soumission qui incombait aux religieuses. Le cœur léger, il darda une œillade espiègle dans sa direction.

— J'espère que vous ne songez pas à vous consacrer à la vie religieuse…, lança-t-il avec humour.

— Comment… ?, lâcha Anne avec véhémence.

— Du calme, femme ! s'empressa de la couper Joffrey avec bonne humeur.

La ramenant vers lui avec aisance, il l'installa sur son destrier. Avec assurance, il grimpa à son tour derrière elle. Un bras possessif s'enroula autour de la taille d'Anne et des jambes musclées se moulèrent aux siennes. D'un bref signe de tête, il salua la mère supérieure et s'élança au galop, suivi de près par ses hommes et la troupe du seigneur de Langarzeau. Il plaqua son épouse contre son torse et la campa abruptement près de son bassin. Anne tressaillit en percevant le désir vif de Joffrey qui prenait forme contre sa croupe. Les joues en feu, elle se détourna et lança un regard torve dans sa direction. Nullement impressionné, le seigneur se pencha vers elle.

— Ma dame, si vous saviez comme il me tarde de vous faire l'amour, chuchota-t-il à son oreille d'une voix gutturale.

Un délicieux frisson parcourut Anne de la tête aux pieds, lui arrachant au passage un gémissement traître. «Juste

Ciel! Joffrey a décidément un effet troublant sur mes sens», constata-t-elle.

Reportant son attention sur le chemin, Joffrey sourit mystérieusement. Anne l'ignorait encore, mais il ne retournait pas directement au château. En fait, il avait accepté la veille l'invitation du vicomte de Langarzeau et ils séjourneraient quelques jours à Tonquédec, chez le père de celui-ci. Ils en profiteraient entre autres pour échanger leur point de vue sur les derniers événements. Qui sait, peut-être parviendraient-ils à élaborer une stratégie commune pour défendre leurs terres? Quant à Anne, il espérait qu'elle apprécierait cette petite escapade prolongée. De cette façon, elle jouirait plus longtemps de la compagnie de la vicomtesse de Langarzeau, avec qui elle semblait avoir tissé des liens.

⋯◈⋯

Lorsqu'ils arrivèrent en vue de Tonquédec, la première chose qu'Anne remarqua fut la fortification construite tout en haut d'une corniche rocheuse et bordée d'une enceinte close. La forteresse dominait la vallée du Léguer avec splendeur. D'un côté du château se trouvait un précipice qui menait à un moulin érigé au bord de la rivière en contrebas. Évidemment, les alentours étaient déboisés, mais une forêt dense se dressait un peu plus loin, isolant les habitants dans un cocon douillet. Un drapeau flottait au sommet de l'une des tours, signe que le seigneur était présent. Même à cette distance, les neuf cercles blancs sur fond rouge étaient visibles.

Une fois parvenu aux abords du moulin, le batelier immobilisa son embarcation, permettant ainsi aux invités de descendre. Anne se redressa et s'apprêtait à débarquer

lorsqu'elle fut soulevée avec puissance et déposée doucement sur le sol. Sur les indications d'un garde en vigie, le
groupe s'engagea sur le petit chemin qui montait vers la
forteresse, succédant de peu au vicomte et à la vicomtesse
de Langarzeau.

La vicomtesse de Tonquédec, Jeanne de Quintin, les
attendait sous l'arche de pierre. Avec enthousiasme, elle
s'avança vers sa belle-fille et Anne et les étreignit avec
chaleur. Sans délai, elle les entraîna à sa suite vers la cour
d'honneur. Un instant, Anne leva les yeux et fut impressionnée par les deux tours situées de chaque côté de
l'entrée.

Dans la grande salle, d'énormes fenêtres s'ouvraient sur
les parois extérieures, ce qui permettait d'avoir une vue
magnifique sur la rivière. Quelque peu transie en cette
journée fraîche, Anne apprécia d'autant plus le feu qui
brûlait dans l'âtre immense. Tout en s'installant dans l'un
des fauteuils qui faisaient face au foyer, elle se frotta
vivement les mains pour se réchauffer. Sur un signe de tête
de la châtelaine de Tonquédec, les hommes d'armes furent
conviés à prendre place sur les bancs, construits à même les
épais murs de pierre. Dès leur arrivée, Joffrey rejoignit le
seigneur des lieux et le vicomte de Langarzeau afin de
discuter avec eux.

Soucieuse du bien-être de son invitée, la dame de
Tonquédec ordonna qu'un baquet d'eau chaude fût
préparé dans la chambre d'Anne et Joffrey. Après avoir
monté les innombrables marches qui menaient jusqu'à
l'avant-dernier palier, Anne fut heureuse d'atteindre le
troisième étage. Elle était harassée après une journée
entière à chevaucher. Se penchant à une fenêtre rectangu-
laire et étroite, elle contempla avec ravissement le paysage
qui s'étendait à ses pieds. Son regard se porta aussi loin

qu'il était possible de le faire. Inspirant profondément, elle goûta ce bref moment de quiétude.

⟨⸱⸱⟩

La soirée tirait à sa fin et Joffrey n'avait qu'une hâte : que le repas se termine pour qu'il puisse enfin se retrouver seul avec Anne. De son côté, la jeune femme était parfaitement consciente de la présence et de la chaleur de son époux à sa gauche. Profitant du fait que le banquet était achevé et que tous les convives se dispersaient pour deviser tranquillement entre eux, Joffrey saisit la main d'Anne et l'aida à se relever. Avec tendresse, il caressa sa joue du revers de la main. À ce contact, elle frissonna et coula un regard brûlant en direction de son compagnon. Surpris, il haussa un sourcil et sourit franchement. Tout près d'eux, quelques soubrettes qui avaient assisté à leur échange silencieux gloussèrent. Sans perdre un instant de plus, Joffrey salua leurs hôtes et entraîna Anne à sa suite.

Arrivé en haut de l'escalier, il la souleva sans effort, lui arrachant une exclamation joyeuse au passage. Avec agilité, il ouvrit la porte de leur chambre et la referma à clé derrière lui. Avide qu'Anne soit sienne, il la plaqua étroitement contre lui et s'empara de ses lèvres avec fougue.

⟨⸱⸱⟩

Anne se réveilla fourbue de fatigue le lendemain. À l'évidence, Joffrey l'avait quittée très tôt en matinée puisqu'elle était seule dans leur chambre et que la place dans le lit était froide. S'étirant avec bonheur, elle se surprit à ressentir un appétit féroce. Soudain alertée par un remue-ménage qui lui parvenait de la cour, elle se releva avec précipitation et gagna la fenêtre.

Des enfants jouaient bruyamment, faisant aboyer les chiens sur leur passage. Plusieurs serviteurs à l'ouvrage déambulaient difficilement entre les guerriers qui s'étaient regroupés autour de l'endroit d'où provenait le brouhaha. Se penchant un peu plus, Anne éprouva un choc en discernant tout à coup la raison de ce grabuge. Au beau milieu du cercle se trouvaient Joffrey et Jean, torses nus, vêtus simplement de leurs braies, qui luttaient avec ardeur. Sous la surprise, Anne poussa un cri de stupeur. S'habillant avec rapidité, elle descendit les marches d'un pas vif et convergea vers l'attroupement. À son arrivée, les soldats se reculèrent pour lui permettre de retrouver la vicomtesse de Langarzeau, qui assistait elle aussi à l'affrontement amical. À sa vue, Marie lui adressa un salut enjoué et s'empressa de la rejoindre. Glissant un bras sous le sien, elle s'inclina vers Anne avec complicité.

— Nos époux avaient besoin de s'exercer un peu. Je crois qu'ils avaient tous deux un surplus d'énergie à dépenser. Non que je sois très friande de la lutte bretonne, je dois avouer qu'ils nous offrent un bon spectacle. Il y a un bon moment depuis que Jean a rencontré un compétiteur aussi redoutable, s'exclama Marie.

À cet énoncé, Anne jeta un regard différent sur les combattants. Elle aurait été bien incapable de dire qui des deux hommes réussirait à provoquer la chute de l'autre et qui surtout parviendrait à plaquer les deux épaules de son adversaire sur la terre ferme. Entraînée malgré elle par la fièvre et l'ambiance joviale, Anne détailla avec intérêt le jeu des muscles de Joffrey sous sa peau ruisselante de sueur. Aussitôt, des bribes de leurs ébats déchaînés de la veille prirent forme dans son esprit, aiguisant ses sens. Inconsciemment, son attention se porta sur les braies qui camouflaient à peine les parties intimes de l'anatomie de Joffrey.

Sans doute sentit-il son regard sur lui, car lorsqu'elle redressa la tête elle croisa ses pupilles pétillantes. Elle sut d'instinct qu'il avait tout deviné de la tournure de ses pensées. Un sourire goguenard aux lèvres, il la scruta à son tour. Profitant de cette distraction, Jean plongea sur lui et le déstabilisa, le faisant atterrir lourdement dans la poussière. Joffrey n'eut pas le temps de se remettre debout et Jean l'appuya au sol, remportant ainsi la victoire. Bon joueur, Joffrey accepta la main que lui tendait amicalement Jean. Se relevant non sans peine, il échangea une poignée avec le vicomte et se dirigea d'un pas rapide vers son épouse.

Une fois à sa hauteur, il l'enlaça sans pudeur et l'embrassa, sous le regard ravi des hommes. Sidérée par son audace, Anne n'eut même pas l'idée de le repousser. Enhardi par cette réaction, Joffrey intensifia leur étreinte, la faisant ployer sous lui. Lorsqu'il la relâcha enfin, Anne le fixa, le souffle court, rouge de confusion. D'humeur badine, Joffrey la plaqua étroitement contre son bas-ventre, éveillant de nouveau son désir. Satisfait de l'embarras de son épouse, il lui sourit avec chaleur.

— Ma dame, accepteriez-vous de faire un petit plongeon dans la rivière avec moi ? Je crains hélas de ne pas être sous mon meilleur jour avec toute cette poussière qui me colle à la peau. Et il me serait surtout très agréable de partager ce moment avec vous.

En guise de réponse, Anne appuya ses paumes contre son torse afin de le repousser. Elle réprima un frisson en réalisant qu'il ne portait rien. « Ciel ! Joffrey devrait faire preuve d'un peu plus de retenue. Il sait pourtant que l'Église interdit les débordements de cette nature en public ! » Consciente du malaise de son amie, Marie vint à son secours.

— Oh non, monseigneur! Il est hors de question qu'Anne vous accompagne. L'eau est encore un peu froide en cette saison, s'exclama Marie en riant.

Tout en éloignant la jeune femme de l'emprise de son époux, Marie fit discrètement signe à Jean d'escorter leur invité. Celui-ci s'esclaffa à son tour.

— Eh bien, mon ami, je crois que ces dames sont beaucoup trop délicates pour le Léguer. En revanche, ce n'est certainement pas la température qui nous arrêtera.

Enchanté par l'humeur générale et l'effet qu'il avait produit sur Anne, Joffrey emboîta le pas au vicomte. «Pardieu! Je finirai bien un jour ou l'autre par lui faire oublier tous les préjugés idiots qui lui ont été inculqués dans son éducation religieuse!»

⚜

Alors que les hommes s'occupaient à la rivière, Anne accompagna Marie et les autres jusqu'à une clairière en bordure de la forêt. Elle appréciait tout particulièrement ce moment passé en compagnie de la vicomtesse et de la petite Catherine, sa fille. Étant donné les belles conditions climatiques, la châtelaine de Tonquédec avait proposé aux dames un léger pique-nique au pied des murailles de la forteresse. Assise sur une couverture de laine à même l'herbe fraîche, Anne écoutait la voix mélodieuse du troubadour chargé de les divertir.

À ses côtés, Catherine confectionnait une couronne de fleurs printanières, sous le regard attendri de sa mère. En contemplant Marie et sa fille, Anne éprouva un pincement au cœur. Elle s'ennuyait énormément de ses enfants. Devinant la tristesse de la visiteuse, Catherine s'avança vers elle et lui tendit sa couronne tout en lui adressant un sourire lumineux. Touchée par cette sollicitude, Anne l'accepta et la déposa sur sa tête. La fillette battit des mains et l'invita à la suivre. D'emblée, Anne marcha docilement derrière Catherine, ne sachant à quoi s'attendre exactement. Tout à son allégresse, la petite lui fit signe de s'agenouiller et lui noua un foulard autour des yeux.

— Nous allons jouer à colin-maillard et, puisque vous êtes la reine des fleurs, vous aurez le privilège de commencer, s'exclama Catherine avec candeur, du haut de ses cinq ans.

Désireuse de lui faire plaisir, Anne se plia de bonne grâce au jeu. À sa demande, elle tourna trois fois sur elle-même et fut désorientée. Sous les rires de Jeanne, de Marie, de Catherine et des suivantes, Anne chercha à les attraper, mais sans succès. Emportée par son élan, elle trébucha tout à coup sur une pierre et s'affala contre une poitrine dure comme le roc. La surprise lui arracha un faible cri. Instinctivement, elle se dégagea des bras puissants qui la retenaient.

— Anne, vous devez deviner qui est cette personne, s'écria joyeusement la petite Catherine en sautillant.

Des gloussements accompagnèrent sa requête enjouée. Quelque peu intimidée, Anne se mordit la lèvre, consciente que l'inconnu qui lui faisait face était un homme. Relevant les mains, elle frôla le torse musclé et remonta vers le visage. En palpant une cicatrice sur la joue, elle sut dès lors qu'il s'agissait de son époux. En riant, elle prononça son nom et souleva le foulard. Catherine applaudit avec enthousiasme et s'approcha du seigneur de Knox. C'était maintenant à son tour de jouer. Une étincelle malicieuse dans le regard, Joffrey invita Anne à lui bander les yeux. Puis, avant de s'éloigner, il huma avec application son odeur. Anne fut parcourue d'un délicieux frisson et se recula avec agilité.

À l'affût du moindre bruit, Joffrey concentra toute son attention sur sa jeune épouse. Dès que Catherine l'eût fait tourner trois fois sur lui-même, il fonça droit dans la direction qu'avait prise Anne. En avisant sa démarche assurée, celle-ci eut un hoquet de stupeur qui la trahit. Elle chercha en vain à le semer, sans succès. Fin chasseur, Joffrey ne lâcha pas sa proie. Capable de repérer un animal ou un ennemi dans une forêt dense, il pouvait facilement la localiser, et cela, malgré ses yeux bandés. Croyant à tort qu'elle l'avait trompé, Anne s'arrêta non loin de la muraille et s'accroupit dans l'herbe. Tout en percevant le bruissement de l'étoffe de la jupe, Joffrey huma l'air et capta le faible parfum floral qu'elle dégageait. Enchanté, il s'avança dans cette direction et faillit trébucher sur elle.

Retrouvant rapidement son équilibre, il se pencha vers elle et lui tendit la main pour l'aider à se relever. Profitant de la latitude que lui offrait le jeu, il entreprit d'explorer méticuleusement le corps de la jeune femme, caressant au passage la poitrine pleine et les courbes gracieuses du cou. Alors qu'elle s'empourprait, des éclats de rire fusèrent de toute part. Il était évident que le seigneur de Knox avait reconnu son épouse, mais qu'il prenait plaisir à la palper en toute impunité, au plus grand bonheur des soubrettes d'ailleurs. Lentement, il frôla la bouche, puis redescendit sur la nuque, pour s'arrêter ensuite sur la taille. Un feu ardent coulait maintenant en lui et la respiration précipitée d'Anne n'était pas pour l'apaiser. Il la sentait frémir sous ses doigts. Conscient qu'il devait mettre un frein à ce délice sous peine de perdre le contrôle, il retira son foulard en prononçant le nom d'Anne d'une voix assurée. Lorsque leurs regards se croisèrent, il eut la confirmation qu'elle avait été ni dupe de son manège ni indifférente à ses caresses. Satisfait, il s'inclina devant elle, un désir vif au fond des yeux, et retourna au château d'une démarche alerte.

❧

Ce soir-là, les femmes jouaient aux dames et écoutaient une demoiselle de compagnie réciter des vers pendant que les hommes discutaient entre eux à l'extrémité de la salle commune. De temps à autre, Joffrey lorgnait Anne sans retenue, au plus grand amusement de celle-ci. Cet échange n'échappa pas à Marie, qui prit plaisir à le signaler à sa belle-mère.

Avec un sourire entendu, la châtelaine de Tonquédec donna son congé aux dames, si bien qu'Anne put enfin quitter la pièce et regagner ses appartements. À peine eut-elle franchi le pas de la porte que déjà Joffrey la rejoignait. Son arrivée précipitée lui arracha un éclat de rire, vite étouffé par ses lèvres chaudes. Emportés par son élan, ils s'affalèrent lourdement sur le lit.

❧

S'étant levé très tôt le matin suivant, Joffrey eut l'occasion d'apprécier une chasse à courre organisée par le seigneur de l'endroit. De fort bonne humeur, il s'engagea sur le sentier en compagnie des hommes. Tout en parcourant la forêt, il enjambait les obstacles avec aisance. La meute de lévriers qui les précédait flaira une piste et se lança à la poursuite d'un cerf. Chasseur expérimenté, Joffrey traqua sa proie sans pitié. Bientôt, la bête cernée et épuisée en viendrait à tomber dans leur piège.

Ils avaient chevauché toute la matinée et Joffrey espérait bien conclure avant d'être complètement affamé. Par chance, il savait que Roland, le seigneur de Tonquédec, avait ordonné qu'une équipe de serviteurs les suivent afin de leur préparer un repas en plein air en bordure de l'étendue boisée. Grâce aux bons soins de la châtelaine, un repas chaud les attendrait pour contenter leur appétit, décuplé par l'exercice et le grand air.

Anne se trouvait tout en haut de la tour d'Acigné quand les hommes revinrent de leur expédition. Même d'aussi haut, elle pouvait percevoir leur bonne humeur. Ils traversèrent le pont-levis d'une démarche assurée, Jean bavardant gaiement avec Joffrey. Quelle ne fut pas la stupeur d'Anne en voyant le vicomte administrer une bourrade amicale dans le dos de son époux, tout en éclatant de rire. En les observant avec attention, les yeux d'Anne s'illuminèrent. Méfiant comme l'était Joffrey, il avait vraiment fallu que le vicomte de Langarzeau fasse preuve de persévérance pour que le seigneur de Knox le considère comme un ami. Mis à part le chevalier de Dumain, personne ne s'était jamais risqué à le traiter d'égal à égal. Anne se réjouit. Ressentant un bien-être profond à surplomber ainsi le paysage avoisinant tout en étant bercée par le bruit du vent, elle s'appuya au mur de pierres en soupirant d'aise.

❦

Ce soir-là, la dame de Tonquédec fit préparer un festin en l'honneur de la chasse fructueuse. Des ménestrels ainsi que des musiciens devaient animer la veillée afin de donner au repas un air de fête. Ils pourraient alors danser et s'amuser toute la soirée. Joffrey s'apprêtait à gravir les escaliers pour partir à la recherche d'Anne quand il l'aperçut qui venait dans sa direction, l'air serein. La vicomtesse de Langarzeau lui avait prêté une tenue et elle était tout simplement radieuse dans cette robe vert pâle, ceinturée d'un foulard rouge à la taille et aux épaules. De longues manches amples d'un beige crème, agrémentées de fleurs brunes, complétaient l'ensemble. Conquis par cette beauté, Joffrey s'avança vers elle et glissa la main menue de son épouse sous son bras avec tendresse. Non sans fierté, il l'entraîna vers la table d'honneur et l'aida à y prendre place.

Des mets ornés de plumes et de fruits ainsi que des assemblages de poissons et de viandes furent présentés à tour de rôle sur des assiettes d'argent, si bien que le festin dura des heures. Quand les tartes et les pains d'épices arrivèrent, Anne se sentit incapable d'avaler un morceau de plus.

Le cidre coula à flots, allégeant considérablement l'atmosphère. Ayant bu plus que de raison, Anne se sentait d'humeur espiègle et badinait ouvertement avec son époux. Pour sa part, Joffrey ne se privait pas pour lui chuchoter des propos aguicheurs à l'oreille, tout en profitant de ces moments pour effleurer son cou de ses lèvres. Vivifié par l'ambiance qui régnait, il l'invita à danser. Contre toute attente, il se révéla un excellent cavalier dont les mains baladeuses n'avaient de cesse de caresser le dos, et parfois les seins, de sa partenaire, provoquant chez elle de délicieux frissons sur sa peau satinée.

Alors que les musiciens se reposaient et se désaltéraient un peu, Joffrey attira Anne à l'extérieur de la salle, loin des regards indiscrets. L'entraînant dans un recoin sombre, il l'accula au mur avant même qu'elle ne réalise ce qui lui arrivait. Ce n'est qu'une fois adossée à la paroi qu'elle comprit ce qu'il mijotait. Joffrey, les paumes appuyées de chaque côté de ses épaules, l'emprisonnait de son corps.

Ne parvenant pas à discerner son expression à cause de la pénombre qui les enveloppait, Anne n'en perçut pas moins l'énergie puissante qu'il dégageait par sa seule présence.

Combattant âprement le désir pressant qui le tenaillait, Joffrey s'astreignit au calme. Avec tendresse, il frôla le visage d'Anne, appréciant le velouté de la peau sous ses doigts calleux. Bien malgré lui, sa main descendit sur le cou et s'arrêta dans l'échancrure de la robe, à la hauteur de la gorge. La respiration d'Anne s'accéléra sous l'emprise de cet effleurement sensuel. Avide de la sentir vibrer entre ses bras, Joffrey s'empara de ses seins et en taquina les pointes durcies. Incapable de résister plus longtemps, il les dévoila et les aspira goulûment, lui arrachant de faibles gémissements. Anne frémit sous la brise fraîche et se pressa contre lui. Joffrey releva sa jupe et remonta sa main le long des cuisses jusqu'à la douce toison bouclée. Ses caresses se firent légères et audacieuses. Avec habileté, il cueillit la source même de son plaisir entre ses doigts et s'appliqua à la stimuler impunément, faisant naître en elle un brasier incandescent.

Les sens embrasés, Anne fut emportée par un besoin urgent. Percevant sa réponse, Joffrey se défit avec empressement de ses chausses et la prit sans autre préambule. Dans un grognement rauque, il la posséda entièrement et étouffa ses cris de volupté sous ses lèvres. Afin de le recevoir plus profondément en elle, Anne enroula une jambe autour de sa taille. Leur union fut rapide, intense et presque bestiale. À l'instant ultime, elle s'agrippa à ses épaules et fut parcourue de tremblements. Épuisée par ce déchaînement, elle appuya mollement son front contre son torse.

Apaisé de son côté, Joffrey laissa retomber les pans de la robe non sans un soupçon de remords. Il venait de culbuter son épouse comme un butor, sans égard pour ce qui les entourait. Pourtant, Anne ne s'en plaignait nullement. Au contraire, elle s'était montrée consentante et avait fait preuve d'audace tout autant que lui. Étouffant un esclaffement réjoui, il l'étreignit avec force. Décidément, elle ne cessait de le surprendre.

Il la souleva sans effort et la ramena jusqu'à leurs quartiers par un chemin plus discret. Rompue, elle se lova dans ses bras. À leur arrivée dans la chambre, il la déshabilla avec douceur et l'allongea confortablement dans leur lit. Dès qu'il fut installé à ses côtés, Anne se blottit contre lui et nicha sa tête dans le creux de son épaule. Apaisé, Joffrey ne tarda pas à s'endormir à son tour. Demain, la journée serait longue et harassante, car ils devaient regagner les terres des Knox. Mieux valait dans ce cas profiter d'une bonne nuit de sommeil.

❧

Deux jours après leur retour au château de Knox, la brume recouvra la lande, masquant la mer et la forêt aux regards de tous. Un froid vif transperçait Anne et assombrissait son humeur. Encore une fois, Joffrey devait rejoindre l'armée de Philippe avec son contingent. Même si elle en comprenait l'importance, il n'en demeurait pas moins qu'il lui devenait de plus en plus difficile de l'accepter. Afin de ne rien laisser paraître de sa tristesse, elle chercha à dissimuler son trouble, feignant une sérénité qu'elle n'éprouvait point. Joffrey n'était cependant pas dupe. Il la connaissait très bien et il devinait qu'elle s'inquiétait de ce nouveau départ. Pourtant, elle se tenait fièrement debout au pied de la porte du donjon, un sourire faux plaqué sur les lèvres. Elle savait pertinemment que Joffrey l'observait avec attention. Alors que les hommes enfourchaient leur monture, il la rejoignit en trois grandes foulées et l'enserra vivement. Puis il déposa un baiser chaste sur son front et se pencha à son oreille.

— Anne! murmura-t-il dans un souffle léger. Aie confiance en moi, ma belle!

À ces mots, elle leva les yeux vers lui et fut ébranlée par son assurance. La gorge nouée par l'émotion, elle enfouit son visage dans le pourpoint et s'accrocha aux manches du vêtement de son mari.

— Joffrey…, chuchota-t-elle tout contre lui, la voix étouffée par un sanglot.

Incapable de parler, elle tenta laborieusement de retenir le flot de larmes qui ne demandait qu'à jaillir. Joffrey soupira.

— Je reviendrai, Anne! décréta-t-il avec véhémence avant de s'arracher à son étreinte, plus brusquement qu'il ne l'aurait voulu.

En silence, il grimpa sur sa monture puis s'élança vers le pont-levis. Il ne jeta aucun regard en arrière, de crainte de changer d'idée. Une fois de plus, il maudit le roi et cette foutue guerre pour ce qu'ils exigeaient d'eux.

Anne resta sur place bien longtemps après leur départ. Sensible au désarroi de sa maîtresse, Berthe déposa un châle de laine sur les épaules de cette dernière, puis s'éloigna sans un mot. Tout en resserrant les pans du vêtement autour de son corps frigorifié, Anne regagna le donjon. Elle pénétra dans la grande salle, monta dans la tour et se dirigea vers la pouponnière. En la voyant arriver, Pétronille s'avança vers elle avec l'intention de la réconforter, mais Anne la remercia de sa sollicitude en étreignant chaleureusement son bras. Comprenant le besoin d'Anne de demeurer seule, Pétronille se retira dans ses appartements. Charles-Édouard jouait avec ses blocs de bois sur le tapis, pendant que Marguerite gazouillait dans son landau. Rassérénée par leur présence, la maman souleva avec douceur le petit paquet emmailloté et le pressa contre son cœur. Puis elle prit place près de son fils et entreprit de construire des châteaux avec lui, alors que ses pensées accompagnaient son époux.

⁓⋯⊱⋯⁓

Cela faisait maintenant cinq jours qu'ils étaient partis. Furieux et abasourdi, Joffrey venait d'apprendre que Charles de Blois, le neveu de Philippe IV qui se trouvait à la tête de l'armée, avait décidé d'engager le combat en pleine nuit malgré ses mises en garde. «Nom d'un chien! Cet homme est aussi entêté que le roi!» C'était de la pure folie d'obliger les troupes à guerroyer dans de si mauvaises conditions, et téméraire de le faire à la simple lueur des torches. Les Anglais n'allaient faire qu'une bouchée d'eux. Thomas Dagworth menait plus de neuf mille soldats. Les Français seraient dépassés en nombre par l'adversaire. De plus, de Blois avait séparé l'armée en deux. À sa demande, une première partie s'était positionnée près des remparts de Roche-Derrien, et la seconde avait été dépêchée sur les rives du Jaudy pour préparer l'affrontement. Et Joffrey se retrouvait précisément dans ce deuxième groupe. «Enfer et damnation! On y voit à peine… Comment savoir dans ce cas si ce sont bel et bien des ennemis qu'on s'apprête à faucher?» Lâchant une bordée de jurons, il jeta un bref regard vers ses hommes. Il les emmenait tout droit à l'abattoir, et ce simple constat le mettait hors de lui. Ne pouvant faire marche arrière, ils devaient se lancer dans la mêlée.

Inspirant profondément, il s'obligea au calme. Il ne pouvait les conduire à la bataille dans cet état. Les guerriers qui lui faisaient face étaient des soldats de valeur, des combattants acharnés qui se battraient jusqu'à leur dernier souffle s'il le fallait. Alors qu'un silence de plomb imprégnait les rangs, il s'avança vers eux d'une démarche assurée. Tout en portant une main au pommeau de son épée, il les fixa avec gravité et détermination. Il connaissait chacun d'eux, du plus jeune au plus vieux. La plupart n'en étaient pas à leur premier combat, mais certains d'entre eux manquaient cruellement d'expérience. À la pensée qu'ils seraient les premiers à tomber sous les lames ennemies, Joffrey serra les poings. Tout comme lui, plusieurs de ses hommes laissaient derrière eux des femmes et des enfants. Songer à Anne en cet instant lui donna le courage de braver les Anglais. C'était pour elle, Marguerite et Charles-Édouard qu'il se battait aujourd'hui. Plus que tout, il désirait que son fils puisse un jour parcourir ses terres en toute liberté, sans devoir participer à des affronts sanglants comme celui qu'il s'apprêtait à lancer.

Lentement, il défila devant ses soldats, plus résolu que jamais. Sur son passage, les guerriers redressèrent le buste avec fierté, et les uns après les autres ils s'emparèrent de leur épée. Dans un même mouvement, ils la levèrent au-dessus de leur tête en poussant un cri de victoire. Ce fut le signal que Joffrey attendait. Enfourchant son destrier, il leur fit signe de le suivre et fonça sur le champ de bataille dans un hurlement retentissant. Tous s'ébranlèrent sans hésitation. Il s'agissait peut-être là de leur dernière échauffourée, mais ils commençaient le combat la tête haute.

Ils déboulèrent sur l'ennemi en une vague puissante. Les premiers rangs se scindèrent en deux et engloutirent les Français en se refermant sur eux. Sans se soucier des malheureux qu'il fauchait, Joffrey frappait à l'aveuglette. Plusieurs soldats tombèrent sous sa lame avant qu'il ne soit finalement désarçonné.

Joffrey commençait à se fatiguer. Cela devait faire déjà un bon moment qu'il ferraillait sans répit. Son épée se faisait plus lourde entre ses mains. Il venait de transpercer un homme lorsqu'un dangereux inconnu fonça sur lui en criant de rage. Se parant à toute éventualité, il releva sa garde avec peine et se mit en position d'attaque.

L'affrontement fut sans merci dès les premiers échanges. Sans qu'il puisse identifier les traits de l'étranger à la lueur des torches, Joffrey nota tout de même une étincelle haineuse qui le surprit dans le regard de son adversaire. Après quelques coups, Joffrey fut atteint à la poitrine. L'entaille profonde le faisait souffrir, l'affaiblissant considérablement, si bien qu'il crut un bref instant y laisser la vie. Sachant que le temps lui était compté, il tenta une manœuvre périlleuse et parvint à blesser l'individu au thorax. Lorsque celui-ci s'écroula en râlant, Joffrey se détourna avec lenteur et scruta la pénombre. Jetant un dernier coup d'œil vers le corps inerte, il se fraya un chemin parmi la horde d'assaillants.

Reportant son attention sur le présent, il rassembla ses troupes et les dirigea dans la mêlée. Ils devaient trouver sir Dagworth et le capturer. Ils y parvinrent enfin – au prix d'un affrontement sanglant – sauf que l'homme leur échappa aussitôt, faute d'un effectif adéquat. Ils tentèrent de nouveau de le faire prisonnier, mais ils furent rapidement interceptés par les cinq cents soldats de la garnison massés aux abords du champ de bataille. Esquivant de justesse un nouvel affront, ils s'élancèrent vers le fleuve. C'est à ce moment-là qu'ils rencontrèrent le contingent de Charles de Blois. Ils furent immédiatement mandatés pour couvrir sa fuite. Leur retraite fut désordonnée et s'effectua dans la confusion, et Joffrey perdit de vue le vicomte de Tonquédec ainsi que le vicomte de Langarzeau. Cela le perturba d'autant plus qu'il considérait le vicomte de Langarzeau comme un ami.

En s'éloignant des lieux du massacre, Joffrey fut longtemps poursuivi par les plaintes d'agonie des blessés et l'odeur fétide qui recouvrait l'endroit. Serrant les dents, il refoula la bile qui lui montait à la gorge et talonna sa monture de fortune, en gardant une pression ferme sur l'étoffe qu'il maintenait contre sa blessure pour endiguer le saignement. Il était harassé, mais toujours en vie.

⚜

Au petit matin, Joffrey apprit que Charles de Blois avait capitulé. Alors qu'il fuyait, de Blois s'était retrouvé soudainement acculé devant un moulin. Il n'avait pas eu d'autre choix que de rendre les armes et de mettre fin au présent conflit. Cela valait mieux pour tous, car Joffrey et ses hommes n'avaient pas réussi à fermer l'œil après leur retraite.

Tout en se passant une main dans les cheveux, Joffrey écoutait le compte rendu du messager. En apprenant que le seigneur de Rougé-Derval et son fils aîné, Jean II de Rougé, avaient péri au combat, il se figea et baissa la tête en signe d'accablement. Il n'avait que des éloges à formuler envers ces deux individus exceptionnels, qui avaient contribué à disperser la troupe anglaise qui les pourchassait alors qu'ils se rendaient à Derval. Leur disparition était tragique ! Mais là ne s'arrêta pas le flot de nouvelles affligeantes. En fait, plusieurs nobles français avaient succombé sous la lame de l'ennemi, ce qui affaiblissait considérablement leurs rangs.

À vrai dire, bon nombre de chevaliers avaient été occis au lieu d'être capturés. «Décidément, songea Joffrey, cela n'est pas à notre avantage…»

N'ayant plus rien à faire en ces environs maudits, Joffrey ordonna à ses hommes de lever le camp. Ils avaient connu leur lot d'effusion de sang pour le moment. De plus, ils devaient regagner le plus vite possible le point de rallie-ment à Calais.

Alors qu'ils traversaient les champs avoisinant Roche-Derrien, Joffrey réalisa avec rage que la folie de la veille s'était étendue jusque dans les prés. À l'évidence, toutes les plantations avaient été détruites par une garnison anglaise, privant ainsi la population de leurs moyens de subsistance pour l'hiver à venir. Sous l'indignation, il serra les poings et pesta contre cette guerre stupide.

Observant les alentours avec attention, le seigneur de Knox ne fut pas surpris d'apercevoir plus loin les paysans qui se regroupaient sous la vigile de soldats français. Une fureur sourde couvait en eux. Apparemment, ils s'apprê-taient à se faire justice eux-mêmes. Au passage, Joffrey eut un bref regard pour cette foule en colère avant d'ordonner à ses hommes de poursuivre leur chemin. Ce combat ne les concernait pas.

⁂

Quand Anne s'éveilla ce jour-là, une aurore brumeuse se levait, annonciatrice d'une journée pluvieuse et morose. Le ciel, déjà parsemé de lourds nuages gris, n'améliora pas son humeur maussade. Sachant d'avance qu'elle serait de très mauvaise compagnie, elle préféra sortir pour se défou-ler en chevauchant à bride abattue. Enfilant prestement une tenue appropriée, elle descendit d'un pas vif les escaliers et rejoignit les écuries. Alors qu'un des palefreniers sellait sa jument, elle fit quérir deux chevaliers et quelques guerriers afin de l'accompagner. Avec un peu de chance, elle serait revenue avant que la pluie ne s'abatte sur eux.

En franchissant la herse, elle fut emportée par l'ivresse de la cavalcade. Ne faisant qu'un avec sa monture, elle exhala un profond soupir, temporairement libérée d'un poids oppressant. Depuis quelques jours, elle n'avait de cesse de s'inquiéter pour Joffrey en raison des échos peu rassurants qu'elle recevait de voyageurs. Cependant, elle refusait d'envisager le pire. Si un homme avait pu survivre au carnage perpétré à Roche-Derrien, c'était son époux. Elle devait s'en convaincre afin de continuer. « Il y a tant à faire ! Et l'été est déjà bien entamé. » Elle devait se reprendre et se concentrer sur l'approvisionnement en vue de l'hiver à venir. Lorsque Joffrey reviendrait, il s'attendrait à trouver les réserves pleines. Inspirant à pleins poumons, elle s'élança en oubliant tout le reste.

Alors qu'elle arrivait en trombe au détour du chemin, elle dut tirer brusquement sur le mors. La jument se cabra et manqua de fracasser le crâne des trois pauvres promeneurs sur sa route. Une vieille femme s'empressa d'encercler les deux gamins de ses bras décharnés, afin de les protéger des sabots qui fendaient dangereusement l'air. Tout en vociférant, Anne s'évertua tant bien que mal à calmer sa monture. Après une lutte acharnée, elle y parvint finalement. Effrayés, les deux enfants hurlaient de terreur. La cavalière porta un regard furieux sur les trois malheureux. Quelle surprise elle eut en reconnaissant les traits de la vieille dame ! « Que diable Crisentelle fait-elle ici avec ces deux petits ? » Un bruit sourd retentit alors avec puissance au-dessus de leur tête. L'air se chargea d'électricité et le ciel s'obscurcit en se couvrant d'épais nuages sombres. Un vent cinglant se leva, faisant frissonner Anne. Se ressaisissant rapidement, la châtelaine ordonna à trois de ses hommes de prendre Crisentelle et les deux gamins en croupe devant eux. En remarquant que le plus jeune des enfants grelottait de froid, elle se départit sans hésitation de sa cape et l'emmitoufla avec application. Dès qu'elle fut hissée sur une monture, Crisentelle siffla avec force. Aussitôt, un loup énorme émergea des buissons. Les chevaux, rendus nerveux par la présence de la bête sauvage, piétinèrent et hennirent avec vigueur. Les cavaliers parvinrent à les contrôler avec fermeté. Dès lors, ils s'élancèrent en direction du château.

La pluie tomba dru et les trempa entièrement avant même qu'ils ne puissent atteindre l'enceinte de la forteresse.

En constatant la pâleur des bambins à leur arrivée, Berthe s'activa. Tout en ordonnant aux servantes de faire chauffer de l'eau en quantité suffisante, elle demanda à deux hommes d'attiser les braises dans la grande salle et dans la chambre des maîtres. Les deux petits furent ensuite laissés aux soins du personnel du donjon. Anne était détrempée et semblait réellement transie de froid, surtout qu'elle n'avait eu aucun vêtement chaud pour se protéger de la pluie. En se frictionnant avec vigueur, Crisentelle se départit de sa cape mouillée. Puis, sans plus attendre, elle prit la même direction qu'Anne, ses plantes médicinales serrées contre son cœur.

Quand elle pénétra à la suite de la châtelaine dans la chambre, Crisentelle constata avec satisfaction qu'un bon feu brûlait déjà dans la cheminée. Anne se dépêcha de se débarrasser de ses habits, mais ses doigts gourds ne lui facilitaient pas la tâche. Elle dut recourir à l'aide de l'une de ses suivantes pour y parvenir. Dès qu'elle fut dévêtue,

Anne s'enveloppa dans une couverture de laine et s'installa près du foyer. Melisende s'empressa d'assécher la chevelure cuivrée, pendant que deux autres jeunes filles faisaient chauffer de l'eau pour le bain. Au même moment, Berthe arriva en rouspétant.

Anne se plongea dans l'eau chaude avec volupté et soupira d'aise. Ses tremblements cessèrent et elle put enfin se détendre. Crisentelle lui fit boire un breuvage aigre de sa concoction qui la calma au point de lui faire oublier toutes les questions qui lui brûlaient les lèvres au sujet de sa présence dans les environs du château. À sa suggestion, Anne s'allongea entre les draps et s'emmitoufla. Elle ne tarda pas à s'endormir.

⚜

Le lendemain matin, sa gorge la brûlait et son nez rouge coulait. Entre deux toussotements, Anne se releva en grimaçant et prit appui à la tête de son lit. Confortablement installée, elle esquissa un faible sourire en croisant le regard amusé de Crisentelle. Avant même qu'elle ne puisse émettre le moindre commentaire, son amie s'approcha et s'assit avec lenteur à ses côtés. En enserrant l'une des mains d'Anne dans une étreinte ferme, la vieille femme tâta son front de sa paume.

— Eh bien, petite, après ce déluge glacial, tu ne t'en sors pas trop mal finalement! Pas besoin de te dire que tu as causé tout un émoi à cette pauvre vieille Berthe.

— Je l'imagine sans peine…, croassa Anne. Mais comment se portent les enfants et les hommes qui m'accompagnaient?

— Pas si mal somme toute, et mieux que toi au demeurant. Tes soldats étaient protégés par leurs vêtements, alors qu'il en était tout autrement pour toi. Mais quelle idée de s'aventurer à l'extérieur par un temps pareil ! N'avais-tu pas remarqué que le ciel couvert ne présageait rien de bon ?

— J'en étais consciente, mais j'ai cru que je pourrais m'offrir une courte escapade avant que l'orage n'éclate. Visiblement, ce ne fut pas le cas…

— Pff ! C'était pure folie de ta part, oui !

— J'avais seulement besoin de me calmer. Je dois avouer que je suis tourmentée ces jours-ci. Je n'ai aucune nouvelle de Joffrey depuis son départ et je commence à appréhender le pire.

— Balivernes que tout ça !

— Chère Crisentelle ! Toujours aussi franche et directe, s'esclaffa Anne malgré elle.

— C'est ainsi que je suis, petite ! Et ce n'est certainement pas à mon âge que je vais changer, maugréa la principale intéressée.

— Je le sais pertinemment, et c'est ainsi que je vous apprécie.

— Je l'espère bien car, vois-tu, j'ai l'intention d'accepter l'offre de ton époux. Je viens m'installer entre ces murs. J'imagine qu'il y a suffisamment de place dans cette forteresse pour une vieille femme et deux pauvres orphelins trouvés sur la route.

En guise de réponse, Anne sourit et lui étreignit le bras avec amitié. Elle était si contente de la revoir.

À plusieurs lieues de là, Joffrey arpentait nerveusement la lande et jetait parfois de brefs regards circonspects en direction de Calais. Depuis le premier jour, il semblait évident que cette mission était vouée à l'échec. L'accès maritime ayant été bloqué par une flotte imposante de bateaux anglais, cela les privait d'un appui militaire de ce côté. De plus, dès leur arrivée de Roche-Derrien, ils avaient dû se replier plus loin dans les terres. Seul point positif : il avait retrouvé le vicomte de Langarzeau et son père vivants. Ensemble, ils avaient installé un campement sommaire dans des conditions exécrables. Le terrain était détrempé et boueux, et la température était fraîche pour la saison. En effectuant une reconnaissance, Joffrey avait vite réalisé qu'il leur serait impossible d'attaquer l'ennemi de leur position. Les Anglais avaient bien choisi l'endroit et, évidemment, Édouard III refusait d'engager le combat ailleurs. Calais n'échappait désormais plus à leur emprise, ce dont le monarque anglais se réjouissait.

La reddition de cette ville stratégique n'était qu'une question de temps. Surtout que Joffrey savait d'ores et déjà que les Calaisiens n'avaient plus rien à manger et qu'ils se rabattaient sur les chats, les chiens et même les chevaux depuis un certain moment pour s'alimenter. Sans les Français pour les ravitailler, ces villageois se savaient perdus. Le pape Clément VI avait envoyé des légats pontificaux pendant trois jours afin de négocier une trêve entre les deux rois, mais Édouard s'était opposé à libérer Calais. À la pensée de tous ces malheureux affamés, Joffrey se rembrunit. Il fallait qu'Édouard fût déterminé à remporter la victoire pour traiter aussi bassement des femmes et des enfants, et ignorer du même coup les tentatives de Sa Sainteté pour mettre fin à ce calvaire.

De leur côté, les Calaisiens avaient vainement essayé d'inciter le roi de France à venir à leur secours. Ils lui avaient envoyé de nombreux messages, mais Philippe avait refusé d'engager le combat sur ce terrain, et avec raison. « Pour une fois, le roi a suivi mes conseils ! » Trop de chevaliers et de nobles avaient déjà versé leur sang inutilement à Roche-Derrien. Philippe ne pouvait exiger davantage d'eux. Il avait donc donné l'ordre de se replier. Abandonnés à leur triste sort, les Calaisiens ressentirent les affres du désespoir. Vues les circonstances, Jean de Vienne, le gouverneur de la ville, demanda alors à parler avec Édouard et Gautier de Mauny, un noble français à la solde des Anglais, qui fut délégué pour le rencontrer. Jean de Vienne exposa qu'il désirait la vie sauve pour les Calaisiens en échange de leur reddition. Mais Édouard, dans son arrogance, en prit ombrage et déclina l'offre, souhaitant une reddition entière sans négociations. Cela ne surprit nullement Joffrey. La soif de pouvoir rendait Édouard de plus en plus cruel et dangereux.

Gautier de Mauny continua d'intercéder auprès du roi en faveur des Calaisiens, et plusieurs barons affiliés à la cause anglaise firent front et appuyèrent le noble dans sa démarche. Joffrey sentait que la fin de toute cette horreur approchait. Du moins, il l'espérait. Le monarque se vit effectivement obligé de plier et d'accorder grâce aux habitants. En échange, il exigea la vie de six notables les mieux nantis de Calais.

Joffrey éprouva un choc en apercevant de sa position les six hommes qui sortaient de la ville et se rendaient. Ils étaient habillés d'une chemise et allaient pieds nus, une corde autour du cou et portant les clés de la ville. Même d'aussi loin, le seigneur entendait les pleurs des villageois. Dès que les six notables s'agenouillèrent devant Édouard, celui-ci ordonna froidement qu'ils fussent exécutés sur place.

Incapable de se contenir plus longuement, Joffrey frappa du poing le tronc d'un arbre. Les six hommes s'étaient présentés désarmés devant le roi. C'était indigne d'un souverain de cet acabit. La haine d'Édouard ne connaissait donc plus de limites et il sacrifierait quiconque se trouverait sur sa route. « Comment ai-je pu le servir aussi aveuglément par le passé ? Enfer et damnation ! Cette barbarie doit cesser avant que toute cette histoire de couronne dégénère davantage. » En se faisant cette réflexion, Joffrey eut la certitude que, contrairement à ce qu'il avait d'abord cru, Édouard n'aurait pas hésité à tuer Anne à la tour Blanche. Un frisson d'appréhension lui parcourut l'échine à cette pensée. « Bon sang ! Sous aucun prétexte, Anne ne doit se retrouver entre ses mains. Jamais… »

Alors que Joffrey observait la scène de loin, l'un des hommes du vicomte de Langarzeau vint le rejoindre pour l'informer des nouveaux développements. Apparemment émue par l'abnégation des six notables de Calais, la reine d'Angleterre s'était interposée en leur faveur. Exactement comme elle l'avait fait pour Anne. Philippa s'était jetée en larmes aux pieds de son époux afin d'implorer sa clémence. Édouard, qui ne pouvait supporter d'être à l'origine du chagrin de sa femme, se ravisa et décida de faire transférer les prisonniers en Angleterre, du moins jusqu'à ce qu'ils soient dûment rançonnés par le roi de France.

Il n'y avait pas eu d'effusion de sang cette fois-ci. « Voilà une piètre consolation ! » songeait Joffrey, car le sort des Calaisiens l'inquiétait grandement. Que deviendraient ces pauvres villageois? Édouard avait consenti à leur laisser la vie sauve, mais à quel prix? Les dommages causés par la famine s'avéreraient irréversibles pour la plupart d'entre eux. Plusieurs mourraient dans les jours à venir. Écœuré, Joffrey rejoignit ses hommes et leur ordonna de ramasser leurs affaires. Il était grandement temps de retourner sur ses terres. L'hiver ne serait pas assez long pour lui permettre d'oublier toute cette démence.

⚜

Le mois d'août défila rapidement, amenant dans son sillage son lot de cueillette et de fenaison. Lorsque septembre débuta, les habitants de la forteresse entreprirent de fumer et de saler du poisson, ainsi que de sécher la viande avant d'entreposer le tout dans la cave. De plus, du bois fut coupé en quantité suffisante pour alimenter les feux durant la saison froide. Constituer des réserves pour tous s'avérait une tâche ardue. Il y avait tant de personnes à nourrir au château. Chacun travaillait avec entrain, du matin au soir. Le soutien de Berthe et de Crisentelle permit à Anne de coordonner plus aisément les différentes besognes. Les deux vieilles femmes faisaient preuve d'ingéniosité en ces temps incertains. Leur savoir constituait une source inépuisable de connaissances pour Anne. Et étant donné que la main-d'œuvre se faisait rare, il leur fallait mettre les bouchées doubles. Ils parvinrent malgré tout à engranger les grains et à récolter les raisins dès leur maturation. Pour remercier tous les gens de leurs efforts assidus, Anne décida de souligner la fin des vendanges en organisant une grande fête. Ce serait en quelque sorte le point culminant avant l'arrivée de l'hiver. Elle prévoyait organiser avec la cuisinière du château un banquet auquel seraient conviés tous ceux qui habitaient sur les terres des Knox. À l'aide de Berthe, elle avait planifié un éventail de jeux et de divertissements pour agrémenter le tout.

Les métayers avaient été enthousiasmés en apprenant la nouvelle et, depuis, une certaine frénésie était palpable dans l'air. S'étant laissée entraîner par cette folle exubérance, Anne avait accepté d'inaugurer les réjouissances en étant la première à presser les raisins dans l'immense bac de bois. Cette idée ne l'enchantait guère, mais c'était ce que l'on attendait d'elle.

Lorsque le grand jour arriva, tout était fin prêt. Par chance, une journée radieuse s'annonçait. Anne dévala l'escalier et rejoignit la cour d'un pas alerte. Afin d'être plus libre de ses mouvements, elle avait revêtu une robe simple de paysanne, dont elle appréciait le confort. Elle salua plusieurs personnes au passage et ria gaiement à la vue des enfants qui couraient en tout sens, excités par l'atmosphère joyeuse.

En début de matinée, elle avait organisé des jeux d'adresse et d'équipe. Par la suite s'ensuivrait un léger pique-nique aux abords du château. En après-midi, des activités de groupe apparaissaient au programme, dont le fameux pressage des raisins, ainsi que différents divertissements. Le banquet, les chants, la danse ainsi que les promenades à la lueur des flambeaux auraient lieu en soirée. Il était prévu que la fête se terminerait très tard. Si seulement Joffrey avait pu être présent, son bonheur aurait été complet. Résolue cependant à ne pas gâcher cet instant de réjouissances, elle se secoua et s'efforça d'oublier son angoisse.

⋘⋙

Anne avait pris place sur l'un des bancs de bois qui trônaient dans l'herbe haute avec Charles-Édouard installé à ses pieds, alors que la petite Marguerite sommeillait entre ses bras. Pétronille et Berthe les encadraient et fixaient avec plaisir l'attroupement qui se formait.

La première épreuve de la journée consistait à lancer un couteau sur une cible de rondin, placée à une bonne distance des compétiteurs. Au signal de la châtelaine, chacun se présenta à tour de rôle. Le gagnant serait celui qui aurait atteint la cible le plus souvent. Évidemment, la pointe devait demeurer fichée dans le bois pour que le tir soit pris en considération. Les plaisanteries allaient bon train, et plusieurs guerriers n'hésitèrent pas à fanfaronner pour tenter d'impressionner les demoiselles massées tout autour du terrain de jeu. Même Anne rigolait de bon cœur à leurs pitreries.

À l'écart du groupe, sous le couvert des arbres, un homme contemplait tranquillement la scène. Sa chevelure sombre et humide luisait sous le pâle soleil d'automne. Ses yeux, d'un bleu métallique, ne pouvaient se détacher du spectacle qu'offrait Anne avec ses joues rosies par l'excitation. Son rire cristallin parvenait d'ailleurs jusqu'à ses oreilles telle une musique enchanteresse. Son cœur se gonfla de bonheur à la pensée de la retrouver enfin. Inconsciemment, Joffrey frôla sa poitrine du revers de la main, là où une plaie commençait tout juste à se cicatriser. Il s'en était fallu de peu qu'il tombe ce jour-là à Roche-Derrien. Peut-être se faisait-il trop vieux pour ces échauffourées sanglantes, ou peut-être que l'arrivée d'Anne dans son existence l'avait ramolli. En émettant un faible grognement de dérision, Joffrey reporta son regard sur sa charmante épouse et esquissa un sourire énigmatique.

À l'instant où le dernier concurrent lançait son couteau, une dague sortie de nulle part fendit l'air et se ficha solidement au centre de la cible. Alors que la lame vibrait encore, les hommes firent volte-face d'un même mouvement. De son côté, Anne se crispa et fouilla les environs à la recherche d'un éventuel ennemi. Elle s'apprêtait à déposer Marguerite dans les bras de Pétronille, mais suspendit son geste en reconnaissant la silhouette familière qui se détachait tout à coup des buissons. Son cœur rata un battement et des larmes de soulagement montèrent à ses yeux. Son émotion fut si vive qu'elle demeura figée sur place, les épaules secouées de tremblements, le regard rivé sur Joffrey. Intrigué par l'attitude étrange de sa mère, Charles-Édouard leva la tête et poussa une exclamation de joie à la vue de son père. Ravi de le revoir après toutes ces semaines d'absence, il se releva et s'élança vers lui en gambadant. Joffrey le rattrapa de justesse avant qu'il ne s'enfarge et le lança dans les airs, lui arrachant des éclats enjoués.

Les hommes se détendirent et s'esclaffèrent bruyamment. Joffrey conduisit son fils vers le chevalier de Dumain et darda un regard intense en direction d'Anne. En quelques enjambées, il fut près d'elle, tendit sa fille à la nourrice et souleva sa compagne de vie sans effort, au plus grand bonheur de tous. Emportée par un tourbillon d'émotions, Anne se suspendit à sa nuque et enfouit son visage dans son cou. Joffrey sentit des larmes chaudes sur sa peau basanée et fraîche. Ne désirant pas se présenter à sa douce couvert de sueur et de poussière, il avait pris un bain rapide dans la rivière en bordure du château. Il était certes toujours aussi fourbu, mais du moins n'était-il plus crasseux. Par chance, car Anne ne semblait plus vouloir quitter le confort de ses bras.

— Eh bien, femme! T'aurais-je donc manqué à ce point? demanda-t-il avec amusement, tout en cherchant à cacher son trouble.

Mais il en aurait fallu beaucoup plus pour déstabiliser Anne tant son soulagement était vif.

— Joffrey! parvint-elle à murmurer faiblement à son oreille d'une voix enrouée.

Ébranlé jusqu'au plus profond de son être par cet appel vibrant d'émotion, Joffrey la serra plus étroitement encore et sentit sa gorge se nouer. « Sapristi! Qu'il est bon de la retrouver après ces longs mois d'absence! » Comme il avait été inconscient jadis de croire que la guerre représentait tout ce qu'il y avait de mieux sur cette terre. Aujourd'hui, il savait qu'il s'était lourdement trompé. Il huma avec enivrement le parfum de lavande qui se dégageait de la chevelure d'Anne et frémit. Doucement, il la déposa au sol en la gardant prisonnière de son étreinte. Quand elle leva ses prunelles de braise vers lui, il ne put faire autrement que de se perdre dans son regard. Pendant qu'elle se moulait contre lui, il ressentit les prémices d'un besoin impératif. Anne dut percevoir son trouble, car une expression mutine se dessina sur ses lèvres gourmandes, alors que ses yeux s'assombrissaient. Sans pudeur, elle chercha à se fondre en lui et éclata d'un rire gras. Dans un grognement, Joffrey s'empara de sa bouche et l'embrassa avec une ardeur telle qu'elle en eut le souffle coupé.

Des plaisanteries goguenardes et des sifflements accompagnèrent leurs débordements. Malgré la situation, Joffrey eut toutes les peines du monde à se ressaisir et à la libérer. Vaguement remise de son émoi, Anne se détacha à contre-cœur de cette étreinte et se pencha vers Pétronille, qui berçait doucement l'enfant. Avec délicatesse, elle souleva sa fille et la montra à son père. Marguerite émit un faible vagissement et enfonça son pouce minuscule entre ses lèvres. Le cœur de Joffrey se gonfla de fierté à la vue de ce petit ange. En passant un bras possessif autour des épaules d'Anne, il se tourna vers les siens. Probablement en aurait-il pour un certain moment avant de pouvoir se retrouver seul avec elle, dans l'intimité de leur chambre, mais du moins pouvait-il profiter de la fête qui se déroulait pour savourer sa compagnie.

Pour sa part, Anne se colla contre son mari, heureuse de sentir son corps chaud et vibrant tout contre elle. Un tel bonheur l'emplissait qu'elle craignait de défaillir. Joffrey lui avait été ramené sain et sauf. Avec l'hiver à leur porte, la guerre cesserait enfin et ils pourraient goûter à la quiétude d'une paix provisoire.

⁕

La journée était bien entamée et le temps pour Anne d'honorer sa promesse arrivait. Elle se tenait donc debout devant l'immense bac de raisins mûrs et masquait avec peine une grimace de déplaisir. En avisant l'expression de son épouse, Joffrey eut un esclaffement enjoué et se délecta de la situation. Remarquant l'amusement de son homme, Anne fronça les sourcils et le foudroya du regard. Mais la moue qu'elle affichait la rendait si délicieuse qu'il ne put résister à la tentation de la taquiner davantage. Consciente qu'il ne lui servait à rien de retarder l'épreuve inutilement, elle poussa un soupir résigné et s'approcha du baquet. Cependant, elle ne comptait pas en rester là. Résolue à faire ravaler son aplomb à Joffrey, elle lui fit face et se pencha avec une lenteur démesurée, offrant par le fait même une vue plongeante sur son décolleté, et s'empara sans hâte de l'ourlet de sa robe. Tout en arborant un sourire innocent, elle releva sa jupe, exposant impunément ses chevilles. Quelques jeunes filles étouffèrent une exclamation de stupeur devant son audace, alors que d'autres gloussèrent avec allégresse. Joffrey perdit de sa prestance en remarquant l'effet que produisait ce geste provocateur sur les hommes massés tout autour. « Diantre ! Comment ose-t-elle se dévoiler de la sorte ? » C'est à lui seul que revenait le privilège de contempler le galbe de ses jambes et la blancheur de sa gorge. Déterminé à mettre un terme à cette petite exhibition, il fendit la foule et fonça droit sur Anne.

Ayant déjà anticipé la réaction de Joffrey, Anne sauta précipitamment dans le bac en réfrénant son hilarité. Le contact des raisins froids et visqueux qui s'inséraient entre ses orteils la répugnait, mais elle s'obligea néanmoins à n'en rien laisser paraître. En jetant un bref coup d'œil par-dessus son épaule, elle aperçut la mine renfrognée de Joffrey. Il avait croisé les bras et ne se gênait pas pour afficher son mécontentement. L'aspect burlesque de la scène lui fit oublier son inconfort et elle fut prise d'un fou rire. À sa vue, Joffrey releva un sourcil et s'appuya contre la paroi de la cuve avec une nonchalance douteuse. Anne fut aussitôt sur ses gardes. Par chance, car il se départit subitement de ses bottes et enjamba à son tour l'immense baquet. Elle poussa un cri de stupeur quand il atterrit à ses côtés avec souplesse. Alors qu'il tentait de l'attraper, elle s'esquiva habilement, si bien que Joffrey perdit pied et s'affala de tout son long dans les grappes. Taquine, Anne s'extirpa du baquet en vitesse et trouva refuge au milieu de la foule.

Ne sachant quelle attitude adopter, les métayers se pétrifièrent, craignant un éclat de fureur de la part de Joffrey.

Nullement impressionnée, Crisentelle décida d'alléger l'atmosphère en s'approchant du maître des lieux avec insouciance.

— Eh bien, monseigneur, le raisin est-il à point ? demanda-t-elle avec légèreté.

D'abord surpris, Joffrey demeura silencieux, puis il détailla la vieille femme qui dépassait à peine le rebord du bac. Celle-ci le fixait sans gêne, une étincelle espiègle dans le regard. Prenant à ce moment-là conscience de la tension qui habitait ses gens, Joffrey s'assit et appuya négligemment ses coudes sur ses genoux.

— J'ignore qui tu es, vieille femme, mais puisque tu ne tiens pas ta langue, je te répondrai que le vin serait bien meilleur si ma charmante épouse consentait à me rejoindre.

— Oh non, monseigneur ! s'écria alors Anne de sa position. Je préfère rester là où je suis.

— Poltronne ! s'exclama Joffrey en se relevant avec souplesse.

— Je dirais plutôt « extrêmement prudente », enchaîna Anne en riant.

Et comme le seigneur s'apprêtait à enjamber le baquet pour en ressortir, de Coubertain lui tendit la main en toute simplicité, le sourire en coin. Joffrey accepta avec bonhomie et administra une claque magistrale sur l'épaule du chevalier au passage. Au même moment, l'atmosphère se détendit et l'allégresse fut de nouveau de la partie. Tournant la tête dans la direction d'Anne, Joffrey n'eut que le temps d'apercevoir sa crinière de feu avant qu'elle disparaisse. Dans un grognement, il s'empara du savon que Crisentelle lui offrait et regagna la berge. À l'évidence, il allait devoir pour la seconde fois de la journée s'immerger dans l'onde glacée.

Lorsqu'il rejoignit les fêtards après son bain forcé, Joffrey constata qu'un attroupement s'était formé autour d'un trait marqué sur le sol. Comprenant alors que ses hommes préparaient un petit face-à-face pour souquer la corde, il se départit de sa chemise et la lança gaillardement en direction d'Anne. Celle-ci l'attrapa au vol et ne se priva pas pour lorgner la musculature de son mari dans la foulée. Cependant, son expression s'assombrit quand son regard se posa sur la blessure à la poitrine. Tout en haussant négligemment les épaules, Joffrey prit place à la queue de son équipe et saisit l'extrémité de la corde qui pendait, prêt à tirer au signal de la châtelaine. Il escomptait bien forcer leurs adversaires à traverser la ligne de démarcation avant eux. Anne ne pouvait détacher ses yeux de Joffrey. Chaque muscle de son corps se contractait sous l'effort, et la sueur qui commençait à perler sur sa peau suscita une vive réaction chez Anne.

Soudain, un cri de victoire arracha la jeune femme à sa torpeur. Le groupe de Joffrey venait de gagner. Conquérant, le seigneur s'approcha de sa belle d'une démarche assurée. Lorsqu'il fut à sa hauteur, il l'attira à lui avec impudence et s'empara de ses lèvres en lui offrant un baiser impérieux.

— Ceci n'est qu'un bref aperçu de ce qui vous attend ce soir, ma dame! chuchota-t-il à son oreille en la libérant.

La ferveur avec laquelle il prononça ces mots provoqua un frisson délicieux chez Anne.

⸎

La nuit avait recouvert la clairière de son manteau sombre. Le banquet s'était achevé sur une note enjouée et, tout comme Joffrey, Anne avait passé une bonne partie de la journée à faire le tour des métayers pour prendre de leurs nouvelles, si bien qu'elle n'avait croisé que très rarement son époux. Maintenant que les enfants se trouvaient au chaud dans leur lit et que ses prérogatives de châtelaine avaient été menées à bien, elle pouvait se concentrer sur le seigneur des lieux. Seulement, Joffrey semblait s'être éclipsé et elle ne le voyait nulle part. En attendant qu'elle parvienne à le retrouver, elle s'isola pour contempler le ciel étoilé. Plus loin, un grand feu de joie réchauffait l'ambiance, alors que des lanceurs de flammes animaient la fête. Quelque part, un chant mélodieux s'éleva dans l'air. Quelques couples s'étaient formés et se promenaient en toute quiétude à la lueur des flambeaux.

Absorbée dans ses pensées, Anne ne prêta pas attention aux pas qui se rapprochaient et sursauta quand une poigne énergique l'attrapa par les hanches et la remit sur ses pieds. En reconnaissant le visage de Joffrey, elle se détendit.

— Eh bien, ma dame ! Nous voilà enfin seuls ! Sachez que j'ai l'intention de prendre ma revanche..., murmura-t-il d'un timbre dangereusement doucereux.

Elle recula, sans pouvoir toutefois détourner son regard de celui de son mari. La lueur concupiscente qui y brillait la fascinait. Joffrey appuya ses mains de chaque côté d'elle, la coinçant du même coup.

— Vous êtes ma prisonnière, ma belle et alléchante petite épouse, susurra-t-il d'une voix rauque contre son cou. Et je ne ferai qu'une bouchée de vous…

Le souffle court, Anne ferma les paupières et se laissa happer par le désir vif qui émanait de Joffrey.

6
La trahison

Au château de Vallière, situé au sud des terres des Knox, le frère d'Anne mangeait tranquillement en compagnie de son épouse Odile et des notables du village. Alors qu'ils terminaient leur repas, un prêtre se présenta à la guérite. Les propos du nouveau venu étaient à ce point incompréhensibles que Jean dut se résoudre à le faire entrer. Quand on introduisit le religieux dans la grande salle, les discussions cessèrent entre les soldats et les invités, et les serviteurs eurent un bref moment d'hésitation à sa vue.

Le clerc était hystérique. Tout ce que Jean arriva à saisir, ce fut que la France venait de tomber sous l'emprise des démons de l'enfer. D'après le prêtre, ces monstres abjects avaient ramené avec eux un mal terrifiant : la peste. Des bourgs entiers sur les côtes avaient été ravagés par ce fléau. Toujours selon ses dires, une odeur nauséabonde empestait les lieux, car les habitants, dépassés par le nombre de morts, ne parvenaient plus à disposer des corps comme il se doit. Si bien qu'on trouvait plusieurs cadavres abandonnés sur place, livrés aux charognards, tandis que d'autres étaient enterrés dans d'immenses fosses communes, pêle-mêle, sans avoir reçu les derniers sacrements. Comme la maladie atteignait les gens au gré du hasard, la confusion la plus totale régnait dans les hameaux. Les paysans refusaient de travailler et se terraient dans leur misérable foyer. Des marchands désertaient leur commerce et s'enfuyaient, laissant femme et enfants derrière eux. Des marins désespérés cherchaient l'oubli en buvant abondamment dans les tavernes des ports.

Des indigents s'appropriaient les demeures de riches bourgeois décimés par cette calamité et trépassaient à leur tour dans des circonstances similaires. Une personne en parfaite santé pouvait décéder en peu de temps, quelques jours à peine. La méfiance prédominait partout. Certains croyaient même que la colère de Dieu s'abattait sur le peuple de France en guise de châtiment pour leur cupidité et leur barbarie.

À la fin du récit du prêtre, Odile se troubla et poussa un cri d'effroi. Ne désirant pas l'épouvanter outre mesure, Jean imposa le silence à l'homme d'Église. Par précaution, il ordonna qu'on l'enferme dans l'un des cachots en lui fournissant de la nourriture, des couvertures et des chandelles. Sans plus attendre, il se releva et dirigea sa jeune épouse par le coude, afin de l'aider à rejoindre leur chambre. La pauvre était d'une pâleur inquiétante et Jean craignit un bref instant pour la santé de l'enfant qui grandissait en son sein.

Alors qu'ils se retiraient, le clerc se dégagea avec une facilité déconcertante de l'emprise des gardes et s'élança vers eux. Saisi d'une folie soudaine, il se laissa tomber à genoux aux pieds de la châtelaine et se cramponna désespérément à ses vêtements. Tout en psalmodiant des propos incohérents, il baisa le tissu de son bliaud. Dans son délire, il semblait la confondre avec Marie, la mère du Seigneur tout-puissant. Ébranlée, Odile chercha en vain à se soustraire à sa poigne. Elle n'avait jamais rien vécu d'aussi effrayant. Tout en se signant, elle tenta une nouvelle manœuvre pour se libérer. De son côté, Jean empoigna le prêtre et le releva rudement. Avec colère, il le repoussa vers les soldats qui les avaient rejoints. Bertrand, l'époux de sa sœur aînée Louisa, vint lui prêter main-forte. Rapidement, l'homme fut neutralisé et traîné de force au cachot.

Sachant sa jeune épouse sur le point de défaillir, Jean la prit avec délicatesse dans ses bras et la mena à leur chambre. «Je donnerais bien n'importe quel prix pour que ma mère fut encore présente!» pensa Jean.

En fait, celle-ci avait quitté le château de Vallière la veille pour rendre visite à une parente en compagnie de Louisa et de la petite Myriane. Ayant des affaires urgentes à régler sur place, Bertrand n'avait pas accompagné son épouse et sa fille, lui permettant ainsi de discuter tranquillement avec Jean des conséquences de la guerre. De toute façon, il les savait en sécurité avec sa belle-mère, dame Viviane. De plus, une troupe imposante les escortait. D'ici trois semaines, tout ce beau monde serait de retour pour fêter l'arrivée imminente du futur seigneur de Vallière. Au demeurant, Anne et Joffrey devaient se joindre à eux pour l'occasion.

Jean en était à cette réflexion lorsqu'il laissa Odile aux bons soins de ses suivantes. Après s'être assuré qu'elle s'était calmée, il alla retrouver son beau-frère dans la salle commune. À sa demande, Bertrand le suivit jusqu'au cachot. En tant que seigneur de Vallière, il désirait en connaître davantage sur ce prétendu fléau qui menaçait ses métayers. Sitôt parvenu à la cellule du prêtre, celui-ci ne se fit pas prier pour leur décrire les effets de la maladie. Sa voix chevrotante accentuait l'ambiance lugubre. En apprenant que les pauvres malheureux atteints étaient recouverts de bubons purulents sous les bras et entre les cuisses, en plus d'être terrassés par une forte fièvre, Jean déglutit péniblement. «Pardieu! Quel cauchemar!» Une chose aussi horrible n'avait pas le pouvoir de s'abattre si subitement sur la France en enrayant des populations entières sur son passage! Avec une ferveur renouvelée, Jean quitta le cachot et se dirigea vers la chapelle du donjon afin d'implorer la clémence de Dieu.

⁓

◦⃝⃝◦

Une vingtaine de jours plus tard, dame Viviane arrivait aux grilles du château de Vallière avec son escorte, après une chevauchée harassante. Tous étaient fourbus et affamés. Même la petite Myriane, qui partageait la monture de sa mère, sommeillait contre la poitrine de celle-ci. Étrangement, tout comme le village, l'endroit semblait inhabité et une odeur abjecte flottait dans l'air. À peine avaient-ils aperçu sur le chemin quelques visages hagards derrière les fenêtres closes. Les rues du bourg étaient désertes, et un silence oppressant régnait. Malgré sa cape d'hermine qui la recouvrait et la préservait du froid mordant, dame Viviane frissonna. Jetant un rapide coup d'œil vers sa fille aînée, elle constata avec effarement son désarroi aussi total. Louisa lui retourna son regard et étreignit Myriane avec plus de force. L'enfant gémit faiblement, mais Louisa ne relâcha pas pour autant la pression de ses bras autour du petit corps frêle. La peur au ventre, elle avança jusqu'à la hauteur de sa mère. Une telle désolation imprégnait l'endroit que les soldats assignés à leur protection s'étaient rapprochés et les encerclaient afin de les prémunir de toute éventualité.

Ils patientaient devant la herse abaissée depuis quelques minutes lorsqu'une complainte déchirante brisa le silence lourd qui les enveloppait. Un désespoir si intense se dégageait de ces lamentations que Louisa en eut la chair de poule. Au même moment, un chevalier recouvert de pustules suintantes se présenta aux grilles. À sa vue, les deux femmes eurent un mouvement de recul. Lorsque l'homme reconnut les voyageurs, une profonde lassitude se dessina sur ses traits.

— Dame Viviane, passez votre chemin !

Devant l'expression confuse de la doyenne, il poussa un soupir atterré avant de s'adresser de nouveau à elle d'une voix tremblante.

— Ma dame, durant votre absence, un terrible fléau s'est abattu sur les habitants du château et du village. Vous devez quitter cet endroit maudit ! Ce sont là les ordres de votre fils ! Votre belle-fille, dame Odile, a rendu l'âme dans d'atroces douleurs il y a quelques jours déjà, emportant avec elle l'enfant à naître. Le seigneur de Vallière est effondré et très souffrant. Nous ignorons s'il survivra !

À ces mots, dame Viviane étouffa un cri et oscilla légèrement sur sa monture. Le guerrier sur sa gauche dut la retenir d'une main ferme afin de la soutenir. De son côté, Louisa avait considérablement pâli. Se tournant vers elle, le soldat la fixa de ses yeux injectés de sang.

— Je suis désolé, dame Louisa, mais vous devrez faire preuve de courage. Votre époux, le sieur Bertrand, est lui aussi gravement atteint. Il n'y a plus d'espoir pour lui. La maladie l'a ravagé et il ne passera fort probablement pas la nuit…

Horrifiée, Louisa hurla. « Non ! Bertrand ne peut me quitter ainsi ! » Résolue à le rejoindre, elle souleva sa fille et la déposa sans aucune hésitation entre les bras du chevalier qui se tenait sur sa droite. Personne n'eut le temps d'intervenir et de l'empêcher de commettre l'irréparable. Déjà, elle avait glissé en bas de sa monture et s'était précipitée vers la grille. Avant même que le soldat ne puisse esquisser un geste de retraite, elle l'avait empoigné avec énergie par son avant-bras, au travers des barreaux de métal. L'homme eut une expression affligée et baissa la tête d'accablement. En silence, il se dégagea de l'étreinte de Louisa et ordonna d'un ton morne de relever la grille afin de permettre à la malheureuse d'entrer dans l'enceinte du château. Louisa jeta un regard empreint de douceur sur sa mère et sa fille. Elle savait pertinemment qu'elle venait de sceller son destin en agissant de la sorte, mais elle n'avait pu se résoudre à laisser son époux s'éteindre seul. Si par malchance elle devait le rejoindre dans la mort, du moins leur enfant survivrait-elle. La herse se referma derrière elle dans un grincement sinistre.

— Je vous en prie, mère, ramenez Myriane auprès de sa tante. Si quelque chose de funeste devait m'arriver, je souhaite qu'Anne et Joffrey prennent soin d'elle. Entre leurs mains, elle sera en sécurité et entourée d'amour.

Comme dame Viviane demeurait pétrifiée sur place, Louise pressa ses paumes l'une contre l'autre.

— Je suis désolée! Ne m'en veuillez pas! Si Dieu le désire, nos chemins se croiseront de nouveau.

La gorge étreinte par une émotion intense, dame Viviane fit faire demi-tour à sa jument et quitta les lieux en silence. Sans hésitation, les hommes imitèrent son geste. Se rappelant soudainement qu'Anne et Joffrey devaient les rejoindre sous peu, elle releva la tête et s'élança au galop. Il fallait les intercepter avant qu'ils atteignent les abords du village. Elle devait au minimum préserver l'un de ses enfants de ce fléau. Portant un regard mélancolique sur la petite Myriane qui somnolait entre les bras rassurants du chevalier, son cœur se serra.

La troupe rattrapa finalement Anne et Joffrey le lendemain matin, à l'orée d'une clairière. À la vue des traits tirés de sa mère et de la présence de sa nièce, sans la compagnie de Louisa ou de Bertrand, Anne fut envahie d'un affreux pressentiment. À peine eurent-ils mis pied à terre que dame Viviane se précipita vers eux et étreignit Anne avec une vigueur presque désespérée. Alarmée, celle-ci se dégagea doucement et l'examina avec attention, notant au passage les cernes creux sous les yeux emplis de tristesse. Joffrey détailla le groupe avec diligence. À sa demande, un chevalier de son beau-frère s'avança et s'inclina avec déférence devant lui. Dame Viviane essaya d'éloigner sa fille des deux hommes, mais la châtelaine résista, troublée par cette situation pour le moins incongrue, et demeura auprès de son époux. Nerveux, le nouvel arrivant jeta un bref regard à dame Viviane, puis sur le seigneur de Knox. De plus en plus inquiète, Anne observa rigoureusement tous les soldats. Décidé à lever le voile sur tant de mystère, Joffrey se rembrunit.

— Chevalier, j'attends des explications concernant votre présence ici, tonna-t-il avec force, le faisant sursauter.

— Seigneur de Knox, nous arrivons du château de Vallière… et je dois vous avertir qu'un grand malheur s'y est abattu, lâcha-t-il d'une voix éteinte.

Le voyant hésiter, Joffrey s'impatienta. Ayant entendu par des marins de vagues rumeurs depuis quelque temps, il appréhendait ce qui suivrait.

— Parlez, que diable ! aboya-t-il avec brusquerie.

— Joffrey, faites preuve d'un peu plus de retenue envers ce pauvre homme, s'exclama aussitôt Anne d'un air sombre. Il semble épuisé et dépassé par les événements.

Joffrey se contraignit au calme et reporta son attention sur Anne. Avec sa finesse habituelle, elle avait déjà deviné que le soldat était porteur de mauvaises nouvelles. En apercevant son expression butée, Joffrey sut que rien ne l'empêcherait de connaître le fin mot de cette histoire. D'un mouvement sec de la tête, il fit signe au guerrier de poursuivre. Le malheureux déglutit avec peine en apercevant le visage dur et le corps tendu du seigneur. D'une voix enrouée, il les mit au courant des derniers événements survenus au château de Vallière.

Anne, qui était demeurée immobile durant tout le récit, ploya soudainement sous la vision des scènes d'horreur qui s'imposaient à son esprit. Joffrey la rattrapa avant qu'elle ne s'effondre. En la soutenant, il l'entraîna vers un ruisseau qui s'écoulait non loin de là. Sur place, il trempa un coin de sa cape dans l'eau glaciale et entreprit de la rafraîchir en humectant ses tempes et son cou. Anne frissonnait tout contre lui et tentait bravement de retrouver le contrôle de ses sens. Mais incapable de se contenir plus longtemps, elle éclata en sanglots. Joffrey l'étreignit avec force. Ses craintes étaient maintenant fondées. Il devrait agir en fonction de ces dernières informations. Étant donné que le château des Knox se trouvait à l'embouchure d'un port important, il faudrait mettre Anne et les enfants à l'abri pour un certain temps. Il se doutait bien que les villages portuaires seraient plus durement touchés que ceux isolés de tout. Le réseau commercial constituait un moyen par excellence pour transmettre la maladie.

Il enverrait donc Anne très loin vers l'est, dans un cloître de second ordre qui se situait à l'intérieur des terres. Il ne souhaitait prendre aucun risque la concernant, surtout qu'elle était de nouveau enceinte. Il s'occuperait lui-même d'aller chercher Charles-Édouard et Marguerite au donjon.

Toutefois, il lui faudrait user de ruses, car Anne n'accepterait jamais de son plein gré d'abandonner ses enfants derrière elle. Elle voudrait assurément partir avec lui, mais il s'y refusait. «Comment la convaincre du bien-fondé de ma décision?» Lançant un coup d'œil furtif vers dame Viviane, il songea qu'il bénéficierait peut-être là d'une alliée.

⋘❖⋙

La noirceur avait envahi la forêt et la lune se dissimulait derrière de lourds nuages, alors que les étoiles demeuraient invisibles. Après l'annonce des événements dramatiques survenus au château de Vallière, Joffrey avait réquisitionné la cabane rudimentaire d'un pauvre paysan pour Anne, dame Viviane et la petite Myriane. Il constata heureusement qu'Anne était trop accaparée par les pleurs de la fillette qui réclamait sans cesse sa mère pour remarquer ses va-et-vient vers la grange située à l'écart de la maisonnette. En effet, Joffrey s'y entretint longuement avec le chevalier de Dumain et quelques-uns de ses hommes.

Plus tard en soirée, Joffrey s'engouffra dans la chaumière d'un pas rapide et nota avec impatience que sa belle-mère semblait toujours murée dans un silence funèbre, alors qu'Anne berçait Myriane afin de tenter de l'endormir. Il eut une pensée chaleureuse pour la fillette âgée d'à peine un an qui avait tout perdu en si peu de temps. En tressaillant, il songea à ses propres enfants, qui auraient très bien pu se retrouver dans cette même situation. Tout en contemplant son épouse, son regard s'emplit d'inquiétude. Les charges s'alourdissaient considérablement pour elle, et il appréhendait quelque peu l'avenir. Anne devrait désormais, en plus de son rôle de châtelaine et de sa nouvelle grossesse, assurer la responsabilité de trois bambins en bas âge. Aux tourments de la guerre se rajoutaient à présent ceux reliés à ce fléau mortel.

Prenant conscience que Joffrey l'observait, Anne lui sourit faiblement et se releva. Elle installa la petite, maintenant endormie, sur la paillasse de fortune. Puis elle se dirigea vers sa mère et l'invita avec douceur à la suivre. Elle lui fit faire une toilette sommaire, l'aida à se dévêtir et l'incita à prendre place sur la couche que Joffrey lui avait préparée avec soin. Lasse et fourbue, Anne rejoignit par la suite son époux et se blottit avec bonheur contre son torse. Joffrey l'entoura de ses bras avec amour et déposa un baiser chargé de tendresse sur sa tête. En silence, il la souleva dans les airs et la conduisit jusqu'à leur lit. Anne s'abandonna, le cœur chaviré par le chagrin qui la tenaillait.

Une fois installés, Joffrey plongea son regard dans celui d'Anne. Son expression grave et soucieuse l'alerta. La sentant se raidir tout contre lui, il se releva sur un coude. Machinalement, il traça du bout des doigts des arabesques sur sa hanche pleine.

— Anne, j'ai décidé que tu partirais à l'aube avec ta mère et Myriane. Tu iras vers l'est, en direction d'un humble monastère qui se trouve sur nos terres. Tu y seras escortée par le chevalier de Dumain et plusieurs de nos hommes. Pour ma part, je retournerai avec quelques soldats au château. J'aviserai la population et les paysans de la menace qui pèse sur eux. Par la suite, je te rejoindrai avec Charles-Édouard et Marguerite.

La voyant esquisser un geste dans sa direction, prête à contester sa décision, il se rembrunit.

— Je ne souffrirai aucune opposition de ta part Anne. Tu obéiras en tout point à mes ordres, lâcha-t-il durement, le regard impitoyable.

Le visage d'Anne se referma. Il y avait belle lurette que Joffrey ne s'était pas adressé à elle sur un ton aussi intransigeant. À cette idée, elle se cabra.

— Eh bien, vous vous trompez, monseigneur, si vous croyez que je me soumettrai sans réagir. Il est hors de question que j'abandonne mes enfants. Je viendrai avec vous.

— Non, Anne ! Tu devras t'incliner cette fois-ci. En ce moment, mes hommes surveillent la chaumière, advenant le cas où tu déciderais de filer durant mon sommeil. Soit assurée que, s'il le faut, je n'hésiterai pas à te ligoter sur ta monture…

— Soudard ! s'écria-t-elle avec force, tout en le martelant de ses poings. Vous ne pouvez pas m'écarter ainsi ! Je suis concernée tout autant que vous. Je m'oppose au fait que vous me laissiez derrière. Charles-Édouard et Marguerite auront besoin de moi. Je dois vous accompagner !

— Que ce soit clair, Anne, tu obtempèreras ! eut-il pour toute réponse.

— Dans ces conditions, sortez d'ici ! Regagnez la grange et allez y rejoindre vos soldats. Je refuse de dormir à vos côtés, siffla-t-elle avec hargne.

Sans lui porter plus de considération, Joffrey roula sur le dos et l'ignora. Malgré ses yeux fermés, tous ses sens demeuraient en alerte. Anne fulminait sur sa droite et ne semblait pas vouloir abdiquer. Exacerbée par l'attitude de son mari, la jeune femme se redressa avec énergie et tenta de le repousser hors du lit à l'aide de ses pieds. Las de ce courroux et désireux de mettre un terme à leur désaccord, Joffrey se retourna et la fit choir rudement sur le matelas de fortune. Puis, la recouvrant de son corps massif, il lui emprisonna les poignets au-dessus de la tête et la fixa avec intensité. En s'appuyant sur ses coudes, il prit soin de répartir son poids afin de ne pas l'écraser. Anne était à sa merci et elle détestait cela. Révoltée, elle le foudroya du regard. Joffrey s'assombrit en apercevant son expression enflammée.

— Je sais que tu es furieuse. Cependant, tu dois comprendre que ta sauvegarde m'est plus précieuse que tout le reste. Tu peux m'abhorrer autant que tu veux si cela peut te soulager un tant soit peu, mais je ne change- rai pas ma décision pour autant.

Consciente de son impuissance, Anne donna un violent coup de reins dans une vaine tentative pour se dégager. Pour toute réponse, Joffrey l'embrassa avec rudesse, tout en la plaquant impitoyablement contre la paillasse. Quand il la relâcha enfin, Anne haletait péniblement. Le corps en feu et l'esprit en déroute, elle se roula en boule sur le côté dès qu'il la libéra et sanglota en silence. La dureté de Joffrey à son endroit la blessait tout autant que son inflexi- bilité. Partagée entre la colère et l'inquiétude, elle resta longtemps éveillée et crispée. Elle ne trouva le sommeil que tard dans la nuit. Joffrey, pour sa part, demeura aux aguets jusqu'aux premières lueurs de l'aube, déchiré par son amertume. Lorsqu'Anne fut endormie, il l'attira à lui avec douceur. D'instinct, elle se blottit contre son flanc.

Le lendemain matin, Anne se réveilla en sursaut, les yeux gonflés d'avoir tant pleuré. Joffrey était déjà sorti préparer la troupe. Quand elle vint à sa rencontre, elle affichait un air revêche. Joffrey pressentit dès lors qu'elle ne lui faciliterait pas la tâche. S'avançant dans sa direction, il la saisit sans équivoque par le coude et l'entraîna à l'écart. Dès qu'ils furent hors de portée de voix des hommes, il l'apostropha avec brutalité. Anne essaya de se dégager de son emprise, ce qui eut pour effet d'exaspérer davantage Joffrey. La maîtrisant fermement par les cheveux, il l'obligea à relever la tête et chercha son regard. La jeune femme cilla à la vue de son visage ravagé par l'angoisse.

— Bon sang, Anne! Tu finiras par me rendre fou! Ne peux-tu comprendre mon souci? Trop d'événements désastreux se sont succédé depuis la dernière année…, lâcha-t-il d'une voix meurtrie. Je ne peux prendre le risque de t'emmener.

Abasourdie, Anne se figea. Cette soudaine vulnérabilité chez Joffrey la déstabilisait. Profitant de cette confusion, il termina d'un ton impétueux:

— Je ne supporterai pas qu'il t'arrive malheur de nouveau, et encore moins de te perdre…, chuchota-t-il à son oreille en l'étreignant avec force.

Vaincue par le désarroi de son époux, Anne secoua la tête et ses épaules s'affaissèrent. Que pouvait-elle répondre face à un tel appel désespéré? Comment le détester et lui en vouloir dans de telles conditions?

— Vous êtes déloyal, Joffrey de Knox…, lança-t-elle dans un souffle.

— Je sais… Mais avoue que tu ne m'as guère laissé de choix! eut-il pour toute réponse, en affichant une expression navrée. Je devais m'assurer que tu obtempérerais à ma demande. Je te connais trop bien, ma chère, la sermonna-t-il avec affection, tout en déposant un tendre baiser sur son front.

— Soit, je me plierai pour l'instant à vos ordres, mais je n'oublierai pas de quelle façon vous m'avez manipulée! répliqua-t-elle d'une voix débordant de tristesse.

— Je n'en attendais pas moins de vous, ma dame! rajouta Joffrey d'un ton frondeur. Toutefois, je demeure inquiet à votre sujet. À voir votre air belliqueux, j'appréhende le pire.

Tout en grognant, Joffrey la fixa longuement et chercha à déchiffrer ses pensées. Cette petite impudente possédait une force de caractère qui dépassait l'entendement. En même temps, elle dégageait une vulnérabilité à faire damner un saint. Elle bouillonnait d'une énergie sauvage et n'hésitait pas à le remettre à sa place d'un seul regard. Encore aujourd'hui, il ne comprenait toujours pas comment elle avait réussi à percer ses défenses et à prendre le contrôle de son cœur. Cependant, elle avait parfois l'habileté particulière de l'exacerber à un point tel qu'il craignait alors pour son équilibre mental. «Crénom de Dieu! Je ne connaîtrai pas de tranquillité d'esprit! Elle serait bien capable de fausser compagnie à mes hommes et de regagner le château...» L'unique moyen de s'assurer de sa collaboration serait sans conteste de l'attacher à sa monture, pieds et poings liés, mais il s'y refusait, même s'il l'en avait menacée.

Devinant la raison de ses tourments, à la façon dont il la détaillait, Anne s'en félicita. «Bien fait pour lui», songea-t-elle avec une certaine satisfaction. Joffrey devait comprendre que, même s'il était son époux, elle n'en demeurait pas moins maîtresse de sa propre vie. Jamais elle n'accepterait de s'assujettir au joug d'un homme, fut-il le roi de France ou d'Angleterre. Elle avait payé trop cher sa liberté pour agir différemment. Forte de cette conviction, elle daigna s'emparer alors de la main que lui tendait Joffrey.

Soupçonneux, celui-ci resserra son emprise sur les doigts fins et plongea ses prunelles sombres dans les siennes. Tout en fouillant jusqu'au plus profond de son âme, il l'attira à lui. Anne soutint tranquillement son regard.

— Vous m'avez donné votre parole, ma dame! Ne l'oubliez pas!

— Je n'ai rien fait de tel, monseigneur! Tout au plus ai-je consenti, pour un temps, à suivre vos recommandations.

— Bon sang, Anne! Nous venons d'avoir cette discussion, et je t'ai exposé clairement les faits.

— Et je vous ai écouté, Joffrey! N'exigez pas plus de moi, car c'est tout ce que j'accepterai de vous concéder.

L'espace d'un instant, Joffrey fut tenté de lui administrer une correction exemplaire afin de briser sa résistance.

— Si tu refuses de te soumettre à mes conditions, du moins songe au petit qui grandit en toi.

— Croyez-vous vraiment que je mettrais la vie de notre enfant en danger? cracha-t-elle avec colère.

— Ce n'est pas ce que j'ai voulu dire, Anne. Je souhaite uniquement que tu réfléchisses avant d'entreprendre quoi que ce soit de hasardeux.

Piquée à vif, elle retira sa main de la sienne et le fusilla d'un regard incendiaire avant de lui tourner le dos. Alors qu'elle s'apprêtait à grimper sur sa monture, Joffrey la retint avec fermeté par la taille et l'incita à se retourner vers lui. Devant son expression courroucée, il soupira.

— Pardieu, Anne! Ne le prends pas ainsi! Je n'avais nullement l'intention de te blesser ou de te porter préjudice par mes propos. Tout ce que je désire, c'est que tu sois en sécurité le plus rapidement possible. Ne peux-tu donc le comprendre?

— Au contraire, je saisis très bien, monseigneur. Vous craignez pour la vie de notre enfant et vous vous méfiez de moi, eut-elle pour toute réponse.

Le ton cinglant et mordant d'Anne n'échappa pas à Joffrey. Exaspéré, il se passa une main dans les cheveux avec nervosité. Comment s'y était-il pris pour que la situation dégénère à ce point? De guerre lasse, il la secoua avec rudesse par les épaules.

— Tu as tout faux, Anne! Ce n'est pas de ton cœur ou de ton âme que je me méfie, mais de ta témérité. J'appréhende seulement que tu fasses les mauvais choix.

— Il suffit, maintenant! J'en ai assez entendu! À présent, lâchez-moi! déclara-t-elle avec froideur.

Sur le point de perdre le contrôle de ses émotions, Joffrey la relâcha abruptement et s'éloigna d'une démarche austère.

— Soit, ma dame, je vous libère de ma personne. Mais n'oubliez pas, je vous ai donné des ordres très précis que vous respecterez. Dans le cas contraire, ma colère sera terrible et je n'hésiterai pas à vous corriger s'il le faut.

À ces mots, Anne pinça les lèvres et releva le menton en signe de défi. Puis elle grimpa sur sa monture. Le corps raide, elle éperonna sa jument sans lancer un seul regard vers lui. Joffrey jura abondamment devant cette conduite insolente. Le chevalier de Dumain secoua la tête, désapprobateur, et se lança à son tour, suivi de Viviane et Myriane. Furieux, Joffrey assena un violent coup de poing au mur de la chaumière, avant de se diriger vers son destrier.

— Satanée bonne femme…, maugréa-t-il pour lui-même.

Envahi par un pressentiment étrange, il fut tenté un bref instant de foncer à la suite d'Anne. Il détestait l'idée de se séparer d'elle en d'aussi mauvais termes. Mais son orgueil démesuré l'en empêcha. Il fit cabrer son étalon et se précipita dans la direction opposée. Une pointe de culpabilité persista néanmoins au tréfonds de son cœur.

⚜

La route était longue et harassante. Torturée par les remords, Anne n'avait pas réussi à trouver le sommeil lors de leur escale dans une ferme isolée la nuit dernière. Elle regrettait amèrement ce qui s'était passé. Joffrey et elle avaient été insensés de permettre à leur rancœur de les éloigner ainsi. Elle savait pourtant qu'il ne voulait que son bien, mais il avait parfois une façon particulière de régenter sa vie qui la hérissait. Mais tel était Joffrey : un homme intransigeant et impérieux. Cela faisait de lui un guerrier redoutable et un chef sans pareil. Néanmoins, depuis son abdication auprès du roi de France, il avait su contenir son tempérament impétueux afin de la ménager. Jusqu'à leur séparation la veille. Tout en poussant un profond soupir, elle se frotta les yeux dans une vaine tentative pour chasser ses tracas.

Consciente du trouble de sa fille, Viviane fit avancer sa monture à sa hauteur. Perdue dans ses songes, Anne prit un certain moment avant de remarquer la présence à ses côtés. Se tournant dans sa direction, elle afficha un sourire triste. Ayant retrouvé la maîtrise de ses propres émotions, dame Viviane déposa une main réconfortante sur l'avant-bras de sa fille.

— Le temps effacera les propos cruels que vous avez eus l'un envers l'autre. Ne désespère pas, Anne ! Lorsque ton époux nous rejoindra avec les petits, plus rien ne subsistera de cette mésentente. En attendant, tu dois te ressaisir et laisser derrière toi la culpabilité. Un plus grand mal nous guette au détour du chemin. Il faudra faire preuve d'une extrême vigilance.

Pour toute réponse, Anne acquiesça faiblement de la tête et reporta son attention sur le paysage avoisinant. Sa mère avait raison. Elle devait regarder vers l'avant et se concentrer sur ce qui était à venir. Elle ne pouvait se permettre de dépenser son énergie en regrets.

Prévenue de leur arrivée par un éclaireur, la dame abbesse se trouvait déjà à l'entrée du portail pour les accueillir. Consciente de la gravité de la situation, elle n'opposa aucune objection lorsque les soldats et les chevaliers installèrent un campement provisoire aux abords du monastère.

Remarquant que les voyageurs semblaient fatigués, la mère supérieure fit conduire les femmes à leurs quartiers. Avec un soulagement évident, Anne s'assit sur le matelas rudimentaire de sa chambre. À sa demande, un lit de fortune avait été aménagé dans sa cellule afin de garder Myriane à ses côtés. La petite avait été perturbée par les derniers événements et s'accrochait désespérément à sa tante. Elle acceptait la présence familière de sa grand-mère et celle du chevalier de Dumain qui l'avait prise en croupe avec lui sur son destrier. Mais là s'arrêtait le cercle de personne qui pouvaient l'approcher.

Fourbue après une si longue chevauchée, Anne se massa le bas du dos et toucha à peine au léger goûter qui leur avait été servi. Elle déshabilla Myriane et la coucha pour la nuit. Tendrement, elle déposa un baiser sur son front et lui sourit avec douceur. La fillette enroula ses bras potelés autour du cou de sa parente et frotta son visage dans ses cheveux. La gorge étreinte par l'émotion, Anne la pressa contre son cœur une dernière fois et s'éloigna en silence. Elle se refusait encore à songer à la disparition subite de sa sœur et de son frère, ainsi qu'à leur compagne et compagnon respectif. Plus tard, lorsque tous ceux qu'elle aimait seraient en sécurité, elle s'autoriserait à les pleurer. Avec un soupir, elle jeta un regard lourd de sommeil sur son lit. Que n'aurait-elle pas donné pour s'y glisser immédiatement et oublier ! Aussi impératif que fût son désir, elle devait tout d'abord discuter avec l'abbesse des dispositions à prendre.

⁓✤⁓

Depuis une semaine, les jours s'écoulaient avec lenteur, et leur inaction forcée commençait à influer sur l'humeur d'Anne. Par bonheur, Myriane faisait preuve de plus en plus d'assurance et acceptait désormais que les religieuses du cloître l'approchent, ce qui facilitait les repas en leur compagnie. Conscient de l'état de la châtelaine, le chevalier de Dumain lui avait permis de faire de brèves chevauchées dans les environs. Malgré l'air vif et piquant en ce début de décembre, elle prenait plaisir à ces promenades, trouvant là un exutoire à sa frustration. Partagée entre ses obligations auprès de sa nièce, ses excursions dans la campagne avoisinante et ses entretiens avec sa mère, elle s'occupait sans répit. Mais une sourde inquiétude la gagnait. Joffrey aurait dû déjà se manifester. Cela ne pouvait signifier qu'une seule chose : un incident grave était survenu au château.

Au moment où Anne s'apprêtait à envoyer un messager au château de Knox, une troupe de soldats fut repérée à quelques lieues du cloître. Il s'agissait en fait d'une escorte qui accompagnait la vieille Berthe, Pétronille, Crisentelle, Melisende ainsi que la petite Marguerite. Mais Joffrey et Charles-Édouard ne figuraient pas parmi eux. Une crainte irraisonnée envahit Anne. Préoccupée à son tour, dame Viviane vint se poster à la droite de sa fille et lui étreignit l'épaule afin de lui apporter son soutien. Les jambes tremblantes, Anne parvenait difficilement à demeurer debout, alors que son cœur battait avec force contre sa poitrine. « Sainte mère de Dieu ! murmura-t-elle. Je vous en supplie, faites qu'ils ne soient pas morts ! Par pitié ! Tout, mais pas ça… » Arrivant à leur hauteur, Crisentelle fut la première à s'apercevoir de l'expression tendue de la châtelaine. Devinant tout de ses tourments, elle glissa de la monture et se dirigea aussitôt vers elle.

— Ils sont vivants, ma petite, et en parfaite santé ! annonça-t-elle sans ambages en s'emparant des mains frigorifiées de son amie.

Anne chancela et un sanglot de soulagement s'étrangla dans sa gorge. De Dumain la rattrapa et la soutint avec douceur.

— Mon Dieu… Ils sont en vie ! déclara-t-elle en s'accrochant à la manche de son compagnon. Merci, Seigneur…

Incapable de se contenir, elle appuya son front contre le torse du vieux chevalier et inspira profondément. Bouleversé, de Dumain serra brièvement la jeune femme entre ses bras et tapota avec maladresse son dos. En toussotant, il chercha de l'aide auprès de Crisentelle. Ayant pitié de lui, celle-ci se pencha vers Anne.

— Tu dois te reprendre, lui murmura-t-elle à l'oreille, en posant une main apaisante sur ses cheveux. Ne te laisse pas aller ainsi devant tes gens.

— Au diable les convenances, Crisentelle ! Je n'ai que faire du protocole, s'enflamma Anne en relevant fièrement la tête. Joffrey et Charles-Édouard sont vivants… c'est tout ce qui compte à mes yeux. Le reste n'a pas d'importance !

— J'en suis fort aise ! Dans ce cas, va accueillir ta fille comme il se doit, poursuivit joyeusement Crisentelle.

À la pensée de retrouver Marguerite saine et sauve, Anne essuya avec discrétion les quelques larmes qui perlaient à ses cils et rejoignit la troupe. À l'arrivée de la châtelaine, Pétronille lui tendit la fillette emmaillotée. Anne cueillit Marguerite avec bonheur et posa un doux baiser sur son front, tout en la contemplant avec ravissement. La petite geignit et soupira avant de se rendormir. La jeune mère sourit malgré son désarroi, le cœur allégé d'un poids énorme. Fermant les yeux brièvement, elle inspira l'odeur si particulière de la gamine et caressa avec tendresse ses joues potelées.

Maintenant qu'elle était rassurée sur le sort de sa fille, elle devait savoir ce qui avait retardé Joffrey et Charles-Édouard. Elle chercha des yeux une personne qui pourrait la renseigner et elle remarqua la présence du chevalier de Gallembert au sein du groupe. Ce dernier accompagnait

Joffrey dans tous ses déplacements, même au combat. Elle redonna donc Marguerite à Pétronille et s'avança résolument dans sa direction.

— Chevalier de Gallembert, qu'en est-il de mon mari et de mon fils, je vous prie ?

— Eh bien, ma dame ! Au moment du retour du seigneur de Knox au château, vos gens ont été pris d'une frayeur irraisonnée à l'annonce du fléau qui les guettait. La situation s'est rapidement détériorée. Les manants ont fui dans la plus complète confusion, bousculant tout sur leur passage, sans égard pour personne. Alors que nous tentions de les contenir et de les ramener à l'ordre, le petit Charles-Édouard a été entraîné dans cette folie démentielle. En fait, il a été blessé à la jambe en trébuchant dans un escalier. Par bonheur, il n'était qu'à deux marches du palier. Le sieur Sédrique l'a immobilisé sans délai, mais il refusait d'envisager tout déplacement pour l'enfant dans les jours à venir. Notre seigneur est donc demeuré avec lui, mais il vous prie de ne pas vous affoler, car votre fils se remet promptement de sa mésaventure.

— Dieu du Ciel ! A-t-il subi d'autres préjudices en conséquence de cet épisode malheureux ? Et que sont devenus les habitants du château ? Quand mon époux doit-il nous rejoindre ?

Mal à l'aise sous ce flot de questions, le chevalier s'agita sur sa monture. Se raclant la gorge, il fixa son interlocutrice avec hésitation.

— Soyez rassurée, ma dame, votre fils n'a souffert que de légères égratignures au bras droit et à la joue gauche, mais rien d'inquiétant. Pour le reste, je ne sais que vous répondre. En réalité, la plupart de vos gens ont fui dans les bois ou ont trouvé refuge chez des parents dans les fermes isolées. Le village est presque désert et le seigneur de Knox doit continuellement organiser des patrouilles pour éviter que des pillards sans scrupules ne ravagent le bourg. Quant à l'équipage du *Dulcina*, il demeure à bord du bateau et surveille le port. Il subsiste peu de soldats valides pour garder les fortifications ; c'est pourquoi le seigneur de Knox prévoit rester au donjon... avec votre fils. Si la situation venait à dégénérer, votre époux envisagerait alors de quitter les lieux avec le petit. Dans le cas contraire, il défendra les terres de Knox contre tout envahisseur. Ne désirant pas retarder le départ de votre fille, il nous envoya pour les escorter jusqu'à vous. Mais nous devons regagner la forteresse maintenant. Vous avez déjà suffisamment de guerriers sur place pour assurer votre protection.

— Non…, s'écria Anne, face à ce coup du sort. Je retournerai au château avec quelques hommes et je ramènerai moi-même Charles-Édouard. Je refuse qu'il demeure là-bas, alors qu'un conflit se prépare.

— Il n'en est pas question, ma dame ! se rebiffa de Gallembert. En outre, j'ai des directives rigoureuses à suivre. Que vous le vouliez ou non, les ordres du seigneur de Knox indiquent que vous resterez au cloître. Il vous rappelle d'ailleurs que vous lui avez fait une promesse à ce sujet.

Ulcérée, Anne lui tourna le dos et s'éloigna, le corps frémissant d'une colère à peine contenue. Crisentelle fila derrière elle, suivie de près par Berthe. Anne les arrêta toutefois d'un geste sec. Elle avait besoin de se retrouver seule pour se calmer. « Comment Joffrey peut-il exiger une telle abnégation de ma part ? » Elle ne pourrait jamais accepter de gaieté de cœur que son fils soit ainsi exposé au danger. Elle aurait aisément pu se joindre à la troupe du chevalier de Gallembert avec de Dumain et trois ou quatre soldats aguerris afin de retourner au donjon, et revenir par la suite au monastère avec sa propre escorte. Elle ne courait pas vraiment de risques à traverser les terres des Knox. Dans ce cas, pourquoi Joffrey s'entêtait-il à refuser toute tentative dans ce sens ?

Quelque peu en retrait, Rémi le fourbe, qui se trouvait parmi le groupe nouvellement arrivé, jubilait. Par son attitude, la dame de Knox venait de lui fournir le mobile parfait pour masquer ses plans. Au petit matin, lorsque les gens découvriraient qu'elle avait disparu, personne n'envisagerait qu'elle ait pu être enlevée. Tous croiraient à tort qu'elle avait fui pour regagner la forteresse afin de retrouver son fils. Cela leur donnerait une avance considérable. Par chance, dans la confusion générale, personne ne fit attention à lui et sa satisfaction passa inaperçue.

꧁✿꧂

Anne arpentait sa cellule rudimentaire, en proie à une agitation grandissante. Elle reconnaissait que Joffrey n'agissait pas à la légère, cependant elle ne parvenait pas à accepter cette décision et souffrait de savoir son fils en un endroit qui risquait de devenir la proie des pilleurs et des Anglais. Joffrey serait incapable d'assurer à tout instant la protection de Charles-Édouard, surtout en cas de siège. Elle avait si peur pour Charles-Édouard et pour Joffrey ! « Seigneur ! Il doit certainement exister un moyen de le ramener en lieu sûr… Mais lequel ? » Ayant alors une pensée pour l'enfant qui se développait en son sein, elle porta la paume à son ventre.

Pendant ce temps, Melisende arrivait près de la chambre de sa maîtresse, au détour d'un couloir sombre et humide.

Elle faillit laisser tomber son plateau de victuailles en constatant la mine sinistre de l'énergumène qui se trouvait posté là. «Que diable cet étranger fabrique-t-il dans un monastère réservé uniquement aux femmes? Quel sacrilège!» Quelque chose chez cet individu la rendait nerveuse et l'effrayait. Déglutissant avec peine, elle s'avança d'une démarche hésitante vers l'inconnu, les mains légèrement tremblantes. De son côté, Rémi se délectait de la frayeur évidente de la jeune suivante. Se redressant de toute sa hauteur, il s'imposa à elle. Il ne rechignerait pas à s'amuser un peu avec cette petite, somme toute mignonne.

Sans vergogne, il la détailla avidement de son regard bleu acier et lui barra le chemin. Puis il l'accula dans un coin obscur, un sourire de prédateur sur les lèvres. Melisende laissa échapper un faible cri et roula des yeux affolés devant la témérité et l'inconvenance du soldat. Tout à coup, un bruit de pas retentit dans le couloir et mit fin au manège. Avec nonchalance, Rémi remonta son capuchon sur sa tête, couvrant en partie son visage, et recula avec lenteur, de façon à libérer la voie. Melisende en profita pour se défiler.

Les gonds de la porte qui grinçaient firent sursauter Anne. Avec vivacité, elle leva brusquement les yeux et posa la main sur son cœur en remarquant l'expression apeurée de la jeune fille qui venait d'entrer.

— Melisende, qu'y a-t-il? s'inquiéta-t-elle.

Contre toute attente, celle-ci se renfrogna en refermant derrière elle. Anne s'approcha d'elle avec l'intention évidente de la questionner de nouveau, mais le battant s'ouvrit avec brusquerie, livrant passage à Rémi. En avisant la présence de l'étranger dans l'embrasure, Anne adopta une attitude circonspecte. Elle ne se rappelait pas avoir déjà croisé cet inconnu au château, ce qui l'alarma. En constatant que son arrivée suscitait une réaction vive chez la dame de Knox, Rémi afficha un rictus cynique et se campa sur sa position avec arrogance.

Un frisson transperça Anne. Mal à l'aise, elle recula. Une aura maléfique se dégageait de l'homme devant elle.

— Est-ce moi qui vous rends si nerveuse, ma dame? demanda Rémi d'une voix faussement amicale.

Ce sourire, cette voix… Inapte à prononcer la moindre parole, Anne hocha la tête en signe de négation. Alors que Melisende s'apprêtait à se rapprocher de sa maîtresse, Rémi l'empoigna avec rudesse par le bras et la ramena vers lui. Tout en la bâillonnant de sa paume, il tira une dague de sa ceinture et appuya la lame sur le cou de la jeune servante.

— Un mot, et je tranche la gorge de cette malheureuse, lâcha-t-il avec froideur.

Anne pressentait qu'il n'hésiterait pas un seul instant à mettre sa menace à exécution. Elle fixa son regard sur Melisende afin de la rassurer, et sur l'étranger par la suite. Incapable de discerner clairement les traits de l'individu dans la pénombre, elle s'empara d'un bougeoir et s'avança vers lui tout en réfrénant la panique qui la gagnait. Malgré sa démarche incertaine, elle s'obligea à afficher une expression impassible. Pourtant, elle ne put réprimer un sursaut en croisant les iris bleu acier à la lueur de la flamme. «Ciel! Ce sont les mêmes yeux que Joffrey, à la différence près qu'une étincelle cruelle se reflète dans ceux-ci.» Demeurant sur ses positions, elle détailla son vis-à-vis attentivement. Et c'est avec un malaise grandissant qu'elle nota le menton volontaire et la carrure similaires à ceux de son époux. N'osant croire à ce qu'elle voyait, Anne pressa sa paume libre contre sa poitrine.

Face à l'ahurissement de la dame de Knox, Rémi comprit qu'elle avait deviné sa véritable identité. Depuis qu'il s'était introduit au château en se faisant passer pour un chevalier en quête d'un seigneur à servir, personne n'avait soupçonné son lien avec Joffrey de Knox ni remarqué leur ressemblance. Certains l'avaient considéré avec curiosité, en cherchant à déterminer pourquoi il leur semblait si familier, mais sans plus. Sa conduite exemplaire l'avait fait rapidement entrer dans les bonnes grâces du chevalier de Coubertain. En ces temps incertains, celui-ci manquait cruellement d'effectifs pour assurer la défense de la forteresse. Rémi avait évité de croiser la route de Joffrey et dissimulé l'estafilade qu'il avait au thorax pour ne pas se trahir, car cette blessure lui avait été infligée par le seigneur de Knox lui-même à Roche-Derrien, lors de ce fameux combat à la lueur des flambeaux.

Revenant au présent, il fixa avec attention la châtelaine. Il n'était pas du tout surpris que cette garce ait fait un rapprochement entre Joffrey et lui. Après tout, n'était-il pas son époux ? Elle le connaissait mieux que quiconque. Comme pour confirmer ses doutes, Anne l'apostropha d'une voix blanche :

— Qui êtes-vous exactement ?

— Nul besoin de jouer les innocentes avec moi, dame de Knox. Vous avez deviné mon identité à l'instant même où vos yeux se sont posés sur moi.

— Je ne comprends pas… Joffrey n'a aucune famille…, murmura-t-elle dans un souffle.

Rémi renâcla cyniquement, arrachant un frisson à Anne.

— Il est vrai que mon géniteur ne m'a jamais reconnu. En définitive, je ne suis qu'un vulgaire bâtard. Un parmi tant d'autres, probablement, car Merkios de Knox ne se privait pas pour retrousser les robes de toutes les pauvresses qui avaient le malheur de croiser sa route, cracha-t-il avec dédain.

— Oh, mon Dieu! s'exclama Anne en pâlissant.

— Point n'est besoin de faire semblant de compatir à mon triste sort, ma dame. Il y a belle lurette que j'ai tourné la page. Je n'ai pas à me plaindre, tout compte fait, puisque j'ai eu le privilège de recevoir un entraînement de chevalier, et cela, en dépit de mes origines douteuses et de ma condition.

Devant l'incrédulité de la jeune femme, il s'esclaffa avec dérision. Sa situation était effectivement plutôt inusitée.

— J'ai été le premier enfant dont Merkios a eu connaissance. Étant un garçon, je possédais un certain intérêt à ses yeux, mais pas suffisamment néanmoins pour qu'il me reconnaisse et fasse de moi son héritier légitime, poursuivit-il d'un ton neutre, en haussant les épaules avec négligence.

Suspicieuse, Anne se raidit et le détailla avec méfiance, cherchant à lire jusqu'au plus profond de son âme. «Décidément, cette garce semble plus perspicace que je ne le croyais de prime abord.» Il devrait se montrer très convaincant pour la forcer à le suivre docilement.

— Je suis conscient que plusieurs questions se bousculent dans votre tête, ma dame, mais le temps presse. Si je désire remplir ma part du contrat auprès des Anglais, il me faut vous faire sortir d'ici sur-le-champ.

— Et vous pensez réellement que je m'exécuterai sans protester ?

— Tout le monde a ses faiblesses… Et la vôtre réside dans votre sensibilité envers autrui…

Au moment où il prononçait ces paroles, il trancha la gorge de Melisende sans aucune émotion. Les yeux de la jeune servante s'agrandirent d'effroi, puis tout signe de vie disparut. Anne s'étrangla lorsque les doigts de Rémi se refermèrent sans pitié sur sa trachée.

— Je vous conseille de vous taire, ma dame, susurra-t-il avec flegme contre son oreille.

Avec peine, Anne hocha la tête. Dès que la pression se relâcha, elle porta une main à sa bouche et étouffa un sanglot à la vue du corps inerte de Melisende. La mare de sang qui s'était formée autour du visage, ainsi que l'odeur métallique qui imprégnait l'air, lui soulevèrent l'estomac. Réfrénant de justesse un haut-le-cœur, elle se détourna de cette horrible vision. Indifférent à son accablement, Rémi l'interpella avec brusquerie.

— Écoutez-moi bien, maintenant. Je n'hésiterai pas à assassiner quiconque pénétrera dans cette pièce. Et cela, jusqu'à ce que vous décidiez de me suivre sans histoire. Je n'épargnerai personne, ni homme, ni femme, ni… enfant.

Comprenant alors qu'il tuerait Marguerite, Myriane ou même sa mère, Anne tenta de maîtriser son affolement. Que devait-elle faire dans ces conditions ? Tiraillée entre la peur de se retrouver de nouveau prisonnière des Anglais et celle de voir les membres de sa famille se faire trucider sous ses yeux, elle se tordit les mains. Jamais elle ne pourrait vivre avec tous ces morts sur la conscience et encore moins sacrifier sa propre fille… Cet être ignoble le

savait pertinemment. L'exécution de Melisende constituait une mise en garde. Il ne reculerait devant rien...

Comme pour confirmer ses doutes, la porte s'ouvrit une
seconde fois, livrant passage à Berthe tenant Marguerite
dans ses bras. Comprenant tout du danger qui les
menaçait, elle s'élança vers elles en criant de désespoir.
Mais Rémi fut plus rapide. Si bien qu'il s'était déjà emparé
de la petite et qu'il pointait sa dague sur la gorge de Berthe.

— Qui devrais-je tuer en premier, dame de Knox ? Votre
fille ou la vieille qui vous sert avec diligence depuis votre
arrivée au château ?

— Non..., hurla Anne d'une voix étranglée. Par pitié !
Ne leur faites pas de mal !

— Est-ce donc à dire que vous acceptez de me suivre ?

Au supplice, Anne gémit. Conscient de l'incapacité de
sa prisonnière à faire un choix, il pressa la pointe de la
lame sur le cou de Berthe, transperçant légèrement la peau
ridée. En apercevant les gouttes de sang qui perlaient de la
blessure, Anne leva un regard terrorisé vers Berthe. Celle-
ci lui fit signe de renoncer à elle, mais Anne s'y refusa.
Affolée, elle se décida et capitula.

— Je vous suivrai..., parvint-elle à murmurer. Mais à la
seule condition que vous laissiez la vie sauve à ma fille et à
Berthe.

Résolue à ne pas permettre une telle aberration, Berthe
s'apprêtait à contester quand Rémi l'assomma sauvagement avec le pommeau de sa dague. La vieille femme
s'effondra sur le sol glacial. À la vue de la gouvernante,
Anne poussa un cri et esquissa un mouvement dans sa
direction afin d'aller lui porter secours, mais Rémi la freina

dans son élan et la fixa durement. Sans un mot, il lui tendit la petite. Anne s'empara de Marguerite et l'étreignit contre son cœur. En remarquant ce geste, un sourire cynique déforma les traits de Rémi. Ainsi, la dame de Knox ne serait pas tentée d'entreprendre une action périlleuse. Dans le cas contraire, il supprimerait l'enfant. Alors qu'il la bousculait vers la porte, Anne eut un ultime regard pour Berthe.

Ils parcoururent les dédales des couloirs en se glissant furtivement le long des murs, les jambes d'Anne peinant à la soutenir. Lorsqu'ils parvinrent à l'extérieur, l'air froid de la nuit la fit frissonner. De crainte que son agresseur ne s'en prenne à sa fille, elle le suivit sans résister. Quand ils s'introduisirent dans l'écurie où il n'y avait personne pour empêcher leur fuite, Anne sentit tout espoir la déserter. De son côté, Rémi se félicitait de sa bonne fortune. Avec assurance, il la poussa vers la dernière stalle. Manquant trébucher, Anne se rattrapa de justesse à l'un des panneaux de bois. La dépassant, Rémi saisit la bride des deux chevaux déjà sellés et appuya une main ferme sur les naseaux de la jument afin d'éviter que la bête ne hennisse et n'alerte les gardes postés à l'extérieur de l'enceinte du cloître. Puis, d'un geste sans équivoque, il fit signe à Anne d'abandonner sa fille dans la paille. Elle s'exécuta à contre-cœur en la recouvrant d'un plaid défraîchi qui traînait dans un coin. Cependant, elle ne pouvait s'empêcher d'éprouver une crainte vive. «Une âme charitable retrouvera-t-elle ma petite Marguerite avant qu'elle ne meure de froid? Par chance, elle ne sera plus sous l'emprise de cet agresseur…» Le cœur étreint dans un étau, elle embrassa le front de la fillette, les yeux emplis de larmes.

Indifférent aux tourments d'Anne, Rémi la releva sans douceur et l'entraîna vers la cour. Sans un mot, il lui tendit une vieille chasuble en laine grossière. À sa demande, elle l'enfila par-dessus ses vêtements et dissimula sa chevelure sous le capuchon. Une forte odeur rance s'en dégageait, mais elle n'en avait cure. Seul le désir d'écarter ce fou furieux de Marguerite lui importait.

D'un geste de la tête, Rémi lui désigna une porte dérobée dans le jardin et lui intima le silence le plus complet. Avec leurs hardes sombres, ils passèrent inaperçus et parvinrent à se faufiler entre les arbres jusqu'au couvert de la forêt. Alors qu'ils s'éloignaient, trois silhouettes se découpèrent dans la nuit. Il s'agissait du chevalier de Dumain, de Crisentelle et de Pétronille qui n'avaient rien manqué de la scène. Tous trois s'apprêtaient à rejoindre Anne au monastère quand de Dumain avait entrevu deux ombres à la faveur d'un rayon de lune. En soldat aguerri, il s'était empressé de repousser les deux femmes vers l'écurie. Dissimulés derrière une charrette, ils avaient pu observer Rémi sans être remarqués.

De Dumain dut réfléchir rapidement. Ils devaient intervenir avec une marge de manœuvre restreinte car l'endroit était désert et il n'y avait personne pour leur prêter main-forte. Il chargea donc Pétronille d'aller récupérer Marguerite et de sonner l'alerte. Pour sa part, il tenterait de délivrer Anne avant qu'il ne soit trop tard. Sachant d'avance qu'il ne pourrait se débarrasser de Crisentelle, il s'en accommoda. D'une façon ou d'une autre, elle n'en ferait qu'à sa tête. Mieux valait dans ces conditions l'avoir près de lui.

Dès que Rémi et Anne se furent éloignés, il s'élança à la suite du renégat, la guérisseuse sur les talons. Empruntant à son tour la porte dérobée, il inspecta avec attention les environs avant de s'y engager. Guettant sa proie, il attendit le moment propice pour se manifester.

Le dos droit, Anne frissonnait sous la brise légère. Rémi tenait la bride de sa jument d'une poigne ferme et semblait fixer un point précis sur leur gauche. Mais Anne avait beau scruter l'horizon, elle ne voyait rien. Puis elle entendit un faible écho au loin. Dans les secondes qui suivirent, un contingent complet apparaissait à la lisière de la forêt. À cette vue, son cœur bondit violemment dans sa poitrine. Si elle voulait échapper au sort funeste que lui réservait cet être abject, c'était maintenant ou jamais. Déterminée, elle s'empara de la dague qu'elle gardait toujours dissimulée dans les replis de sa robe. Marguerite et Berthe étant hors de portée de ce monstre, elle pouvait intenter une action sans mettre leur vie en danger. En affirmant sa prise sur l'arme, elle se rapprocha du destrier de son ravisseur. Dans un mouvement souple, elle leva le bras et le frappa sans aucune hésitation. L'estafilade sur la joue qu'elle lui infligea lui arracha un grognement de douleur. Avant qu'il ne puisse répliquer, un inconnu surgit de nulle part et s'accrocha à son pied gauche. Avec énergie, l'homme tira. Déstabilisé, Rémi bascula de sa monture et fut aussitôt assommé avec la garde d'une épée. Profitant de cette diversion, une frêle silhouette enfourcha l'étalon abandonné. Incrédule, Anne détailla les traits de la femme et reconnut la guérisseuse. « Mais que diable Crisentelle fait-elle ici ? » En percevant des grognements sourds, elle reporta son attention sur son agresseur.

Quelque peu sonné, Rémi tanguait sur ses jambes, alors que de Dumain le tenait en joue avec la pointe de sa lame. Malgré son soulagement face à ce revirement de situation, Anne demeura inquiète. La troupe anglaise n'était pas très loin et leur coupait la route. Il ne leur restait plus beaucoup de temps. Également conscient de la précarité de leur situation, de Dumain s'adressa aux deux femmes, sans toutefois quitter le scélérat des yeux.

— Vous n'arriverez jamais à atteindre l'enceinte du couvent avant les Anglais. Rejoignez Joffrey! C'est votre seule chance!

Anne s'apprêtait à contester, car elle répugnait à le laisser derrière. Mais ils n'avaient que deux montures à leur disposition. Le chevalier s'énerva.

— Vous allez me foutre le camp d'ici! C'est un ordre! Fuyez! tonna-t-il avec force, en lançant un regard dur en direction de Crisentelle.

Comprenant qu'il n'y avait pas d'échappatoire possible, la guérisseuse assena une claque magistrale sur la croupe de la jument d'Anne. La jeune femme n'eut d'autre choix que de s'accrocher.

Un bruit fracassant retentit jusqu'à leurs oreilles lorsque la bataille s'engagea entre les Anglais et les guerriers postés autour du cloître. Un hurlement perçant résonna dans la nuit, faisant frémir Anne qui eut une brève pensée pour le vieux chevalier.

Tout en affermissant sa prise sur les brides, elle talonna sa monture. Ses paumes étaient moites et ses tempes battaient douloureusement. Elle devait tenir bon. Crisentelle et elle souhaitaient à tout prix regagner le château de Knox avant que les Anglais ne les rattrapent.

En restant à l'orée de la forêt, elles se fondirent au décor boisé en arrière-plan et chevauchèrent éperdument jusqu'à l'aube, ne s'autorisant que de courtes interruptions afin de permettre aux bêtes de se reposer un peu. Elles ne pouvaient s'accorder le moindre écart et devaient mettre le plus d'espace possible entre elles et le cloître, défiant toute prudence en exécutant le trajet de nuit.

Crisentelle se contenta de suivre Anne qui ruminait en silence. En songeant de nouveau au demi-frère de Joffrey, Anne frémit. « Cet homme malsain devrait périr ! » Même si elle avait appris par Crisentelle que Marguerite avait été rescapée par Pétronille, elle ne pouvait s'empêcher de craindre le pire et s'inquiétait pour les habitants du monastère. L'incertitude la rongeait et tout son être lui criait de faire demi-tour. Mais elle savait pertinemment que cela n'aurait été que pure folie. Autant se rendre à l'ennemi, pieds et poings liés. Elle devait avoir foi en la bravoure des guerriers de Joffrey. Mais son choix était déchirant. La gorge étreinte, elle déglutit avec peine.

Par un détour cruel, ses pensées se portèrent alors vers Melisende. Au souvenir de la fin tragique de la suivante, elle s'étrangla. « Seigneur ! Melisende… » Elle ne devait surtout pas songer à cette perte pour le moment, car elle aurait besoin de toute son énergie et de sa volonté pour sortir vivante de ce traquenard.

⁓᷾᷾᷾⁓

Crisentelle et Anne avaient chevauché pendant plusieurs heures d'affilée et elles étaient toutes deux éreintées. Que n'auraient-elles pas donné pour un lit douillet ? Au lieu de cela, elles avaient galopé sans relâche, par crainte d'être poursuivies.

Elles avaient pu se rendre jusqu'à un bourg. Là, elles ne s'accordèrent que quelques minutes de repos dans une petite cabane abandonnée. Le corps frigorifié et perclus de fatigue, elles s'étaient assises l'une contre l'autre dans l'espoir de se réchauffer un peu. Mais c'était peine perdue avec tous les courants d'air qui filtraient par les multiples fissures. À l'affût du moindre bruit, Anne ne parvint pas à s'assoupir.

⋯⊷⊷⊷

Les dernières lueurs du crépuscule éclairaient faiblement la route lorsqu'elles arrivèrent en vue d'un second village. Par bonheur, Anne connaissait très bien l'endroit, et elles trouvèrent sans problème le gîte qu'elles recherchaient. Malgré le fait que les lieux soient des plus rustiques, la châtelaine savait que la nourriture y était satisfaisante, et surtout la tenancière ne lui était pas étrangère. D'emblée, Anne fut installée à proximité de la chaleur bienfaitrice de l'âtre et servie avec diligence. Le ragoût se révéla délicieux et rassasiant. Ne désirant pas s'attarder inutilement, afin de ne pas attirer l'attention, elles se hâtèrent de manger. Quand elles montèrent à leur chambre par la suite, Anne constata avec soulagement que la literie avait été changée, ainsi que le fourrage de la paillasse. D'ailleurs, une odeur agréable de foin et de lavande emplissait la petite pièce. En apercevant la couverture supplémentaire laissée à leur intention, elle soupira d'aise et s'empressa de se glisser entre les draps, rassurée par la présence de Crisentelle auprès d'elle et par celle du garçon aîné de l'aubergiste en faction de l'autre côté de la porte.

7
La peste noire

Quelqu'un tentait de la réveiller, mais Anne était encore ensommeillée et résistait. Pourtant, force lui fut de capituler lorsque la voix de Crisentelle l'interpella avec davantage d'insistance.

Ouvrant prestement les yeux, Anne sursauta en constatant le visage défait de l'épouse de l'aubergiste qui se trouvait à la gauche de la guérisseuse. Un soupir de soulagement s'échappa des lèvres de la femme, lui faisant froncer les sourcils.

— Ma dame ! Vous êtes en danger ! Une troupe anglaise a été repérée non loin du village. Et je crains qu'elle ne soit là pour vous… Je vous ai préparé un petit ballot de provisions et mon mari a sellé vos montures. Vous devez fuir sans plus tarder et regagner le château de votre époux.

Consciente de la précarité de leur situation, Anne se releva d'un bond. Par précaution, elle avait dormi tout habillée la veille et en avait été bien avisée. S'emparant du paquet, elle remercia la tenancière et dévala les escaliers à la suite de Crisentelle. Nul besoin de mots entre elles pour se comprendre. L'une des serveuses leur fit discrètement signe de sortir par la porte de derrière. Les deux bêtes s'y trouvaient. Avec l'aide de l'aubergiste, Anne enfourcha sa jument et serra brièvement les mains de l'homme avec reconnaissance. Puis elle s'enfuit, la peur au ventre, précédée de peu par la guérisseuse.

Crisentelle et Anne galopaient sans relâche depuis un certain temps déjà lorsqu'elles arrivèrent finalement à l'orée d'un boisé. Il leur fallait traverser cet endroit avant de pouvoir atteindre le château de Knox, et cette seule perspective préoccupait Anne. Il était trop facile pour l'ennemi de se dissimuler derrière les troncs des arbres et de leur tendre une embuscade. Frissonnant d'appréhension, Anne hésitait. «Malheureusement, c'est l'unique chemin que je connaisse. Maudit soit le demi-frère de Joffrey… Il est bien le digne fils de Merkios de Knox!»

Jetant un regard vers Crisentelle, elle chercha un appui. Le visage grave, celle-ci lui fit un bref signe affirmatif. Anne réfréna un soupir d'abattement en rajustant son assiette. Malgré la fatigue et les courbatures, elle éperonna sa jument et fonça. Sous aucun prétexte, elle ne devait retomber entre les mains des Anglais. Plutôt mourir…

Tout en parcourant les alentours d'un coup d'œil furtif, elle serra les dents. Le sentier parsemé d'embûches ralentissait leur course. Malgré la tranquillité de la forêt, elle ne pouvait s'empêcher d'éprouver un malaise. Elle se faisait ce constat lorsqu'une flèche siffla à son oreille et se ficha dans un tronc à la hauteur de sa tête. Par réflexe, elle tira vivement sur les rênes, faisant cabrer sa monture. Crisentelle l'évita de justesse. Nerveuse, la jument hennit et fouetta l'air de ses sabots, manquant de peu le flanc de l'étalon. Anne s'accrocha avec fermeté afin de ne pas être désarçonnée. Quant à Crisentelle, elle réussit tant bien que mal à se dégager et à reculer.

Étrangement, nul autre projectile ne fut lancé dans leur direction. Anne en déduisit qu'il s'agissait d'un avertissement et tenta de percer le couvert des arbres. Mais la pénombre qui régnait dans le sous-bois ne lui simplifiait pas la tâche. D'ailleurs, elle perçut la clameur des hommes d'armes derrière elle bien avant de les apercevoir. Un sentiment de panique la gagna, vite remplacé par une détermination farouche. Visiblement, les ennemis ne cherchaient pas à la supprimer, mais plutôt à la capturer. Sans hésitation, elle éperonna sa monture et s'élança de nouveau.

Lorsque les deux femmes parvinrent à l'orée du bois, des cris retentirent dans la forêt, signe que la troupe anglaise approchait. Le souffle court, Anne jeta un regard mitigé vers la plaine qui s'étendait à leurs pieds. Elles seraient à découvert et constitueraient des proies faciles si des soldats les y attendaient. Sa jument ne ferait pas le poids face à des destriers, contrairement à l'étalon de Crisentelle. Seulement, elles n'avaient pas le choix. Plus résolue que jamais, la châtelaine bondit hors des fourrés, la guérisseuse sur sa gauche.

Dès qu'elles émergèrent des buissons, cinq guerriers placés en sentinelle partirent à leur poursuite. Penchée sur la bête, Anne crispa les doigts sur la bride. Le sol défilait rapidement sous les sabots de sa monture. Les cliquetis des fourreaux contre les harnachements des étalons tintaient bruyamment à ses oreilles. L'ennemi était presque sur elles. Un fugace coup d'œil derrière elle lui apprit que la troupe anglaise quittait le couvert des arbres à son tour et se mettait à leurs trousses. Retenant un souffle d'appréhension, Anne eut une pensée pour Joffrey et l'enfant qu'elle portait.

Obliquant vers la droite, elle tenta une manœuvre désespérée pour leur échapper. Sa chevelure flottait derrière elle, telle une auréole flamboyante. Cet attribut attira le regard perçant d'un homme posté en contrebas de la vallée. L'individu ne parvenait pas encore à distinguer les traits des deux cavalières, mais le port altier de l'une d'elles et sa tignasse de feu lui parurent familiers. «Enfer et damnation! La malheureuse qui essaie par tous les moyens de fuir les Anglais n'est pas n'importe quelle femme, c'est mon épouse!» Le cœur étreint dans un étau, Joffrey enfourcha avec célérité sa monture et se précipita vers elle en poussant un cri de rage. Les guerriers qui l'accompagnaient eurent un bref moment d'hésitation avant d'en faire tout autant et de le suivre.

Tout en chevauchant à bride abattue, Joffrey priait pour arriver à temps jusqu'à Anne. Fou d'inquiétude, il fixait son regard sur elle, dans l'espoir de lui insuffler un peu de sa propre force. «Pourquoi diable est-elle seulement accompagnée de la guérisseuse?» Un contingent complet aurait dû les escorter. Quel malheur avait frappé le monastère pour les obliger ainsi à s'exposer périlleusement?

C'était un miracle que Joffrey se soit retrouvé là au même moment. Averti par des sentinelles que des soldats anglais avaient été aperçus rôdant dans les parages deux jours plus tôt, il s'était rendu sur place et était demeuré dissimulé dans les bosquets avec quelques-uns de ses hommes. Depuis, ils observaient l'ennemi à leur insu. Il savait pertinemment que ces guerriers étaient des mercenaires aguerris à la solde des Anglais. D'ailleurs, il les avait vus à l'œuvre la veille, lorsqu'un petit convoi avait eu la mauvaise fortune de croiser leur route. Personne n'en avait réchappé, malgré qu'ils ne fussent que cinq pour les attaquer. Il ignorait en revanche que cette faction se trouvait là dans un but bien précis. Et il redoutait maintenant que ce fût dans l'intention de s'emparer d'un membre de sa maisonnée. Ainsi, le roi d'Angleterre désirait toujours aussi ardemment sa tête, et cela, en dépit des troubles sombres qui s'abattaient sur la France.

⟞⟊⟝

De son côté, Anne se crut perdue en constatant que d'autres cavaliers venaient à leur rencontre. Ne sachant s'il s'agissait d'alliés ou d'ennemis, elle prit peur et lança un regard inquiet vers les hommes qui la poursuivaient. L'écart se réduisait et ils tentaient de les encercler pour leur couper la route. À un certain moment, l'un de ses adversaires s'approcha si près d'elle que la pointe de la lame de l'homme entailla son épaule gauche au passage, lui arrachant un cri. Agrippant les rênes, elle talonna sa monture avec encore plus de vigueur, mais la bête montrait des signes de fatigue considérables. Remarquant au même moment un ruisseau presque tari droit devant, elle eut tout juste le temps d'obliger sa jument à l'enjamber. Elle atterrit sur la rive opposée avec rudesse et faillit être désarçonnée sous la force de l'impact. Une douleur fulgurante se répercuta dans ses entrailles. Ayant une pensée pour l'enfant qu'elle attendait, Anne pria avec ardeur la Vierge Marie pour que celle-ci épargne son bébé. Pour sa part, Crisentelle dévia légèrement sa course pour échapper aux poursuivants et s'éloigna de son amie. Ayant repéré leur proie, les soldats ne prêtèrent plus attention à la vieille femme qui parvint à trouver refuge derrière des buissons.

Relevant les yeux, Anne observa alors avec plus d'attention les guerriers qui cherchaient à la rejoindre et sourcilla en réalisant qu'ils portaient les armoiries des Knox. Animée d'une nouvelle lueur d'espoir, elle s'élança vers eux, serrant les lèvres pour contenir une complainte de souffrance. Bientôt, elle discerna Joffrey parmi le groupe d'hommes. Sa mâchoire crispée et son corps tendu laissaient tout deviner de la colère qui bouillonnait en lui. Le seigneur et sa troupe étaient inférieurs en nombre. Comment pourraient-ils seulement venir à bout des soldats qui la pourchassaient ? Anne constata non sans appréhension que son époux galopait à une vitesse époustouflante, le torse penché sur sa monture, ne faisant qu'un avec la bête puissante. Le martèlement des sabots résonnait dans sa tête et faisait vibrer tout son être.

Le regard brûlant de haine de Joffrey la transperça et lui coupa le souffle. À peine arrivé à sa hauteur, il se redressa avec vigueur et extirpa rageusement son épée de son fourreau, provoquant un vacarme retentissant et pour le moins funeste. Par malheur, l'ennemi avait rattrapé Anne. En remarquant une présence sur sa droite, la jeune femme se retourna vivement et n'eut que le temps d'apercevoir Joffrey qui exécutait un malheureux. Du sang gicla sur son visage et elle sursauta. Puis un cri d'horreur s'étrangla dans sa gorge en voyant Joffrey ressortir la lame rougie et la brandir de nouveau.

La jument prit peur et hennit. Le bruit du métal qui s'entrechoquait perturbait la bête et il était de plus en plus difficile pour Anne de la contrôler. Par chance, les hommes de Joffrey les avaient rejoints à leur tour et avaient réussi à percer la défense des assaillants. Tout en tenant la bride de son étalon de la main gauche, Joffrey ferraillait avec acharnement alors que son destrier butait contre le flanc des autres chevaux, et plus particulièrement contre la jument d'Anne, l'affolant d'autant plus. Pour l'instant, tous résistaient avec bravoure et la protégeaient, mais les Anglais se battaient déloyalement. Sans scrupule, Joffrey adopta le style de combat de l'ennemi. Avisant une ouverture, il se rapprocha d'Anne.

— Sauve-toi, Anne ! Sauve-toi ! hurla-t-il d'un ton sans équivoque.

Anne resserra son emprise sur les rênes et s'extirpa de la mêlée. Joffrey jeta un regard furtif dans la direction de sa femme afin de s'assurer que personne ne la talonnait. Sa monture se cabra au même moment et il fut désarçonné. Quelque peu étourdi après sa chute brutale, il se releva avec difficulté et évita de justesse une lame qui jaillissait sur sa droite. Roulant sur le côté, il récupéra *in extremis* son épée et para l'attaque suivante.

Désormais, tous les hommes encore en vie se battaient au sol dans un féroce corps à corps. En tenant sa garde à deux mains, Joffrey tourna sur lui-même et tua l'un des assaillants, l'ouvrant au thorax de haut en bas. L'individu tomba à genoux, les yeux grand ouverts sous la stupeur, et s'effondra mollement. Parvenant avec peine à retrouver son souffle, le seigneur de Knox repoussa un premier soldat du talon, en sonna un deuxième d'un coup de coude au menton, tout en en pourfendant un troisième qui arrivait par-derrière. Il lui planta son épée dans le flanc jusqu'à la garde. À l'instant où il dégageait sa lame, un quatrième l'attaqua de face, le manquant de peu à la gorge. Un regain d'adrénaline l'envahit, lui donnant la force nécessaire pour poursuivre le combat. Mais au moment où il faisait face à un chevalier des plus acharnés, celui-ci lui fit un redoutable croche-pied, le déstabilisant. Joffrey tomba, alors que la pointe de l'arme de l'adversaire se fichait dans le sol, près de sa tête. Il lui décrocha aussitôt un violent coup de pied et tenta de se relever avec diligence. Il parvint à retenir de justesse le bras qui tenait la lame meurtrière avant qu'elle ne l'atteigne au visage. Un genou en terre, il s'empara de la dague dissimulée dans sa botte et la planta dans le cœur de son agresseur. En repoussant le corps inerte, il aperçut un soldat qui se jetait sur lui. En se redressant, il l'empala. Au même moment, un autre essayait de le faucher. Joffrey réussit à dévier le coup et assomma son assaillant avec sa garde.

Tout en grognant de douleur, il se remit en position de combat non sans difficulté. Il transpirait et son épaule droite l'élançait atrocement, si bien qu'il n'arrivait à élever son épée qu'à la hauteur de sa taille. Mais la survie d'Anne dépendait de sa détermination. Il constituait un rempart entre elle et l'ennemi. Puisant dans ses dernières forces, il leva avec peine son arme à deux mains et affronta l'homme qui lui faisait maintenant face. Soudain, le tranchant d'une épée lui entailla profondément la cuisse gauche. Sous l'assaut, Joffrey tomba à genoux, le souffle court. Malgré les tremblements qui le parcouraient et au prix d'un immense effort, il se releva et faucha les mollets de son adversaire dans un même élan.

Une odeur âcre flottait sur les lieux et des gémissements perçaient à l'occasion le silence lourd qui s'était subitement installé. Une tache brunâtre s'agrandissait sur les chausses de Joffrey et il faiblissait à vue d'œil. En réalisant qu'aucun soldat anglais n'avait survécu au massacre, il relâcha son emprise sur la garde de son épée et un râle de douleur s'échappa de ses lèvres. Il se serait effondré si deux de ses hommes ne l'avaient rattrapé de justesse. La plupart de ses chevaliers avaient péri sous la lame de l'ennemi et ceux qui restaient étaient salement amochés.

⋐✧⋑

Anne vérifia ses arrières afin de s'assurer que personne ne la poursuivait. Par chance, les Anglais étaient trop occupés à combattre Joffrey et sa troupe pour la pourchasser, et

Crisentelle demeurait hors d'atteinte pour le moment. S'arrêtant brusquement, elle observa la scène de loin. Même de sa position, elle distinguait parfaitement son époux, et elle ne put s'empêcher d'éprouver une vive crainte en constatant le combat inégal. Malgré leur infériorité en nombre, tous guerroyaient avec acharnement. Les doigts crispés sur la bride, elle se mordilla les lèvres. Morte d'inquiétude, elle ne pouvait se résoudre à n'être qu'une simple spectatrice de ce carnage effroyable, et elle poussa un cri d'horreur lorsque la lame de l'un des assaillants blessa Joffrey. Son cœur rata un battement et des larmes roulèrent sur ses joues. Partagée entre son désir de lui venir en aide et celui de lui obéir, elle était déchirée.

Trop bouleversée, elle ne vit pas immédiatement le cavalier solitaire qui sortait du sous-bois. Ce n'est que lorsqu'il fut presque à sa hauteur qu'elle le remarqua. En reconnaissant la silhouette, elle cilla. Une sueur froide la parcourut. Faisant demi-tour, elle s'élança à toute allure. Elle devait à tout prix lui échapper.

Anne haletait difficilement et peinait à demeurer en selle, surtout à cause de la douleur aiguë qui lui vrillait les entrailles et qui augmentait à chacun des soubresauts de la bête. Pourtant, elle devait continuer, sinon il en était fait d'elle. Obnubilée par la peur, elle planta les talons dans sa jument et serra les dents pour contenir la souffrance qui la submergeait impitoyablement.

Pour sa part, Rémi ressentit une joie malsaine en réalisant que la châtelaine de Knox demeurait sans défense. Il pourrait enfin la tuer et la jeter en pâturage aux charognards. Caché dans les fourrés, il avait observé la scène avec attention. Dès le début de l'affrontement, il avait éprouvé une colère sourde en constatant que son cher demi-frère se portait au secours de cette garce. Maintenant que celui-ci luttait pour sa propre survie, il en allait tout autrement. Il n'y avait plus d'obstacle sur son chemin. Il n'aurait certes pas la chance de pourfendre lui-même le fils légitime de Merkios de Knox, mais du moins il en serait différemment pour son épouse.

Trop concentré sur sa proie, il ne remarqua pas l'ombre qui le suivait de peu et qui émergeait à son tour de la forêt. Avec effarement, Anne vit un deuxième cavalier apparaître. Mais au désarroi se succéda le soulagement en reconnaissant de Dumain.

Le vieux chevalier n'avait qu'un seul but : expédier en enfer le félon qui lui avait échappé au couvent. Lorsque les deux femmes s'étaient sauvées, Rémi avait profité de la distraction pour fuir en direction de la troupe anglaise. Isolé de ses hommes, de Dumain avait dû se mettre à couvert pour se soustraire au regard de l'ennemi. Ce n'est que quelques minutes plus tard qu'il était enfin arrivé à s'emparer d'une monture. Pendant ce temps, Rémi avait réquisitionné un destrier et soigné brièvement sa blessure avant de se lancer à la poursuite d'Anne. Sans perdre de temps, de Dumain lui avait emboîté le pas. Malheureusement, il avait dû agir avec célérité. Ce qui signifiait qu'il n'avait pu demander du renfort. Il avait traqué son adversaire sans relâche, cherchant par tous les moyens à combler la distance qui les séparait. Et il était sur le point d'y parvenir.

En percevant le bruit des sabots derrière lui, Rémi tressaillit et éprouva un agacement profond en réalisant que le chevalier de Dumain le pourchassait de nouveau. Ainsi, cet idiot avait échappé aux Anglais. Empli d'une humeur sombre, il se rassura néanmoins en songeant qu'il ne ferait qu'une bouchée du vieil homme cette fois-ci. Cependant, il perdit de son flegme en constatant que la bataille avait pris fin et que le seigneur de Knox en ressortait vainqueur. Une bordée de jurons franchit ses lèvres en apercevant deux soldats qui venaient d'enfourcher leur monture et qui déjà galopaient vers lui avec détermination. Nul doute que de Dumain parviendrait à le retenir jusqu'à l'arrivée des renforts. Devant trois guerriers aguerris, il ne ferait pas le poids et périrait très certainement. Il ne lui restait donc plus qu'une seule option : la fuite.

Malgré tout, il lui coûtait de laisser filer la gueuse qu'il pourchassait depuis le monastère. Frustré, il hurla, enragé de son échec. Cette garce et son traître de mari auraient dû être éliminés depuis longtemps. La vie était-elle à ce point injuste pour lui ravir cette vengeance légitime ? Sa pauvre mère n'avait-elle pas assez souffert sous l'emprise de Merkios de Knox, et sa propre existence n'avait-elle pas été suffisamment un enfer comme ça ? Joffrey de Knox méritait de souffrir et de périr pour expier les péchés de son père ainsi que les siens. Une lueur de folie traversa les pupilles de Rémi alors qu'il bifurquait vers la gauche et s'éloignait de la mêlée en prenant la direction des bois.

⁂

Conscient que sa priorité demeurait Anne pour le moment, de Dumain laissa filer l'ennemi et poursuivit sa chevauchée en direction de la jeune femme. La fougue de son destrier lui permit de l'atteindre rapidement.

Parvenu à sa hauteur, il remarqua avec consternation que du sang maculait sa jupe. D'une main ferme, il s'empara de la bride de la jument et la força à ralentir la cadence, puis à s'arrêter. La pauvre bête frissonnait sous l'effort fourni, sa robe brune luisante de sueur. Anne, pour sa part, n'opposa aucune résistance. À peine le chevalier eut-il le temps de descendre de sa monture qu'elle glissait dans ses bras. De Dumain la reçut contre son torse et se retint de justesse après le harnachement pour ne pas choir sur le sol avec elle.

En constatant que l'individu qui poursuivait Anne avait pris la fuite à l'arrivée du chevalier de Dumain et des deux hommes qu'il avait envoyés en renfort, Joffrey respira plus facilement. Toutefois, son inquiétude grimpa d'un cran quelques instants plus tard lorsqu'il vit Anne s'effondrer mollement et ne plus bouger. Envahi par un pressentiment funeste, il remonta sur son destrier en grimaçant, reléguant au second plan la douleur qui le taraudait. Quelque chose n'allait pas avec Anne, il le ressentait dans chacune des fibres de son corps. Il tenait à peine sur son cheval, mais s'obligea à continuer. Il devait absolument la rejoindre… «Mon Dieu! Vous ne pouvez pas me l'enlever maintenant, pas après tout ce que nous avons traversé!» supplia-t-il dans une prière muette.

Crisentelle observait la scène au loin et anticipait le fait que ses talents de guérisseuse seraient assurément bientôt mis à contribution pour soigner adéquatement les blessés. Son attention se porta à son tour sur Anne. De Dumain l'avait étendue sur le dos dans l'herbe et l'avait recouverte de sa propre cape. Il semblait dépassé par les événements et ne savait visiblement plus quoi faire. La vieille femme éperonna son étalon avec plus de vigueur. Quand elle parvint sur les lieux, Anne était inconsciente. Frénétiquement, elle la palpa à la recherche de blessures mortelles et se désola en remarquant la tache humide sur le devant de la jupe.

— Pardieu! Le bébé…, souffla-t-elle d'une voix blanche. Elle risque de le perdre…, poursuivit-elle en levant un regard affligé vers le vieux chevalier.

Joffrey, qui venait aussi de les rejoindre, se figea en entendant les dernières paroles prononcées par Crisentelle. La peur au ventre, il glissa avec maladresse le long du flanc de sa monture et s'approcha d'une démarche vacillante. Il se laissa tomber lourdement sur les genoux et ficha son épée dans la terre. En avisant l'extrême pâleur d'Anne, il gémit. Atterré, il releva délicatement sa tête. La gorge nouée par une émotion trop vive, il ne put que se pencher vers elle et l'embrasser avec tendresse sur le front.

— Anne…, parvint-il à murmurer dans un souffle.

Puis son regard se posa sur la jupe de sa femme et son cœur se broya. Sans avertissement, le paysage oscilla tout à coup autour de lui, un bourdonnement persistant résonna dans ses oreilles et sa vision se brouilla. De Dumain le retint de justesse par le bras avant qu'il ne perde lui aussi conscience, lui évitant ainsi de s'affaler de tout son poids sur la jeune femme. Comprenant que le seigneur de Knox avait trop présumé de ses forces et qu'il avait perdu beaucoup de sang, Crisentelle se vit dans l'obligation de prendre la situation en main. Elle connaissait l'existence d'un petit village, situé à quelques lieues à peine de leur emplacement. Ils y trouveraient certainement un toit et le nécessaire pour soigner le seigneur de Knox et son épouse. Elle espérait seulement qu'il ne soit pas trop tard pour sauver l'enfant.

⚜

Lorsqu'Anne souleva ses paupières, une pénombre étouffante l'entourait et une odeur persistante de crottin de cheval envahissait ses narines. Tout en frissonnant, elle tourna la tête vers la droite et distingua vaguement, à la lueur des flammes, un mur rudimentaire en planches entrecroisées et en argile. Percevant un gémissement sur sa gauche, elle porta son attention vers cette direction. Son geste fit remonter une nausée jusqu'à ses lèvres. Fermant les yeux brièvement, elle inspira par saccades. Lasse, elle se laissa sombrer dans un sommeil lourd et agité. Une paume fraîche frôla son front, alors qu'un doux murmure l'enveloppait.

Crisentelle poussa un soupir en contemplant sa jeune amie et l'époux de celle-ci. « Que d'épreuves douloureuses les attendent au détour du chemin ! » Malgré sa grande connaissance des plantes, elle avait été incapable de sauver l'enfant. De plus, Anne avait perdu énormément de sang avec le bébé. Crisentelle avait même craint un instant de ne pouvoir endiguer le flot. Résultat : la petite était désormais plus faible que jamais. Quelle serait sa réaction à son réveil ? Et le seigneur de Knox n'avait toujours pas repris conscience. « C'est peut-être mieux ainsi, avec ce que je m'apprête à faire... » Reportant alors son attention sur le seigneur, elle fit signe à de Dumain de venir l'aider. À deux, ils parvinrent à retirer les chausses poisseuses du corps massif. Mais le tissu rêche avait adhéré à la plaie. La guérisseuse devrait donc décoller le tout et encourir le risque de faire saigner la blessure de nouveau. Imbibant le vêtement d'eau, elle procéda si minutieusement que seules quelques gouttes de sang perlèrent. En pressant une bande de lin sur l'entaille profonde, elle ordonna au vieux chevalier de chauffer sa dague dans les flammes. Pendant ce temps, elle nettoya la lésion en se servant d'eau claire et d'un mélange d'herbes médicinales.

En constatant que le fer était rougi, elle fit signe à deux soldats de retenir les jambes et les bras de leur seigneur. Quand de Dumain vint s'agenouiller à ses côtés, il rencontra son regard tranquille et lui tendit l'arme en silence. À son tour, il immobilisa Joffrey en se couchant en travers de son torse. Sans plus attendre, Crisentelle appuya la lame sur la plaie afin d'en cautériser les rebords. Un hurlement puissant franchit les lèvres de Joffrey, enterrant dans un même temps le bruit horrible de la chair carbonisée. L'odeur nauséabonde qui se répandit dans la pièce fit plisser le nez de la vieille femme. Joffrey se débattait comme un forcené pour échapper à l'emprise des hommes et s'arc-boutait dès que le métal brûlant le touchait. Un voile de sueur recouvrait son front et son visage devenait d'une pâleur mortelle. Maître d'elle-même, Crisentelle termina l'opération délicate et déposa un cataplasme de lin ainsi qu'une mixture purifiante et cicatrisante sur la blessure. Une vague fragrance de thym et de piloselle s'en dégagea. Finalement, elle banda la cuisse afin de maintenir le tout en place. La respiration sifflante du seigneur de Knox soulignait la difficulté de l'intervention à laquelle il venait d'être soumis.

En s'éveillant le ventre vide et le bassin douloureux, Anne comprit qu'elle avait perdu son bébé. Incapable d'affronter la réalité dans l'immédiat, elle se recroquevilla sur elle-même face au mur et pleura longuement en silence, sans égard pour ce qui l'entourait.

Crisentelle, qui la veillait, demeura immobile, dans l'attente d'un geste de sa part. Étant seule pour le moment avec les deux blessés, elle s'abstint de tout commentaire et abandonna Anne à son chagrin. Portant son regard sur le seigneur de Knox, elle se mordit la joue en percevant les faibles gémissements de ce dernier. Méthodiquement, elle humidifia l'étoffe de lin et rafraîchit le visage de l'homme afin de lui apporter un certain apaisement.

Anne reprit finalement contact avec la réalité lorsque de Dumain pénétra dans la cabane rustique après une chasse infructueuse. En apercevant la mine sombre du vieux chevalier et celle de Crisentelle, elle prit vraiment conscience de ce qui l'entourait. Remarquant alors l'homme qui reposait près d'elle, elle geignit de désespoir.

D'une main tremblante, elle emprisonna les doigts glacés de Joffrey et se lova tout contre son flanc, dans l'espoir de lui prodiguer un peu de sa propre chaleur et de sa force. Malgré son immobilité, le seigneur avait une respiration saccadée et le front plissé par la douleur. Incapable d'étouffer les sanglots qui étreignaient de nouveau sa gorge, Anne ferma les yeux.

Ne désirant pas troubler la châtelaine davantage, Crisentelle se releva en silence et entraîna de Dumain avec elle. Elle devinait qu'Anne requérait un moment d'intimité pour se reprendre et accepter la suite des choses. Le vieux chevalier s'éclipsa sans protester, conscient lui aussi de la délicatesse de la situation.

❦

Anne demeura blottie contre Joffrey, priant à voix basse pour le salut de son âme et sa guérison. Elle refusait l'idée même de sa mort. Plus la journée avançait, plus la culpabilité la rongeait. Joffrey souffrait, et l'issue de la bataille qu'il menait en ce moment était incertaine. Des hommes valeureux avaient péri sous les lames ennemies. Mais plus que tout, elle avait perdu l'enfant de Joffrey. Et le fait d'avoir été emportée dans ce tourbillon de folie contre son gré n'apaisait nullement ses tourments. Maintenant que tout était terminé, elle doutait d'elle-même. Aurait-elle pu inverser le cours des événements si elle avait tenté d'échapper à Rémi dès le début ? Aurait-elle dû prendre ce risque ?

Elle en était à ces réflexions sombres quand Joffrey remua faiblement en gémissant. Se relevant sur un coude, elle l'observa avec attention, à la recherche d'un signe encourageant. Son regard croisa alors celui de son époux. Le souffle court, il se crispa sous la douleur qui affluait. Figée, Anne ne savait que faire et le fixait en silence. Au prix d'un immense effort, Joffrey cueillit une larme qui roulait sur la joue de sa douce du bout des doigts, un faible sourire sur les lèvres.

Incapable d'émettre le moindre son, Anne enfouit son visage dans le cou de son mari. Alors qu'elle sanglotait, le corps secoué de tremblements, elle murmurait inlassablement le mot «pardon» à ses oreilles. Devant cette détresse, Joffrey comprit qu'elle avait perdu l'enfant. L'âme en peine, il l'étreignit et jugula sa tristesse. Les doigts plongés dans ses boucles souples, il inspira par à-coups afin d'apaiser ses tourments et son désespoir. Du moins, Anne était toujours vivante… Pour l'instant, c'était tout ce qui comptait.

Encore trop affaibli pour résister plus longtemps à la torpeur qui l'envahissait, Joffrey lâcha prise et sombra dans un sommeil réparateur. Anne ressentit le relâchement des muscles avant même de relever la tête. Son époux devait recouvrer ses forces, ce qui signifiait qu'il lui fallait du repos. Non sans peine, elle se redressa et enjamba le corps massif. Quand ses pieds nus entrèrent en contact avec la terre humide et glaciale du sol, elle réprima un frisson. Elle effectua quelques pas incertains, prenant appui aux parois grossières de l'habitation. D'une main tremblante, elle s'empara de la cape roulée en boule au pied de la paillasse et chercha à s'en draper.

C'est alors que son regard se porta sur sa jupe souillée, dont la tache brunâtre fut un rappel cuisant de ce qu'elle avait perdu. Dans un gémissement déchirant, elle pressa son ventre plat avec ses paumes et tomba à genoux. C'est dans cette posture que Crisentelle la retrouva à son retour.

— Petite ! Tu ne devrais pas présumer de tes forces de la sorte. Viens, il faut te recoucher !

— Ô mon Dieu ! Crisentelle, j'ai tué l'enfant de Joffrey…, s'écria Anne avec affliction.

— C'est faux ! Tu n'as pas le droit de proférer de telles aberrations. C'est le Seigneur tout-puissant qui en a décidé ainsi. Jamais tu n'as désiré porter préjudice à ce bébé, protesta la vieille femme avec vigueur.

— J'aurais dû tenter d'alerter les gardes au lieu de suivre ce fou furieux. Mais j'avais si peur qu'il s'en prenne à Marguerite ! C'est affreux ! Par ma faute, plusieurs hommes sont morts et Joffrey est gravement blessé. J'ignore de plus si ma fille a survécu à l'attaque des Anglais, sans compter Charles-Édouard… Qui sait ce qu'il advient de lui sans moi ou Joffrey pour veiller sur lui ! s'étrangla Anne avec désespoir.

Incapable d'émettre un son de plus, elle se recroquevilla sur elle-même et ferma les yeux en baissant la tête. Elle resta prostrée pendant quelques minutes avant de trouver le courage d'affronter une fois encore la guérisseuse. Son visage était ravagé par le chagrin et la culpabilité. D'une voix à peine audible, elle poursuivit sa litanie.

— Que Dieu me vienne en aide… Ai-je seulement fait le bon choix ? Comment demander à Joffrey de me pardonner alors que je ne peux le faire moi-même ?

N'ayant pas été témoin de la scène qui avait précédé l'enlèvement de la jeune femme, Crisentelle ne pouvait soulager sa conscience dans l'immédiat. Cependant, elle connaissait la perfidie de l'ennemi et devinait aisément que son amie avait dû faire face à un dilemme déchirant. Souhaitant lui apporter du soutien et du réconfort, elle enserra ses épaules et la contraignit à se relever.

— Tu dois te reprendre ! Je suis certaine que les gardes, postés à l'extérieur de l'enceinte du cloître, sont parvenus à repousser l'attaque des Anglais. Tu reverras ta fille sous peu ! Ton époux est un homme juste sous son apparence rustre. Il comprendra. Songe à tes enfants et à Myriane. Ils auront besoin de ta force pour affronter les temps sombres qui nous attendent. Tu n'aurais pas agi de la sorte si tu n'y avais pas été obligée. Je te connais trop bien pour croire le contraire. Maintenant, prie pour l'âme du petit être qui te fut arraché si violemment et détourne plutôt ton ressentiment vers ceux qui sont responsables de ton malheur. Voilà ce que tu dois garder en mémoire.

À ces mots, Anne frissonna et se rappela sa rencontre avec le demi-frère de Joffrey. Ce qu'elle avait découvert au monastère était d'une importance capitale. Elle devrait en informer Joffrey et le mettre en garde contre cet individu vindicatif. Il allait devoir retrouver cet homme avant qu'il ne commette d'autres meurtres. Habitée par un pressentiment funeste, elle se dégagea des bras de Crisentelle et retourna auprès de son époux. Accroupie sur le sol rugueux, elle s'inclina, joignit ses doigts et pria avec une ferveur décuplée.

⸻❦⸻

La vision enchanteresse d'Anne à son chevet réchauffa le cœur de Joffrey. Désireux de la contempler à son insu, il demeura immobile, son attention fixée sur elle. Mais la jeune femme dut ressentir le poids de son regard car elle releva la tête, les yeux brillants et le souffle court. Un soulagement immense se peignit sur son visage à sa vue. D'une main tremblante, elle s'empara d'un gobelet ébréché et le remplit d'eau fraîche. En l'approchant des lèvres du malade, elle le redressa avec délicatesse afin de lui faciliter la tâche. Joffrey avala laborieusement quelques gorgées tout en soutenant intensément son regard. Mal à l'aise, Anne frémit tant son trouble était grand, incapable de lui adresser la parole. Comment lui faire part de l'horrible nouvelle concernant leur enfant ?

— Anne…, croassa-t-il avec difficulté.

À l'évidence, Joffrey se remettrait de sa blessure. Il n'avait plus ce teint cireux qui l'avait tant inquiétée.

— Je sais…, murmura-t-il.

Accablée de remords, elle laissa retomber son front sur la large poitrine, le corps secoué de sanglots affligeants. Afin de la calmer, Joffrey caressa avec douceur sa chevelure et sa nuque. Maintenant qu'il reprenait des forces, il parvenait à réfléchir avec plus de lucidité. Certes, sa jambe l'élançait affreusement, mais il s'agissait d'une souffrance dont il avait fait l'expérience par le passé et qu'il pouvait supporter. Par contre, l'ampleur du chagrin d'Anne le dépassait. Il ne savait que dire pour la réconforter et encore moins que faire pour l'apaiser. Préférant garder le silence dans l'immédiat, il goûta le plaisir simple de la sentir tout contre lui, saine et sauve.

Anne demeura à son chevet une bonne partie de la journée. Joffrey s'était rendormi et semblait récupérer avec célérité. De Dumain avait donc profité de cette accalmie pour interroger la châtelaine. Étouffant sous le poids de l'incertitude qui l'accablait, elle s'était confiée à lui sans faux-fuyants et lui avait tout raconté dans les moindres détails. Avec patience, il l'avait écoutée, la questionnant à l'occasion à propos de certains points à éclaircir. À aucun moment il ne l'avait jugée. Cependant, Anne avait très bien ressenti sa tension. À la fin du récit, de Dumain serra son bras avec chaleur avant de lui signaler qu'il se chargerait lui-même de faire part de ces informations à Joffrey. L'important, c'était qu'elle se repose maintenant. Sur ces mots, il l'avait laissée seule à ses prières.

Anne somnolait lorsque de Dumain et les hommes de leur troupe pénétrèrent dans la cabane. À leur arrivée, elle se releva et, sur un signe de tête du vieux chevalier, elle se retira, consciente qu'ils devaient discuter en privé avec Joffrey. D'ailleurs, celui-ci venait justement de s'éveiller et semblait tout disposé à les écouter.

C'est d'un œil clair que le seigneur suivit la progression d'Anne vers le trou béant qui faisait lieu de porte. À voir la démarche raide du chevalier, il comprit que son mentor s'apprêtait à lui révéler quelque chose qui lui déplairait. Avec son aide, il se redressa, tout en serrant les dents en pensant que cette fichue blessure risquait de l'indisposer pour un bon moment.

⌥

Anne ne cessait d'arpenter la terre caillouteuse, indifférente à la noirceur qui l'enveloppait et au froid vif qui mordait sa chair. À peine prenait-elle conscience de la présence de Crisentelle qui l'observait, assise à l'écart. Pourtant, elle remarqua immédiatement l'arrivée de Dumain lorsqu'il vint à sa rencontre.

Sans un mot, le vieux chevalier l'invita à le suivre, le front barré par un pli soucieux. Il était inquiet pour la jeune femme. Il avait longuement discuté avec Joffrey. Le seigneur de Knox n'avait pas caché sa colère en apprenant que son épouse avait été pour la seconde fois victime d'un enlèvement, et encore plus en découvrant que l'auteur de cet acte était son demi-frère, un individu dont il avait ignoré l'existence jusqu'à ce jour. L'échange avait été assez acerbe et virulent. Qui sait dans quelles dispositions il serait à l'arrivée d'Anne ? De Dumain connaissait trop bien les éclats de Joffrey pour ne pas les appréhender. Désireux de ne pas abandonner Anne en de telles circonstances, il demeura à ses côtés. En réalisant que le vieil homme ne daignait pas sortir, à l'instar de ses soldats, Joffrey se redressa tant bien que mal. En dépit du fait qu'il lui fut pénible et laborieux de marcher, il s'obligea à le faire malgré tout afin d'affirmer son autorité.

— Vous pouvez nous laisser seuls, de Dumain, lâcha-t-il avec froideur.

— Je ne crois pas que ce soit judicieux ! répondit l'intéressé sans aucune hésitation. Votre dame est encore sous le choc et vous semblez pour votre part sur le point d'exploser. Elle n'est pas de taille à essuyer votre courroux, poursuivit-il d'une voix ferme.

— Il suffit, de Dumain ! Je n'ai nullement l'intention de m'en prendre à elle, ni de la soumettre à un interrogatoire serré. Je suis tout à fait conscient des épreuves qu'elle a traversées et je suis sensible à son état. Donc, je vous l'ordonne une dernière fois. Par égard pour votre dévouement envers mon épouse, je passerai outre ce premier affront, mais ne présumez pas qu'il en sera de même pour un second. Je désire me retrouver seul avec elle ! Alors je vous conseille d'obtempérer immédiatement, clama-t-il d'un ton tranchant.

Comprenant que le vieux chevalier risquait beaucoup à persister dans son entêtement, Anne déposa une main tremblante sur l'avant-bras de l'homme afin de le rassurer.

— Nul besoin de demeurer à mes côtés, de Dumain. J'ai confiance en Joffrey. Il saura modérer son tempérament en ma présence.

Une fureur démentielle animait son époux, mais Anne le connaissait mieux que quiconque. Sa colère n'était pas dirigée contre elle, mais plutôt envers lui-même. Elle devinait qu'il souffrait de n'avoir pas su la protéger des assauts de son demi-frère. Et la perte de leur enfant renforçait ce sentiment de culpabilité. Comment avait-elle pu s'imaginer un instant qu'il la tiendrait responsable des événements tragiques qui les avaient frappés ?

Rassuré, de Dumain s'inclina devant elle et s'éloigna, non sans avoir jeté un regard d'avertissement à Joffrey, ce qui eut pour effet de l'irriter davantage.

— Un de ces jours, j'infligerai une sévère correction à cette tête de mule, maugréa Joffrey en désignant le vieux chevalier.

— Vous n'en ferez rien, monseigneur, car c'est justement ce trait de caractère chez lui que vous appréciez tant, lança Anne avec malice.

Dans un grognement inaudible, Joffrey franchit la distance qui les séparait. La rancœur de Joffrey était palpable, mais son chagrin demeurait profondément enfoui en lui. Jamais elle ne l'avait vu dans cet état. Il semblait envahi par des émotions contradictoires. L'expression de son visage était empreinte d'une telle dureté qu'il aurait effrayé n'importe quel homme, mais pas elle. Déterminée à le détourner de ses pensées lugubres, elle déposa une main frêle sur son avant-bras.

— Joffrey…, murmura-t-elle dans un souffle, le regard empli d'amour.

Le son de la voix d'Anne l'apaisa, mais il resta néanmoins emmuré dans sa rage. Il était à ce point tendu que tout son corps tremblait. Désireuse de l'apaiser, elle frôla sa joue de ses doigts glacés.

— Joffrey… ne me repoussez pas ainsi. Je vous en prie ! Nous devons affronter ensemble ce qui arrive.

— Non…, tonna-t-il avec vigueur en s'écartant d'elle.

Tout en se massant le front, il jura abondamment. Sa démarche boiteuse n'échappa pas à Anne, qui s'en désola. Joffrey était pourvu d'une force physique impressionnante, mais il n'en demeurait pas moins humain.

— Ne comprends-tu donc pas ? s'exclama-t-il en se retournant d'un bloc et en revenant à sa hauteur.

Anne eut un coup au cœur en apercevant le visage ravagé de son compagnon. Une douleur profonde voilait son regard.

— Expliquez-moi, dans ce cas !

Joffrey serra les poings. Exprimer ses émotions n'était pas chose aisée à faire et il sentait qu'il perdait pied. Désarmé, il l'étreignit avec vigueur. Anne sourit. C'était si agréable de se retrouver entre ces bras puissants. Ainsi blottie, elle ne craignait plus rien, ni la guerre ni la folie du monstre qui la poursuivait.

Un souffle tiède effleura sa nuque, alors que l'odeur de Joffrey l'emplissait tout entière. Le torse sous sa joue était solide. Dans un soupir d'allégresse, elle s'abandonna. Aussitôt, des lèvres frôlèrent le sommet de sa tête avec la douceur des ailes d'un papillon. Une main caressa tendrement sa chevelure emmêlée et replaça une mèche rebelle derrière son oreille.

— Anne…, chuchota-t-il d'une voix étranglée. Il n'incombe pas à une femme d'assurer la protection des siens. Pourtant, c'est ce que tu as fait. Tu t'es sacrifiée pour préserver Marguerite et le restant de notre maisonnée. Jamais tu n'aurais dû te retrouver dans cette position.

En songeant de nouveau à ce qu'elle avait traversé, il resserra son emprise. Il connaissait sa bravoure, cependant il devinait aisément la frayeur qui avait dû être la sienne à ce moment-là. En tant qu'époux, c'était à lui que revenait le devoir de la protéger et il avait échoué… pour la seconde fois. Tout ça parce qu'il avait été trop accaparé par une guerre insensée. « Bon sang ! Jusqu'où iront nos sacrifices pour satisfaire la soif de pouvoir de Philippe et d'Édouard ? »

Les Anglais rodaient partout, à l'affût de la moindre occasion. Grâce à un coursier en provenance du monastère que ses hommes venaient d'intercepter, il savait que l'ennemi avait été mis en déroute. Il n'y avait que peu de blessés et un seul mort – ou plutôt une morte, Melisende – dans leurs rangs. Tout en cherchant à se ressaisir, il inspira profondément.

— Je suis désolé, Anne, pour la disparition de ta demoiselle de compagnie.

À ces mots, Anne laissa échapper un faible gémissement. Elle revoyait avec une réalité cruelle Melisende, figée dans une expression grotesque.

— C'était affreux…, hoqueta-t-elle. Je n'ai rien pu faire pour la sauver.

— Je sais, Anne ! Je sais ! Mais si cela peut apaiser ton chagrin, sache en revanche que Berthe a survécu. Il en faudra bien plus pour venir à bout de cette vieille sorcière.

Contre toute attente, Anne éclata de rire à travers ses larmes. Elle était si soulagée d'apprendre que Berthe était saine et sauve. En frôlant son ventre plat de la main, elle se raidit et eut l'impression de sombrer dans un gouffre sans fond. Fermant les paupières sur sa douleur, elle baissa la tête, accablée au-delà des mots.

— Pardon, Joffrey ! Par ma faute…

Devinant ce qu'elle s'apprêtait à dire, il releva son menton et l'embrassa avec ferveur. Ce qu'il n'arrivait pas à lui exprimer avec des paroles, il voulait du moins qu'elle le comprenne par ses gestes. Mettant fin à ce baiser, il la détailla longuement, le souffle court. Avec douceur, il essuya les larmes silencieuses qui coulaient sur ses joues. Le visage empreint d'une détermination farouche, il se pencha vers elle.

— Je débusquerai le monstre responsable de toute cette horreur. Et il périra pour sa duperie. Je t'en fais la promesse ! Sur ma vie, je te jure que je ne connaîtrai pas de répit jusqu'à ce que justice soit faite !

De surprise, Anne ouvrit grand les yeux et demeura interdite. Une telle détermination se lisait dans le regard de Joffrey qu'elle frémit.

— Je sais que ton cœur saigne de la perte éprouvante de notre enfant! Mais tu es vivante, Anne! N'abandonne pas tout espoir!

Piégée par le magnétisme des prunelles de son compagnon, elle fut incapable de se détourner. Plissant les paupières, il chercha à percer ses pensées.

— Il n'est pas question que je laisse le chagrin te ronger. Je t'aime trop!

— Je…

Sans lui donner la possibilité de protester, Joffrey captura de nouveau ses lèvres, mais dans un baiser beaucoup plus doux cette fois-ci. Prise au dépourvu, Anne n'opposa aucune résistance. Dès qu'il la libéra, un sourire éblouissant illumina son visage. Une chaleur bienfaitrice envahit la jeune femme. Tous ses muscles se relâchèrent d'un seul coup, et le pli soucieux qui barrait son front disparut.

L'entraînant à sa suite, il l'invita à prendre place à ses côtés sur la couche rudimentaire. Sa démarche était rigide, et Anne s'en voulut de l'avoir obligé à se tenir si longtemps debout. Lorsqu'il l'attira à lui dans une étreinte possessive, elle songea: «C'est si bon de le retrouver!» et ferma les yeux de bonheur.

⚬⚬

Les rayons réconfortants du soleil filtraient à travers la chiche ouverture d'une fenêtre. Joffrey avait maintenu Anne contre lui toute la nuit, mais la jeune femme était désormais seule et elle avait froid. Soulevant les paupières, elle chercha la silhouette familière de Joffrey des yeux, mais apparemment il était sorti.

Se levant à son tour, elle grimaça lorsque son corps endolori lui rappela les événements de la veille. Pressant son ventre plat, elle inspira profondément et réfréna le chagrin qui menaçait de l'engloutir. Encore faible, elle s'avança prudemment jusqu'à la porte.

Dehors, les hommes s'activaient autour des chevaux. Devinant alors qu'ils s'apprêtaient à quitter les lieux, elle réprima une moue atterrée. La perspective d'une chevauchée dans l'état actuel des choses ne l'enchantait guère. Elle ignorait même si elle serait en mesure d'y arriver.

Remarquant la présence de sa femme, Joffrey la rejoignit derechef et l'embrassa devant tous sans aucune pudeur. Quelque peu mal à l'aise, Anne le repoussa en riant.

— Eh bien, mon seigneur ! Vous semblez en excellente forme ce matin !

— Vous seriez surprise, ma dame, de voir jusqu'à quel point ! répondit-il avec entrain, tout en la plaquant sans équivoque contre son bassin.

En percevant tout de l'ampleur du désir qui animait son mari, Anne étouffa une exclamation de stupeur. L'air entreprenant de Joffrey lui faisait monter le rouge aux joues.

— Joffrey de Knox ! s'écria-t-elle, faussement outrée. Calmez vos ardeurs, sinon je n'hésiterai pas à charger le chevalier de Dumain de vous éclaircir les idées à grands seaux d'eau glacée.

— Étant donné que je sais qu'il serait assez fou pour le faire, je vais donc m'avouer vaincu… mais uniquement pour le moment, termina-t-il avec conviction. Vous n'aurez pas toujours un chevalier servant à votre portée, ma mie ! ajouta-t-il en assenant une claque coquine sur son postérieur.

Et comme il faisait mine de s'éloigner, elle le rattrapa et l'embrassa à son tour.

— C'est ce que nous verrons, monseigneur ! eut-elle pour toute réponse en se retirant.

Un rire tonitruant résonna derrière elle, faisant naître une étincelle de joie sur son visage. Crisentelle, qui l'avait rejointe, lui adressa un clin d'œil complice.

— Excellent ! Ce grand seigneur est beaucoup trop arrogant. Je te félicite de l'avoir remis à sa place ! Allez, viens ! J'ai besoin d'aide pour trouver du petit bois afin de nourrir le feu.

⁕

La matinée était déjà avancée lorsqu'Anne eut de nouveau la possibilité de revoir Joffrey. Sa promenade avec Crisentelle lui avait redonné des couleurs, même si elle n'avait pas été autorisée à faire grand-chose. En réalité, la guérisseuse avait refusé qu'elle fournisse le moindre effort, et Anne avait dû se contenter de marcher derrière son amie à une cadence d'escargot. Du moins ce simple exercice lui avait-il fait beaucoup de bien et elle avait l'impression de revivre même si cela l'avait considérablement épuisée, signe qu'elle n'était pas encore tout à fait rétablie.

Notant le souffle court et les yeux brillants d'Anne, Joffrey fut d'autant plus conforté dans la justesse de sa décision. Il était évident qu'Anne avait besoin de quelques jours de convalescence avant d'entreprendre un nouveau voyage.

D'une démarche raide, il la rejoignit et enserra ses épaules dans une étreinte ferme. Surprise, Anne pencha légèrement la tête, un doux sourire sur les lèvres. Mais Joffrey ne se laissa pas attendrir pour autant.

— Anne, je sais pertinemment que ce que je m'apprête à te dire te déplaira. Cependant, mes directives devront être respectées. Je refuse de m'engager dans un combat avec toi, comme ce fut le cas avant ton départ pour le cloître.

Relevant un sourcil, Anne le regarda franchement et croisa les bras sur sa poitrine. Joffrey comprit que la partie n'était pas gagnée d'avance et se rembrunit.

— Femme rebelle ! Je vois bien que tu te prépares déjà à remettre en cause mes ordres, grommela-t-il.

— Uniquement s'ils s'avèrent abusifs !

— Par tous les feux de l'enfer !

Son exaspération évidente arracha un sourire à Anne. Joffrey n'arrivait toujours pas à composer avec son tempérament contestataire et c'était parfait ainsi. De cette façon, il était obligé d'abdiquer certaines de ses idées préconçues et de prendre en considération son point de vue. En avisant sa satisfaction, Joffrey la lâcha et croisa à son tour ses bras sur son torse. Anne ne flancha pas sous son regard inquisiteur et l'affronta calmement.

— Tu devras te montrer raisonnable, Anne. La situation est grave. Il ne s'agit pas d'un jeu !

Comprenant qu'il était réellement troublé, Anne retrouva son sérieux. Elle avait confiance en lui et s'en remettait entièrement à son jugement.

— Je vous écoute, Joffrey !

Soulagé, il se détendit. Il était suffisamment inquiet, sans devoir batailler avec elle.

— Anne, la Bretagne n'est plus un endroit sûr pour aucun de nous. Pas plus que les autres régions d'ailleurs. Tu es une cible trop facile à atteindre, ainsi que nos enfants. De plus, avec ce fléau dévastateur qui se propage à une rapidité effarante, je ne suis pas rassuré. Nous devons quitter la France sans plus tarder. Nous trouverons refuge dans l'une de mes résidences plus au sud. Du moins, jusqu'à ce que tout danger soit écarté.

Bouleversée par cette nouvelle inattendue, Anne perdit de son flegme et l'incertitude assombrit son regard.

— Nous n'avons pas le choix, Anne ! Je vais regagner le château en compagnie de mes hommes. Une fois rendu là-bas, je prendrai toutes les dispositions nécessaires pour affréter le *Dulcina* et faire quérir notre fille et tous nos gens au monastère. De Dumain et Crisentelle demeureront avec toi. De cette façon, vous pourrez vous fondre plus facilement parmi les habitants du village et ne pas attirer l'attention sur vous. Je reviendrai vous chercher par la suite.

— Mais pourquoi ne puis-je vous accompagner maintenant ? Pourquoi me laisser derrière ?

— C'est mieux ainsi, Anne. Tu es trop faible et tu ne saurais faire face aux Anglais si nous devions subir une seconde embuscade. Tu dois rester ici et recouvrer la santé. La traversée en bateau qui nous attend ne sera pas aisée et j'appréhende ses effets sur ton état.

— Mais je vais bien ! Vous gagnerez un temps considérable en me ramenant avec vous immédiatement !

— Il n'en est pas question ! Je ne veux prendre aucun risque en ce qui te concerne ! Tu as déjà été suffisamment éprouvée.

— Joffrey…

— Non, Anne ! Ma décision est finale !

Pour adoucir la brutalité de ses propos, il l'attira à lui. Anne se raidit, puis s'abandonna. Joffrey se sentit allégé d'un poids immense.

— Je t'aime, Anne ! Ne l'oublie jamais ! murmura-t-il d'une voix rauque.

Pour toute réponse, elle se blottit contre son torse. Dieu qu'il était difficile d'accepter d'être séparée de lui dans de telles conditions.

— Promettez-moi d'être prudent, Joffrey ! Votre demi-frère est un monstre sanguinaire qui n'hésitera devant aucune bassesse pour vous atteindre. Soyez constamment sur vos gardes.

— Je vous en fais le serment, ma dame ! Dans quelques jours, je serai de retour. Soyez prête !

— Je le serai !

Relevant la tête, elle avisa son expression tranquille. Avec tendresse, Joffrey frôla sa joue du revers de la main et déposa un baiser amoureux sur ses lèvres.

— Je reviendrai…

— Vous avez tout intérêt, Joffrey de Knox!

Ce n'était pas de gaieté de cœur qu'il agissait de la sorte, mais il se méfiait de l'ennemi. Une longue route l'attendait, ils devaient donc partir sur-le-champ.

— Au revoir, ma dame!

Puis, en silence, il enfourcha sa monture et s'élança sans un seul regard derrière lui. Mais Anne ne s'en formalisa pas, elle savait à quel point Joffrey détestait les au revoir.

Après le départ des hommes, Crisentelle pénétra dans la masure et découvrit la jeune femme affairée à alimenter le feu. À son entrée, Anne pivota dans sa direction et lui adressa un pauvre sourire. La vieille femme poussa un profond soupir et la rejoignit. Tendrement, elle l'étreignit entre ses bras squelettiques, afin de lui prodiguer un peu de sa propre chaleur et de son réconfort.

Cinq jours plus tard, leur situation se révéla préoccupante. La nourriture se faisait rare et le rétablissement d'Anne s'en ressentait. Étant parti tôt ce matin-là pour débusquer du gibier, de Dumain était absent lorsqu'une étrange procession arriva aux abords du village.

Intriguée par les pleurs soudains de femmes et les cris d'hommes, Crisentelle sortit de la cabane avec empressement, mais se figea en apercevant des religieux qui déambulaient l'un derrière l'autre dans les rues, le torse nu. Ils tenaient entre leurs mains décharnées un fouet dont les extrémités munies de pointes de métal luisaient sous le soleil du midi. Ils se flagellaient entre eux avec vigueur, désirant de cette façon expier leurs péchés et sauver la France du fléau qui la terrassait. Alertée à son tour, Anne rejoignit Crisentelle et sourcilla en découvrant les hommes d'Église à la barbe longue et aux vêtements crasseux.

— Des flagellants…, lâcha la guérisseuse avec dégoût en remarquant la stupeur de son amie. Ces idiots se disent envoyés par Dieu pour apaiser sa colère. Mais ce sont des fous, si tu veux mon avis. Car quelle personne sensée accepterait de se fouetter ainsi trois fois par jour, pendant plusieurs jours ? poursuivit-elle en reniflant avec dédain.

Comme Anne demeurait muette, Crisentelle se retourna vers elle. La jeune femme fixait les corps ensanglantés avec une expression d'horreur.

— Allez, viens ! Rentrons ! Rien ne sert d'éprouver de la compassion pour ces pauvres hères. Ils se croient touchés par la grâce divine, alors laissons-les à leurs divagations.

Alors que Crisentelle s'apprêtait à inciter Anne à la suivre, les pèlerins s'écroulèrent d'une seule masse sur le sol, les bras en croix, tout en pleurant. Anne se figea de nouveau. Avec détermination, Crisentelle entoura les épaules de la châtelaine afin de l'obliger à se détourner de ce spectacle macabre. Au même moment, les hommes se relevèrent lentement et entamèrent une seconde fois leurs chants à la mélodie singulière, tout en se fouettant en cadence. Quelques passants recueillirent le sang de ces malheureux sur leur chemin, espérant ainsi qu'il serait source de miracles. D'une démarche posée, les flagellants s'éloignèrent en ligne, l'un derrière l'autre, aussi simplement qu'ils étaient venus.

Tout à coup, le dernier d'entre eux s'effondra sans prévenir sur la terre raboteuse. Anne voulut le rejoindre pour lui porter secours, mais Crisentelle la retint par le bras avec fermeté. L'étranger avait le teint cireux et la poitrine creuse. Lorsque la guérisseuse s'approcha de quelques pas, elle remarqua que du sang s'écoulait de la bouche. Au moment où l'un des pénitents tentait de le relever, un cri d'épouvante s'éleva de la foule à la vue des bubons sous l'aisselle de l'homme. Faisant ce constat à son tour, le pèlerin le relâcha instantanément avec affolement.

Dès lors, une anarchie totale s'ensuivit. Hommes et femmes couraient dans toutes les directions, en hurlant de terreur. Indécis, les hommes d'Église demeurèrent immobiles, dans l'attente des consignes de leur maître.

Crisentelle réagit avec célérité. Elle tira Anne jusqu'à l'intérieur de la cabane et s'empressa de préparer leurs rares effets. Avec diligence, elle empaqueta le tout, sous l'œil médusé de la jeune femme. L'individu qui s'était écroulé en plein milieu de la place du marché était mort de la peste, de cela, elle en était certaine. Ce qui signifiait que d'autres lui succéderaient sous peu dans la tombe. Jetant un bref regard en direction de son amie, Crisentelle éprouva une peur viscérale. La châtelaine était considérablement affaiblie et amaigrie. Elle risquait de devenir l'une des prochaines victimes à succomber. Elle devait donc l'éloigner de cet environnement malsain sur-le-champ, afin de la préserver. Elle ne pouvait attendre le retour du vieux chevalier pour quitter l'endroit. Cependant, elle lui laissa une note sur un morceau d'écorce. Il finirait bien par les retrouver.

⁂

Comme plusieurs autres habitants du village, elles s'engagèrent sur le chemin qui traversait le bourg en entier.

Parvenue à la lisière du bois, Crisentelle entraîna Anne à sa suite et s'isola du flot humain. Il était préférable dans les conditions actuelles qu'elles voyagent en solo et évitent toute promiscuité avec ceux qui fuyaient. Certes, elles s'exposaient davantage aux brigands et aux mercenaires à la solde des Anglais, mais leurs chances d'échapper au fléau seraient grandement augmentées.

⌘

Le jour laissa graduellement place à la nuit. De Dumain jugea plus prudent de s'étendre à l'abri au pied d'un sapin plutôt que de poursuivre sur une route sombre et peu familière. S'enveloppant d'une peau de daim, il s'installa du mieux qu'il le put en attendant l'aurore. Il espérait que son absence prolongée n'indisposerait pas Crisentelle et ne lui apporterait pas une surcharge de travail. Du moins il savait Anne et elle en sécurité dans ce hameau retiré de tout. Aucun ennemi ne songerait à venir les débusquer dans cet endroit. Malheureusement, il revenait une seconde fois bredouille de la chasse. Force lui était de reconnaître que les villageois affamés avaient épuisé toutes les ressources de la forêt avoisinante. Il allait devoir s'enfoncer plus profondément dans les bois s'il voulait trouver quelques bêtes à traquer. Ce qui n'était pas pour lui plaire.

Le craquement de branches à proximité le réveilla en sursaut et il chercha à percer la nuit. À peine éclairé par le halo de la lune, il n'y voyait presque rien. Sans attendre, il se redressa sur son séant, les sens en alerte. Lentement, sans faire de bruit, il étira son bras et s'empara de la garde de son épée. Au même moment, la pointe d'une lame fut appuyée dans son dos. Malgré son âge avancé, il eut le réflexe de rouler sur le sol tapissé de feuilles mortes. D'une poigne ferme, il repoussa la lame et se releva avec vivacité.

Une exclamation de stupeur lui échappa en reconnaissant les traits de l'homme qui se tenait devant lui. Tout aussi abasourdi, Joffrey le dévisageait.

— Bon sang, de Dumain! Mais qu'est-ce que vous foutez ici?

— Je chassais…

— Vous chassiez? le coupa Joffrey avec rudesse. Et qui diable assure la défense d'Anne pendant votre absence?

— Crisentelle prend soin de votre femme. Pour ma part, j'essaie de trouver quelque chose pour les nourrir.

— Pourquoi, diantre? Ne pouviez-vous pas vous ravitailler à même le village? Vous fallait-il les laisser seules et sans protection?

— Il n'y avait pas d'autre issue, ne vous en déplaise. Les gens du bourg sont très pauvres, et de plus méfiants envers les étrangers. Étant donné que vous étiez parti depuis plusieurs jours, j'ai dû improviser. Je n'allais tout de même pas les regarder mourir de faim, répondit de Dumain d'un ton acerbe.

Joffrey tiqua à ces paroles et darda un coup d'œil mauvais en direction du vieux chevalier. Grinçant des dents, il dut déployer un effort considérable pour ne pas le châtier pour son insolence. Les préparatifs s'étaient révélés plus longs que prévu. Depuis la veille, ils s'efforçaient à maintenir un train d'enfer pour rattraper le temps perdu. Il n'était donc pas d'humeur à essuyer des sarcasmes.

— Prends garde, de Dumain. La nuit a été pénible. Je n'aspire qu'à une seule chose pour l'instant, et c'est rejoindre le village pour y retrouver mon épouse et y dormir un peu.

— Apprêtez-vous dans ce cas à éprouver un choc à sa vue, monseigneur.

— Et pourquoi ? s'emporta Joffrey.

— Votre dame dépérit à vue d'œil, sans que nous puissions rien y changer. Il n'y a plus rien à manger et la vie est rude dans cette région. Elle ne parvient pas à reprendre le dessus.

— Nom de Dieu ! s'écria Joffrey en regagnant sa monture d'une démarche raide.

Se détournant abruptement du vieux chevalier, il enfourcha son destrier et se rua vers le hameau. Les hommes qui l'accompagnaient et de Dumain suivirent son exemple.

❦

Avant même d'atteindre les lieux, Joffrey comprit que quelque chose n'allait pas. Une odeur de mort imprégnait le village et les quelques habitants qui demeuraient encore sur place restaient cloîtrés derrière leur porte close. Pas une seule âme ne flânait sur la route. L'arrivée subite d'une charrette, précédée de clochettes, fut d'autant plus surprenante que des corps drapés s'y entassaient. Aux côtés du véhicule, nul prêtre n'était présent pour administrer les derniers sacrements ; uniquement un pauvre malheureux qui tirait le cheval de trait, un mouchoir sur la bouche et le nez. Détournant le regard, Joffrey aperçut plus loin une fosse commune. À cette vision cauchemardesque, il prit peur et se dirigea prestement vers la cabane qu'occupaient Anne et Crisentelle.

De Dumain, qui venait de le rejoindre avec les hommes, inspecta avec diligence la pièce sommaire. Leurs effets personnels ne s'y trouvaient plus et on n'y décelait aucun désordre apparent. Remarquant alors la missive laissée par Crisentelle, il en prit rapidement connaissance et poussa un soupir de soulagement. Faisant demi-tour, il porta son attention sur Joffrey et cilla en rencontrant l'expression torturée de son protégé. D'une démarche assurée, il s'avança vers lui et posa une main sur son épaule avec chaleur.

— Elles sont toujours en vie! Crisentelle a écrit un message à mon intention. Elle me signale qu'elles ont fui le village dès les premières manifestations de la maladie. Elle a regagné le couvert de la forêt avec votre épouse, en espérant m'y retrouver. Le problème, c'est que j'ai dû emprunter un autre chemin pour dénicher du gibier. C'est pourquoi je ne les ai pas croisées.

— Dans ce cas, nous allons nous disperser et partir à leur recherche, décida Joffrey d'une voix blanche.

⊷❦⊶

Crisentelle veillait, le regard fixé sur sa jeune amie dont elle discernait à peine la silhouette à la faible lueur des flammes. Par bonheur, Anne dormait profondément, ce qui serait bienfaiteur après une chevauchée de deux jours sans relâche. Comble du malheur, il avait plu abondamment la veille et elles n'avaient pas été en mesure de s'abriter, si bien que la guérisseuse craignait pour la santé déjà précaire de la châtelaine. Elle avait d'ailleurs remarqué la respiration sifflante d'Anne alors que celle-ci s'allongeait, ce qui l'avait grandement inquiétée. À maintes reprises, elle avait tâté le front moite et avait cru noter qu'il était de plus en plus chaud. Appréhendant le pire, elle s'était empressée de vérifier si des bubons apparaissaient sous les aisselles. Pour l'instant, le teint d'Anne n'était pas cireux, ce qui la rassurait. Elle ne semblait pas avoir contracté ce fléau mortel, tout au plus avait-elle pris froid.

S'approchant encore une fois de la jeune femme, elle rafraîchit son visage à l'aide d'eau puisée plus tôt dans la soirée, dans un ruisseau qui se situait à quelques pas de leur campement sommaire. Soudain, un bruit assourdissant de sabots perturba la quiétude de la nuit. S'emparant d'une dague, Crisentelle s'interposa entre Anne et les nouveaux arrivants. Quel soulagement elle eut en reconnaissant le seigneur de Knox et le vieux chevalier !

Pour sa part, Joffrey prit peur en remarquant qu'Anne demeurait immobile. Même de si loin, il percevait le sifflement de sa respiration trouble. Affligé, il sauta en bas de sa monture et se précipita vers elle. Malgré la faible lueur des flammes, il nota son teint pâle, les cernes profonds sous ses yeux et ses joues creuses. Le cœur broyé, il se pencha vers elle et la prit délicatement dans ses bras. « Elle est si frêle… Bon sang ! Par ma faute, la voilà davantage affaiblie. » Face à ce constat, il fut transpercé par un sentiment d'impuissance.

Que faire ? Ils ne pouvaient rester plus longtemps en ces lieux. C'était trop risqué. Cependant, déplacer Anne dans ces conditions mettait en péril sa santé et compromettait en outre son rétablissement. Avec des gestes tendres, Joffrey dégagea le visage des mèches mordorées qui y étaient collées. Anne souleva ses paupières avec difficulté. Un léger sourire effleura ses lèvres en reconnaissant son mari. D'une voix profonde, Joffrey lui murmura des paroles apaisantes à l'oreille. Envoûtée par ces intonations chaudes, elle referma les yeux.

Quand elle s'affala entre ses bras, Joffrey comprit qu'elle s'était endormie. De sa bouche s'échappa un faible soupir, alors que sa tête retombait mollement contre le torse de son seigneur. L'âme en peine, il la tint tout contre lui, le regard torturé par le doute.

⚜

Des piaillements ténus extirpèrent Anne de sa torpeur. Perdue, elle tenta de retrouver le fil de ses idées, mais tout demeurait si confus dans son esprit qu'elle ne savait que penser. Sans doute son agitation fut-elle perceptible, car une paume fraîche palpa d'emblée son visage. Une respiration régulière effleura son cou et une personne s'inclina vers elle.

— Chut, petite ! Il faut te reposer ! Sois sans crainte, nous veillons sur toi.

Reconnaissant l'intonation bienveillante de Crisentelle, Anne se calma. Avait-elle rêvé au sujet de Joffrey ? Incapable de départager la réalité des songes, elle sombra dans l'inconscience. Avant d'être happée par les ténèbres, elle murmura le nom de son époux.

Non loin de là, Joffrey eut la gorge nouée en l'entendant. Serrant les poings, il frappa avec rage le tronc d'un arbre avant d'y prendre appui. Abattu, il demeura longuement ainsi, la tête penchée. Ayant pitié de lui, de Dumain le rejoignit et posa une main réconfortante sur son épaule. Puis il l'étreignit avec chaleur. Ce simple contact brisa les dernières barrières de Joffrey. Se dégageant d'une brusque secousse, il se précipita vers son destrier, l'enfourcha et s'éloigna du campement sommaire avec empressement. Quand ses hommes firent mine de vouloir le suivre, de

Dumain les arrêta. À son avis, Joffrey avait besoin de solitude pour laisser libre cours à son chagrin.

Par chance, la fièvre d'Anne retomba rapidement. Dès le lendemain, Joffrey décida donc de regagner la forteresse. Malgré qu'il eût passé toute la nuit auprès de la jeune femme, il était plus heureux que jamais. La vie d'Anne n'était plus en danger et c'est tout ce qui lui importait dans l'immédiat. Afin de l'épargner, Joffrey la prit en croupe devant lui. Ravie, Anne prit appui sur le torse puissant et le bras solide de Joffrey se referma sur sa taille. Le trajet s'avéra long et pénible pour ses muscles endoloris. Épuisée, elle ne tarda pas à s'endormir, et tout naturellement sa tête vint se nicher au creux de l'épaule de son époux.

Joffrey jeta un regard amoureux sur elle et sourit. Il avait foi en l'avenir et savait que la présence des enfants serait un baume pour le cœur meurtri d'Anne. De plus, elle retrouverait aussi la compagnie rassurante de la vieille Berthe, de sa mère et de Pétronille. Avec le soutien de Crisentelle et de Sédrique, il ferait en sorte d'endiguer son mal de mer et de lui redonner des forces. Elle devait récupérer le plus rapidement possible. Comme ils seraient isolés de la terre ferme, ils encourraient moins de risque d'être atteints par la maladie qui rongeait la France. Cet environnement stable serait parfait pour lui permettre d'entourer Anne de ses soins. Il pourrait enfin s'octroyer quelques jours de repos, qu'il lui consacrerait. Sous peu, ils s'installeraient dans son palais à Tlemcen, loin de toute cette folie.

⊰❈⊱

Anne s'éveilla en sursaut quand la bête s'immobilisa. Surprise, elle se redressa et posa un regard embrumé sur Joffrey. Non sans un sourire charmeur, il sauta en bas de sa monture avec une certaine raideur et l'empoigna sans équivoque par les hanches pour l'aider à descendre. Sans effort, il la souleva et l'amena en silence jusqu'à un petit talus. C'est là qu'ils feraient halte pour la nuit. Ils n'étaient plus très loin du château, mais Anne était épuisée et il ne désirait pas la fatiguer inutilement. Il était plus sage de s'arrêter.

Lorsque ses hommes eurent établi le campement, Joffrey enveloppa Anne dans une couverture de laine afin de la préserver du froid. Affaiblie par la chevauchée qu'ils entreprenaient, elle fut incapable d'émettre le moindre son et se contenta de le regarder. En l'assistant pour prendre place sur une souche, Joffrey s'installa auprès d'elle. Anne s'appuya sur lui et ferma les yeux.

Sachant qu'elle n'arriverait pas à avaler quoi que ce soit, elle refusa la nourriture que lui tendait le vieux chevalier. Joffrey réprima un regard courroucé, il n'avait pas le courage de la contraindre.

Il l'amena donc sur leur couche rudimentaire. Allongée aux côtés de Joffrey, Anne ne tarda pas à s'endormir. Percevant les tremblements de son épouse, il la retourna sur le flanc et la colla contre son torse. Puis il passa un bras protecteur autour de sa taille afin de lui prodiguer un peu de sa propre chaleur. Avant de s'assoupir à son tour, il déposa un léger baiser sur le dessus de sa tête.

Le lendemain, Anne semblait avoir repris des forces et accepta d'avaler quelques bouchées de pain ainsi qu'un morceau de fromage. Rasséréné, Joffrey l'accompagna tout en lui jetant un regard scrutateur. Ce n'est qu'après s'être assuré qu'elle avait suffisamment mangé qu'il la hissa de nouveau sur son étalon. Sur ses ordres, la troupe s'ébranla.

Ils chevauchèrent toute la matinée. Tout ce temps-là, Joffrey se tint aux aguets. Plus que tout, il craignait une seconde attaque des Anglais. Il ne voulait prendre aucun risque, si bien qu'il n'hésita pas à emprunter à l'occasion des détours plus ardus. Consciente des dangers qu'ils encouraient en parcourant la campagne ainsi, Anne se mordait les lèvres et endurait en silence les rigueurs du voyage. Parfois, elle s'endormait entre les bras de Joffrey, trop éreintée pour demeurer plus longtemps éveillée. Ce n'est qu'une fois parvenus aux abords du château que Joffrey se détendit. Sur ses ordres, la troupe bifurqua vers le port.

La sécurité de tous demeurait sa priorité. Pour ce faire, il devait regagner le *Dulcina* avant la tombée de la nuit. La tournure des événements le satisfaisait. Ayant reçu une missive du chevalier de Coubertain le matin même, il savait sa fille, la petite Myriane et la mère d'Anne en sureté sur le navire. Et étant donné que Charles-Édouard y avait été transporté avec Sédrique avant son départ, il ne leur restait plus qu'à les rejoindre pour être en mesure d'appareiller.

Ne voulant prendre aucun risque, il avait attendu d'être arrivé au quai d'embarquement avant de renvoyer à la forteresse les hommes qui les escortaient. Ceux-ci devaient grossir les rangs des guerriers qui s'y trouvaient déjà. Sachant que de Coubertain s'occuperait parfaitement bien du château en son absence, Joffrey pouvait quitter la France en toute quiétude. Il laissait suffisamment de soldats derrière lui en guise de garantie.

Arrivés à bon port, il aida Anne à descendre de la monture en glissant un bras sous ses genoux et en la soulevant avec aisance. Anne contesta, argumentant que la blessure à la cuisse de Joffrey devait être ménagée. Pour toute réponse, celui-ci grommela entre ses dents et resserra son emprise.

Ce n'était certainement pas un coup d'épée reçu au combat qui l'empêcherait d'agir à sa guise. «C'est bien mal me connaître!» Il mit même un point d'honneur à grimper sur la passerelle d'une démarche assurée. De Dumain lui emboîta le pas, un rictus moqueur aux lèvres. À sa vue, Anne réfréna avec peine un éclat de rire.

Cependant, lorsque son époux la déposa sur le pont et qu'elle ressentit les premiers roulis, elle s'assombrit. Elle se crispa instinctivement dans l'attente de la nausée à venir. Étrangement, elle n'éprouva qu'un léger malaise.

Crisentelle, qui se tenait immobile à ses côtés, lui sourit avec chaleur en secouant un petit sachet du bout des doigts. À voir la mine réjouie de la guérisseuse, Anne comprit alors qu'elle devait ce sursis à l'une des mixtures secrètes. Sans doute avait-elle été mélangée au breuvage qu'on lui avait fait boire de force avant de partir. Quelque peu tranquillisée, elle poussa un profond soupir. «Du moins, je n'aurai pas à supporter cet affreux mal de mer.»

Elle en était à cette réflexion lorsque Joffrey l'invita à l'accompagner jusqu'à leurs quartiers. D'une démarche mal assurée, elle le suivit. Quand elle arriva devant la porte de la cabine, celle-ci s'ouvrit avec fracas et livra passage à sa mère et aux enfants. Anne se figea. La gorge nouée par l'émotion, elle fut incapable d'émettre le moindre son. Tournant la tête en direction de Joffrey, elle croisa alors son regard serein. Le seigneur était nonchalamment appuyé contre l'embrasure de la porte, les bras croisés sur son torse. Le cœur débordant d'amour, elle lui offrit un sourire éblouissant et murmura un «merci» empli de gratitude. Heureux de voir un éclat de bonheur briller sur le visage d'Anne, il lui adressa un bref salut et lui retourna son sourire. Avec enthousiasme, elle s'élança vers les trois petits et les pressa contre sa poitrine. Elle les embrassa tour à tour, sans pouvoir s'arrêter. «Dieu! comme ils m'ont manqué!»

De son côté, Joffrey exultait. Finalement, les choses s'arrangeaient au mieux. Toute sa famille et ses proches se trouvaient à bord du *Dulcina*, loin désormais de tout risque de contagion. Sous peu, ils vogueraient en direction du détroit de Gibraltar, vers l'Algérie. Il lui tardait d'ailleurs de retrouver son palais à Tlemcen. Il y avait longtemps qu'il ne s'y était pas rendu, mais Killer, le capitaine du *Dulcina*, l'avait rassuré à ce sujet. L'homme avait passé plusieurs nuits à cet endroit lors de ses nombreuses escales dans la région et pouvait affirmer sans l'ombre d'un doute que tout était prêt. Ses gens vaquaient comme il se devait à leurs tâches durant son absence, dans l'attente de sa visite. La résidence était bien entretenue et protégée. Malgré tout, Joffrey savait qu'en dépit du confort de sa demeure l'existence qui les attendait ne serait pas des plus aisées pour Anne et les enfants. Ils devraient s'adapter à une tout autre culture, à un climat très différent de celui qu'ils avaient toujours connu. Mais il avait foi en le lien qui les unissait. Certes, il y aurait quelques compromis à établir avec Anne, surtout en ce qui concernait son harem, mais cela ne l'inquiétait pas outre mesure. Sa seule préoccupation serait de faire en sorte qu'elle guérisse rapidement.

Néanmoins, deux ombres assombrissaient le tableau. Il ignorait toujours ce qu'il était advenu du frère et de la soeur d'Anne. Il avait envoyé un coursier au château de Vallière, mais celui-ci n'était pas encore revenu. C'est pourquoi il avait ordonné au chevalier de Coubertain de faire suivre à Tlemcen toute information qu'il recevrait à ce sujet. Quant à son deuxième point, c'est avec amertume qu'il songea à l'homme qui se disait être son demi-frère.

Ce félon pouvait se terrer, il finirait bien par le débusquer et l'éliminer. Ce n'était qu'une question de temps.

Croisant le regard d'Anne, il s'avança vers elle de sa démarche féline, un sourire mystérieux sur les lèvres. Relevant lentement son menton du bout des doigts, il plongea dans ses yeux jusqu'au plus profond de son être. Il y percevait toujours la douleur causée par la perte de leur enfant, mais aussi une étincelle de vie sauvage. Anne était une battante… Comblé, il l'embrassa avec douceur et l'étreignit tendrement.

Rien ni personne ne lui arracherait ce qu'il avait de plus précieux. Jamais…

Remerciements

Je souhaite remercier mon époux pour son soutien tout le long de ce cheminement. Merci de croire en moi. C'est grâce à tes encouragements que j'y suis arrivée.

Je voudrais aussi remercier Brigitte, ma *fan* inconditionnelle, ma première lectrice. Et merci à Annie et à Jaëlle, qui ont été le petit coup de pouce m'ayant permis de concrétiser ce projet.

Remerciements au comte et à la comtesse de Rougé, qui ont collaboré à mes recherches sur leurs aïeuls et sur le château de Tonquédec.

Et finalement, merci à Daniel Bertrand des Éditeurs réunis pour m'avoir donné cette chance de réaliser de nouveau mon rêve.

Marquis imprimeur inc.

Québec, Canada
2012